Eine Klassenfahrt und andere Desaster

Mein Schulalltag zwischen Inklusion, Islam

und Mangelwirtschaft

Franka Abel

Vorwort

Als ich mich dafür entschied Lehrerin zu werden, stand ich gerade im Blau-Hemd auf dem Fahnenappell und erfuhr, welche Klasse die meisten Altstoffe gesammelt hatte. So, jetzt weiß auch jeder gleich, wo ich herkomme.

Damals hatten wir auch am Samstag Schule. Vier Stunden, dafür hatten wir in der Woche höchstens mal bis zur siebenten Stunde, aber das war eher selten und dann hatten wir frei. Wenn einer geschwänzt hat, wurde im Betrieb der Eltern angerufen. Das war einfacher, weil zu Hause kaum jemand ein Telefon hatte. Und wenn man aus der Schule nach Hause kam, hatte man immer erst einmal sturmfrei, weil die Eltern noch arbeiten waren, es sei denn, sie haben *Schicht* gearbeitet. Die Mutter von Kathrin war Hausfrau, das fanden wir alle ungemein exotisch, außer Kathrin, die wiederum hat uns „Normale“ beneidet.

Dinge wie Internet, Google oder Privatfernsehen kannten wir nicht mal aus dem Westen. Gabs halt noch gar nicht. Dafür kannten wir noch Telefonbücher, Rechenschieber und Gummihopse.

In der Schule hatten wir Russisch und wenn man wollte, konnte man noch Englisch oder an manchen Schulen sogar Französisch dazu wählen.

Auf dem Zeugnis gab es die sogenannten Kopfnoten. Betragen, Fleiß, Mitarbeit und Ordnung. In Ordnung hatte ich nie eine *Eins.* In Betragen schon eher mal.

Die Bildungsministerin hieß Margot, hatte blaue Haare und da sie den Job 26 Jahre lang innehatte, kannte sie auch jeder. Gemeinsam mit ihrem Mann wohnte sie mit den anderen Politikern, die auch jeder kannte, in einer großen WG. Nicht, weil sie, wie viele Leute heute, Miete sparen wollten, sondern weil irgendwie sonst niemand mit ihnen zusammenleben wollte.

Das ist jetzt mehr als 35 Jahre her. Ich bin tatsächlich Lehrerin geworden. Inzwischen spreche ich mehr Türkisch als Russisch, kenne mich bestens mit Datenschutz aus und weiß, dass man den Begriff *Hausaufgaben* an Ganztagsschulen nicht mehr verwendet. Die heißen bei uns jetzt Arbeits- und Übungsaufgaben und werden in der Schule gemacht. Oder oft auch gar nicht, aber das ist ein ganz anderes Problem. Lehrer heißen jetzt *Lehrende* und Schüler *Lernende*. Ich nenne sie trotzdem noch *meine Schüler*. Als *meine Lernenden* sind sie mir irgendwie zu weit weg. Und hier ein Wort an meine Schüler: Auch wenn ihr mich oft an meine Grenzen bringt: Ich habe Euch auch lieb!

Viele Dinge haben sich in diesen 35 Jahren geändert. Zum Beispiel stehen in meinem Arbeitsregal 14 verschiedene Mathematiklehrbücher für ein und dieselbe Klassenstufe, alle aus demselben Bundesland. Es sind so viele Reformen über mich hinweg gerollt, dass ich manchmal gar nicht mehr aufstehen wollte, weil ich wusste, dass gleich die nächste Welle kommt.

Was daran gut oder schlecht war und ist, sieht jeder Einzelne anders. Schüler, Eltern, Lehrer, Politiker, Schulbuchverlage, Ausbilder, ...die Liste ist lang. Für niemanden möchte ich hier sprechen, außer für mich selbst.

Ich berichte von *meinen* Erfahrungen, *meinen* Erlebnissen, *meinen* Bedenken, Gefühlen, Ängsten und Erfolgen. Ich habe nichts erfunden, aber vielleicht, wenn auch unbeabsichtigt, etwas verdreht. Jeder sieht die Dinge nun einmal anders. Wenn Sie dieses Buch also lesen und vielleicht etwas davon weitererzählen, dann sagen Sie bitte nicht: „In Neukölln ist das so“, sondern: „In Neukölln gibt es eine Lehrerin, die Frau Abel, die hat das so erlebt.“

Erster Tag

„Schönen Urlaub, Frau Abel!"

Noch bevor ich in dem allgemeinen Gewühl unseren Bus überhaupt entdecke, weiß ich schon Bescheid. In der gackernden Mädchenecke wird auffallend gequietscht und gekreischt. „Frau Abel, unser Busfahrer ist gaaanz jung und er sieht gaaanz toll aus." Nele klimpert mit ihren aufgeklebten künstlichen Wimpern und wirft Chantalle vielsagende Blicke zu. Aha. Ich halte Ausschau und entdecke ihn tatsächlich, ins Gespräch vertieft mit einem uniformierten Beamten. Ich hatte schon vor Wochen eine technische Untersuchung des Busses vor Fahrtantritt beantragt. Man weiß ja nie. Wir wollen schließlich ins Gebirge. Aber es gibt grünes Licht, zwei Daumen hoch. Alles in Ordnung. Der Busfahrer frisch geschult, der Bus tipptopp in Ordnung. Ein unauffälliges, kleines silbergraues Gefährt für 26 Fahrgäste. Die Schüler betrachten das Gefährt skeptisch und ein bisschen mit Unmut. So ein kleiner Bus? Auch die Eltern scheinen etwas anderes, standesgemäßeres erwartet zu haben. Gibt es eine Klimaanlage? Warum keine Toilette...? Passen da überhaupt alle rein?

Ja, wir passen alle rein. 26 Plätze, 25 Personen. Das geht eindeutig auf. Und drei Stunden Fahrt schafft man auch einmal ohne Toilette. Dafür haben wir aber eine Klimaanlage. Sehr viel mehr Kopfzerbrechen machen mir da die schrankgroßen Hartschalenkoffer, die sich noch vor dem Bus türmen und vermuten lassen, wir würden uns auf eine vierwöchige Exkursion in unerschlossenes Gebiet begeben. Dabei ist es Montagvormittag und wir werden bereits am Freitagmittag zurückerwartet. Dazu noch unzählige riesige Verpflegungsarsenale aus Chipstüten, Legionen von Gummibärchen, hektoliterweise Eistee, Keksen, Schokowaffeln und Bergen von asiatischen Instantnudeln. Die sind gerade der neueste, hippe Ernährungstrend. Zumindest an meiner Schule. Trocken, direkt aus der Tüte. Ob das auch für Gebiete im weiteren Umfeld gilt, kann ich nicht beurteilen.

Im bunten, quirligen Durcheinander aus Schülern, Eltern, Koffern und weiteren reiselustigen Klassen eines benachbarten Gymnasiums, dessen, bei diesen Gelegenheiten leider immer hoffnungslos überfüllter Parkplatz, als beliebter Be- und Entladepunkt für Klassenfahrten der Umgebung genutzt wird, erkenne ich aus den Augenwinkeln Fadil, einen meiner ADHS – Sprösslinge, der in modernen pädagogischen Publikationen viel und gern bemühten *Aufmerksamkeitsdefizitstörung gepaart mit Hyperaktivität.* In diesem Fall mit sehr viel Hyperaktivität und einem hohen Energieüberschuss. Fadil pflegt sich von Kaffee und Nutella zu ernähren. Man erkennt ihn in der Regel daran, dass er mit allen vier Extremitäten gleichzeitig wild rudernd, eine Schneise furchend, durch die Gegend rennt und sich hin und wieder auch einfach nur auf dem Boden wälzt.

Hatte ich schon erwähnt, dass es sich bei meiner Klasse um eine Zehnte handelt?

Nach einem Tetris verdächtigen Packmanöver des gutaussehenden, jungen und immer noch gut gelaunten Busfahrers kann es tatsächlich losgehen. Alle Koffer sind verstaut, die letzten Mütter haben mir noch beim Einsteigen diverse Extrawünsche mit auf den Weg gegeben und mich noch einmal eindringlichst ersucht, doch ja auf ihre Lieblinge, Prinzen und Prinzessinnen aufzupassen. „Schönen Urlaub, Frau Abel“, ruft mir Cecylias Mutter noch kichernd hinterher und auch Neles Mutter seufzt theatralisch: „Ja, so eine Urlaubswoche extra hätte ich jetzt auch gerne.“ Dieser Witz ist so alt wie die Klassenfahrten selbst.Wir verlassen die kleine sichere Enklave Berlin-Neukölln, in der die Geschäfte türkische oder arabische Schriftzüge tragen, die Männer mit kleinen Teegläsern in der Hand auf der Straße beieinandersitzen oder stehen und mehr Moscheen als Kirchen besucht werden und machen uns auf in Richtung *unbekanntes Sachsen.* Genauer ins Elbsandsteingebirge oder auch Sächsische Schweiz.

Wir fahren in die Schweiz

Dieses Reiseziel führte lange Zeit unter Schülern und auch einigen Eltern zu der irrigen Annahme, es ginge in die Schweiz. Also ins AUSLAND! Alles war in bester Ordnung. Als ich den Irrtum durch eine Unterrichtseinheit „Die Entstehung des Elbsandsteingebirges“ im Erdkundeunterricht aufklärte, kam für viele die Ernüchterung. „Was, wir machen unsere Klassenfahrt nur nach Deutschland?“ Die Schüler maulten, die Eltern intervenierten. Die Kinder müssten doch fremde Sprachen und Kulturen kennenlernen! Das führte wiederum zu Irritation, diesmal auf meiner Seite. Ich fand, Deutschland kann man auch mal kennenlernen. Und für viele ist Deutsch eine fremde

Sprache. Meine Schüler sprechen untereinander und manchmal leider auch als einzige Sprache *Neuköllsch.*

„Ey, Alta, gehst du Cafeteria?" Oder auch: „Ey, bist du Parchimer?" „Ne, bin isch Fahrrad!" Was so viel heißt wie: "Gehst du heute in der Cafeteria essen?" oder „Fährst du heute von der U-Bahnstation Parchimer Allee nach Hause?" „Nein, ich bin mit dem Fahrrad da."

Na gut, war eher eine pädagogisch bedingte Einzelmeinung. Aber nun sitzen wir doch im Bus. 22 von 24 Schülern einer Neuköllner Gemeinschaftsschulklasse. Dazu zwei begleitende Lehrkräfte und die dreijährige Tochter meines Kollegen. Zehn verschiedene Nationalitäten. Familien, in denen manchmal die Mutter, der Vater und die Kinder verschiedene Sprachen sprechen. Und verschiedenen Religionen angehören.

Hat Burat Blutdruck

Ömer durfte nicht mit. Alles Reden und Bitten waren umsonst. Die Klassenfahrt ist zu teuer und geht ja nicht mal ins Ausland. Eine der zahlenmäßig minder vertretenen Familien, die ihr Geld nicht vom Amt bekommen. Häufig wird es da ganz besonders knapp. Ob das der Grund war? Ich weiß es nicht. Wir wollten Kuchen- und Waffelbasare veranstalten und Geld über den Förderverein beantragen. Nein. Es blieb dabei. „Ömer fährt nicht mit!" Schade. Ich mag Ömer sehr. Ein netter, sehr feiner Junge.

Liebenswert, ruhig, fleißig, zurückhaltend. Viel zu zurückhaltend, finde ich manchmal.

Und Burat, ja, BURAT - „Hat Burat Blutdruck, kann Burat nicht kommen!“ *Neuköllsch* für: „Burat leidet derzeit stark unter zu hohem Blutdruck und kann deshalb nicht teilnehmen.“ Ein Satz am Telefon, der in den letzten drei Jahren Geschichte machte. Ich erinnere mich an seine aufkommende Panik, als er registrierte, dass die Fahrt ins Gebirge geht und wir viel zu Fuß unterwegs sein werden. ZU FUSS! IM GEBIRGE!! BERGE!!! In der achten Klasse nahm Burat nicht an der Klassenfahrt teil, weil wir eine Fahrradtour geplant hatten. In der Gegend um Wismar. Also nahezu ohne Anstiege. „Wenn Sie mich zwingen eine Fahrradtour mitzumachen, dann haue ich einfach ab!“

Burat verweigert seit Jahren bei jeder sich bietenden Gelegenheit mehr oder weniger erfolgreich die Teilnahme am Sportunterricht oder überhaupt körperliche Bewegung, ist übergewichtig und fehlt mehr als die Hälfte aller Schultage, immer mit ärztlichem Attest von verschiedensten Ärzten. Besonders an Tagen mit Sportunterricht und im Anschluss an die großen Ferien ist Burat schwer krank. Da ist er am letztmöglichen Rückreisetag immer transportunfähig und kann leider nicht in den ohnehin nicht gebuchten Flieger steigen. Spaßeshalber hatte ich einige Male um den Nachweis der Buchung gebeten, mit der man den ersten Schultag nach den Ferien pünktlich erreicht hätte und bei der Mutter damit einen gewissen Erklärungsnotstand ausgelöst. Deshalb kann ich das jetzt einfach so behaupten.

Eine Zeit lang versuchte sie dann während des Schuljahres meine offensichtlichen Zweifel an Burats permanenter Schulunfähigkeit auszumerzen, indem sie mir Beweisfotos schickte: Fotos vom Blutdruckmessgerät, Fotos vom Fieberthermometer, Fotos von Medikamenten oder von vollen Wartezimmern. Einmal erhielt ich ganze sieben Fotos von seinen Füßen, weil er sich auf einem Wandertag Blasen gelaufen hatte. Dieses Leiden führte zu 14Tagen Komplettausfall, selbstverständlich mit ärztlichem Attest.

Wie es zu diesen schweren Verletzungen kommen konnte? An besagtem Wandertag - in jedem Monat ohne Schulferien gibt es einen, streng geregelt durch die Ausführungsvorschrift *Wandertage* - wollten wir mit unserer achten Multikulti-Klasse tatsächlich im Berliner Forst ein paar Kilometer wandern. Wir wollten in die Müggelberge. Raus aus Neukölln. Rein in den Wald. Großes Abenteuer.

Wer die Müggelberge googelt, findet bei Wikipedia folgenden Eintrag: *„Die Müggelberge (früher auch Müggelsberge genannt) sind ein bewaldeter Hügelzug mit Höhen bis zu 114,7 mü. NHN[1] im Südosten Berlins im Bezirk Treptow-Köpenick. Sie werden durch den Kleinen Müggelberg (88,3m) und den Großen Müggelberg (114,7m) dominiert. Die Müggelberge umfassen eine Fläche von rund sieben Quadratkilometern. Entstanden ist der Höhenzug im Eiszeitalter."*

Ein sogenannter Endmoränenzug. Außerdem liegen sie direkt am Müggelsee und von dort aus kann man entspannt mit einem Dampfer auf die andere Seite nach Friedrichshagen übersetzen, um dort wieder in die Berliner S-Bahn zu steigen. Eine Gegend

Berlins, von der die meisten unserer Schüler, obwohl es Neuköllns direkter Nachbarbezirk ist, noch nie etwas gehört, geschweige denn etwas gesehen haben. Für diesen Ausflug hatte Burats Mutter ihm extra die super-coolen, neu gekauften Schuhe ausgesucht. Das ging nicht gut.

Selbstverständlich waren es Schuhe mit Klettband. Der arme Junge konnte sich in der achten Klasse noch nicht einmal selbst die Schuhe binden und versuchte regelmäßig seine Mitschüler oder den Sportlehrer zu animieren, diesen schwierigen Part bei seinen Turnschuhen zu übernehmen. Was aus verschiedenen Gründen, zum einen pädagogische zum anderen eher olfaktorische, weder bei dem Einen noch den Anderen auf großes Verständnis stieß.

Ein *Unter–Vier–Augen–Gespräch* mit der Mutter endete in einem hysterischen, für mich vorerst völlig überraschenden und unverständlichen Lachanfall ihrerseits. Ich wechselte mit dem anwesenden Sozialpädagogen irritierte Blicke, weil wir die Mutter eigentlich vorsichtig und wie wir fanden höchst diplomatisch darauf hinweisen wollten, dass sie ihrem Sohn damit einen nicht ganz stressfreien Stand bei seinen Mitschülern verschaffte. „Aber Frau Abel, mein Sohn muss sich doch nicht selbst die Schuhe zu machen!“ Er musste sich auch nicht eigenständig die Brote schmieren oder den Müll rausbringen, sein Zimmer auf-, oder gar einen Teller abräumen oder sich Chips und Getränke eigenständig zur Couch holen. Das machte alles Mama für ihn. Das war ihr Lebensinhalt. Und nach eigenen Worten war es ihr großer Traum, zu gegebener Zeit bei ihm und einer zukünftigen Schwiegertochter mit einzuziehen, um dem Sohn auch weiterhin den Haushalt zu führen, alle Wünsche von den Augen abzulesen und ihm alles recht zu machen.

Am Anfang war ich einige Male versucht, der Mutter zu erklären, dass Blutdruck eine wichtige Voraussetzung für das Leben des Menschen an sich ist. Mir schwebte da in etwa folgende Anmerkung vor: „Ich und selbstverständlich wir alle, sind sehr froh, dass Burat Blutdruck hat, sonst wäre er ja mausetot.“ Natürlich unterdrückte ich den Anfall, denn aus schmerzlicher Erfahrung weiß ich: Das kommt nicht gut an.

Zwei Jahre lang versuchten wir alles, um den Jungen regelmäßig in die Schule zu bekommen. Gespräche mit Mutter und Kind, mit Mutter ohne Kind, mit Kind ohne Mutter, mit Mutter und Familienbegleiterin vom Jugendamt, die mehr als die beste Freundin der Mutter auftrat und sich zumindest den Lippenstift mit ihr teilte, mit und ohne Sozialpädagogen, Gespräche mit Schulleitung, Termine mit der Schulpsychologin, Einschalten des Kinder- und Jugendgesundheitsdienstes - auch bekannt als Amtsarzt, Schulversäumnisanzeigen - es gab schon diverse aus der Grundschule, nichts half. Burat hatte Blutdruck, Blasen an den Füßen, abwechselnd Knie-, Rücken-, Kopf- oder Magenschmerzen - Burat konnte nicht kommen. Irgendwann gaben wir auf und verwalteten ergeben die Berge von ärztlichen Attesten.

Als sie dazu überging mir auch Fotos ihrer eigenen Füße zu schicken, um ihr Fernbleiben vom Elternabend zu erklären, bat ich nachhaltig darum, dass weitere Kommunikation bitte nur noch den offiziellen Weg über unser Schulsekretariat nimmt. Das hat mir dort nicht nur Freunde eingebracht. Egal, welches Anliegen mich ins Sekretariat führt, als erstes höre ich im schönsten *Neuköllsch*: „Hat Burat Blutdruck, kann Burat nicht kommen."

Ihre Handynummer habe ich der schwarzen Liste beigefügt. Seitdem kann ich wieder unbesorgt Nachrichten aller Art öffnen, während ich in ein Pausenbrot beiße.

Anschnallen ist uncool

Das sonore Brummen des Motors und die verschlossenen Türen des Busses gaukeln mir für einige Minuten eine trügerische Sicherheit vor. Keiner kann weg, sie sitzen angeschnallt auf ihren Plätzen und beschäftigen sich mit den ersten Chipstüten. „Dürfen wir Musik hören?" Ich bin begeistert. Sie fragen erst einmal nach. Der nette junge Busfahrer hat nichts dagegen, solange er ganz vorne seine eigene Musik hört und sich aufs Fahren konzentrieren kann. Eine Weile geht das auch gut. Bis Efe, mein zweiter ADHS-Schüler, seine eigene Bluetooth-Box auspackt und dagegenhält. Er wechselt in schwindelerregendem Tempo zwischen Gangster-Rap, ich höre Textfetzen wie: "Isch ficke deine Mutter" oder „Ich kille euch, ihr schwulen Säue", türkischer Folklore und „Sandmann, lieber Sandmann". Leider ist Efe auf dem Appell-Ohr taub. Erst die Androhung, das Gerät einzuziehen, sorgt für Einsicht und erträgliche Musikbeschallung. Allerdings musste ich mich umdrehen.

Fadil turnte gerade über die Lehne zu seinem Vordermann. Für alle, die dieses alltägliche Manöver nicht im eigenen Repertoire haben, hier zum besseren Verständnis: das funktioniert nur, wenn man nicht angeschnallt ist! Und auch diverse andere Herren der Schöpfung hatten sich ihrer Gurte entledigt. Na gut. Also noch mal eine kurze Belehrung: Anschnallpflicht im Bus, Sicherheit, Verantwortung... Ich gab mein Bestes. Appell an die jugendliche Vernunft. Es wurde gemurrt, aber gegurtet. „Mein Vater schnallt sich auch nie an", „Anschnallen ist uncool"... egal. Geschafft. Zufrieden konzentrierte ich mich wieder auf mein Buch.

Ein Kontrollblick 10 Minuten später belehrte mich eines Besseren. „Ihr sollt euch anschnallen und angeschnallt *bleiben*!" Der Ton diesmal schon schärfer. „Mein Gurt geht nicht." Grins. Ich kämpfe mich also wieder im wackelnden Bus nach hinten und stelle fest, dass sie inzwischen die Gurtbänder eingedreht haben. „Witzig Jungs. Dreht sie wieder aus. Und jetzt anschnallen." Ich begebe mich wieder auf meinen eigenen Platz und schnalle mich demonstrativ an.

Eine halbe Stunde später baten mein Kollege und ich den Busfahrer entnervt darum, an der nächsten Raststätte eine Pause einzulegen. Diesmal drohten wir mit Heimreise direkt nach der Ankunft. Pubertäres Augenrollen, die Jungs grinsten undtuschelten auf Türkisch. Ich kämpfte um meine gute Laune. „O.K. Leute, wer aufs Klo muss, geht noch mal. Beeilt euch bitte, wir fahren dann sofort weiter. Keine Einkäufe an der Raststätte." 10 Minuten später saßen die Mädchen vollständig und angegurtet im Bus, von den Jungs fehlte jede Spur. Verschollen bei McDonalds. Mein Kollege übernahm das Aufspüren und Herantreiben der Herde. „Sie hatten doch aber nur gesagt, wir sollen an der

Raststätte nicht einkaufen gehen? Wir dachten, McDonald ist O.K.!“ Ich hüllte mich sicherheitshalber in Schweigen.

Es war Montagmittag und ich hatte den ersten Anflug von pädagogischem Klassenfahrtskoller.

Was wir alles wollen

Unser Ziel war eine katholische Familien-Ferienstätte, 150 Höhenmeter über der Elbe. Maximale Entfernung zur nächsten menschlichen Behausung. Um uns herum nichts als Gegend, dörfliche Ruhe und über uns Himmel. Jede Menge Himmel. Das Wetter versprach einen traumhaften Altweibersommer. Ich hatte mir das Objekt schon einmal vor Monaten bei einem privaten Ausflug in die Sächsische Schweiz angesehen und war sofort angetan. Ich fand es ausgesprochen geeignet, um dort einige Tage mit einer Klasse zu verbringen. Große Zimmer, viel Gelände, Lagerfeuerplatz, Sportmöglichkeiten, öffentliche Verkehrsmittel in der Nähe, wenn auch 150m tiefer, nette Mitarbeiter vor Ort und viele spannende Möglichkeiten, etwas zu unternehmen.

Im Gepäck hatte ich ein ordentliches Programm voller Aktivitäten und, wenn man wollte, Spaß. Geocaching, die moderne Form der Schnitzeljagd, Lagerfeuer - mit Feuerstein und Zunder zu entfachen, Klettern, Schlauchboot fahren, ja, auch mal Wandern, ein gemeinsamer Grillabend, ein Ausflug zur Festung Königstein. Auch den Kletterfelsen hatte ich vorher erkundet und selbst ausprobiert, damit auch ja für alle etwas

Geeignetes dabei ist und jeder zu seiner eigenen Portion an körpereigenen Glückshormonen kommt.

Erfolgreiche Anstrengung = Dopamin Ausschüttung. Dopamin gilt als Glückshormon und ist gleichermaßen für die Lust, als auch die Sucht zuständig. Es ist unsere ganz spezielle körpereigene Belohnungsdroge für Anstrengung, egal ob im geistigen oder körperlichen Bereich. Es sorgt dafür, dass wir uns stolz und glücklich fühlen, nachdem wir uns für eine Leistung angestrengt haben. Das heißt wiederum, Anstrengung tut uns gut. Wir brauchen sie, damit wir mit uns selbst zufrieden sein können.

Ich hatte auch lange über einen Besuch der Felsenbühne Rathen nachgedacht, diesen Plan dann aber nach einem Ausflug zur Probebühne des Jugendtheaters *Grips* im Rahmen des Deutschunterrichtes schleunigst aufgegeben. Nach der Veranstaltung war ich schweißgebadet und ausgesprochen peinlich berührt nach Hause gefahren.

Ganz offensichtlich hatten viele unserer Schüler nicht den leisesten Anflug von Regeln des guten Benehmens in einer Theateraufführung parat. Obwohl wir in der Vorbereitung natürlich sehr lange darüber gesprochen hatten. Die ganze Zeit waren meine Kollegen und ich damit beschäftigt, Gespräche über mehrere Reihen, sowie lautes Knistern oder Essen zu unterbinden, Schüler in aufrechte Sitzposition zu bringen, die angestrengt so taten, als müssten sie vor lauter Langeweile einschlafen oder auch nur daran zu hindern, ihre Füße auf den Lehnen des Vordermannes zu positionieren. „Mache ich im Kino auch immer!“

Kurz und gut: Ich hatte maßlosen Schiss, mich in einer öffentlichen Vorstellung in Rathen vor tausenden von Besuchern bis auf die Knochen zu blamieren.

Ich mache Klassenfahrten seit vielen Jahren, deshalb kann ich aufgrund wirklich eigener Erfahrung behaupten: Die Erwartungen an eine Klassenfahrt haben sich deutlich geändert. Und das nicht nur, was die Qualität der Unterkunft angeht.

Wie weit gehen da die Ansichten von Schülern, Eltern, Lehrern und offizieller Seite eigentlich auseinander?

Meine Schüler wollten auf jeden Fall ins Ausland und Spaß haben. Wobei die Kategorie *Spaß haben* trotz intensiver Nachfragen nicht genau definiert werden konnte. Aber zumindest sollte es nicht zu anstrengend werden. Da herrschte Einigkeit. Und nicht ins Museum. Und keine langweiligen Stadtführungen. Ja, und am liebsten mit dem Flugzeug. Aber heutzutage weiß man nie, wann die nächste Airline Insolvenz anmeldet oder welche Piloten oder welches Bodenpersonal gerade streiken, wenn man eigentlich in den Flieger steigen möchte. Selbstredend wird es auch gleich sehr viel teurer. Und mit dem Bus ins Ausland zu fahren, heißt auf Hin- und Rückreise gerne mal 14 Stunden oder mehr im Bus zu hocken. Keine erholsamen Aussichten. Und zu guter Letzt kann ich im Ernstfall niemanden nach Hause schicken, also auch gar nicht erst damit drohen. Auch das gab mir in der Tat zu denken.

Trotz allem waren sich auch die Eltern hierin in weiten Teilen einig: Eine Klassenfahrt sollte ins Ausland gehen. „Wieso fahren Sie **nur** nach Deutschland?“ Nicht zu teuer sollte es dennoch sein! Auch hier liegen die Wohlfühlwerte weit auseinander. Ich habe mir gerade angelesen, dass die Kosten in Berlin im Durchschnitt derzeit bei 500 Euro pro Klassenfahrt und Schüler liegen. **Im Durchschnitt!** Wobei die Spanne zwischen den Bezirken weit auseinanderklafft und an welcher Position Neukölln rangiert, wird wohl nicht als die Eine-Million-Euro-Frage bei Günther Jauch zugelassen werden. Der Verlustkoeffizient wäre deutlich zu hoch.

Auf eine parlamentarische Anfrage von Sebastian Schlüsselburg, Abgeordneter der Linkspartei nach Ausgaben für Klassenfahrten im Bezirk Lichtenberg im Jahr 2016 gab Staatssekretär Mark Rackles (SPD) Antwort und somit Aufschluss über die Situation in ganz Berlin.

Im Jahr 2016 wurden in Berlin fast 10 Millionen Euro für Klassenfahrten bewilligt. Das meiste Geld floss mit 1,5 Millionen Euro nach Neukölln, direkt gefolgt von Berlin-Mitte mit Ausgaben in Höhe von 1,4 Millionen, beides sind Bezirke mit einer hohen Zahl von armen Schülern. Die wenigsten Zuschüsse benötigten Schüler im vergleichsweise wohlhabenden Steglitz-Zehlendorf. Hierhin flossen rund 0,36 Millionen Euro, obwohl die absolute Anzahl der Schüler hier noch über der von Neukölln oder Mitte liegt.

Unsere Klassenfahrt kostete in Summe 259 Euro für Hin- und Rückfahrt im eigenen Reisebus, Unterkunft, Halbpension, Aktivitäten und Tickets für die öffentlichen Verkehrsmittel.

Für etwa zwei Drittel meiner Schüler hat das Land Berlin gezahlt, weil die Eltern aus verschiedenen, hier nicht beleuchteten

Gründen, diese finanzielle Belastung aus eigenen Mitteln nicht stemmen können. Das ist sehr gut, damit alle Kinder gleichermaßen an Wandertagen und Klassenfahrten teilnehmen können. Obwohl ich der Meinung bin, dass es grundsätzlich sinnvoller wäre, wenn für **alle** Kinder, unbesehen vom Einkommen der Eltern, ein oder zwei Klassenfahrten in der Mittelstufe durch das Land finanziert würden. Es könnte eine finanzielle Obergrenze geben und vieles wäre einfacher.

Eine Kursfahrt nach New York

Vor einigen Jahren machten sich 15 Schüler eines Berliner Gymnasiums, genauer gesagt eines Englisch-Leistungskurses dieses Gymnasiums, mit Begleitern auf zu einer Kursfahrt nach

New York. Und wer jetzt denkt, es handele sich um eine hochgelobte Privatschule, an der sich nur Kinder gutbetuchter Anwälte, Zahnärzte und weltbekannter Schauspieler tummeln, der irrt gewaltig. Hier hatten überdurchschnittlich viele Eltern Anspruch auf Kostenübernahme für eine Klassenfahrt durch das Land Berlin. In Berlin gibt es keine Obergrenze für diese Kostenübernahme, in der Regel regulieren sich diese Kosten durch die selbstzahlenden Eltern einer Klasse. Das war hier aber offensichtlich nicht der Fall. Also bewilligte zuerst der Schulleiter die Klassenfahrt und dann das Jobcenter stolze 38085 Euro für 15 Schüler aus der Steuerkasse, 2539 Euro pro Kopf. Drei nicht unterstützungsberechtigte Schüler blieben zu

Hause. Der Schulleiter versicherte aber, dass deren Nichtteilnahme keinen Bezug zur Höhe der Reisekosten hatte.

Dagegen warten verbeamtete Lehrer monate-, manchmal sogar jahrelang auf die Rückzahlung ihrer Dienstreisekosten, die durch eine Klassenfahrt entstehen. Und das ist dennoch ein deutlicher Fortschritt, denn es ist noch nicht sehr lange her, da wurde mir eine Klassenfahrt sogar überhaupt nur dann genehmigt, wenn ich von Vornherein per Unterschrift auf sämtliche finanziellen Ansprüche verzichtete und demzufolge alle Kosten vollständig aus eigenen Mitteln trug, abzüglich des Betrages, den mir das Finanzamt erstattete, weil ich die Kosten von der Steuer absetzen konnte. 5 Tage durcharbeiten und dafür auch noch ordentlich zahlen. Welche Berufsgruppe kann da mithalten?

Und auch jetzt zieht mir mein Arbeitgeber, also das Land Berlin, die Verpflegungskosten von der Rückerstattung ab. Essen müsste ich ja auch, wenn ich zu Hause bliebe. Die Spaghetti mit Tomatensoße und der Früchtetee gehen auf mich!

Anträge, Anträge, Anträge

Zurück zur Kostenübernahme für Klassenfahrten in meiner Klasse. Damit dies funktioniert, fülle ich den dafür vorgesehenen Antrag mit den entsprechenden Angaben inzwischen eigenhändig aus, kopiere das Ganze mehrere Dutzend Mal und gebe die Formulare mit nach Hause, damit dort die privaten Daten ergänzt werden können und sich niemand selbst den Weg ins Sekretariat oder aufs Amt machen muss, um das unerlässliche Antragsformular zu besorgen. Es fehlten also der eigene Name, die Adresse, eine Unterschrift der Erziehungsberechtigten und die Rechnungsnummer. Allein das erwies sich häufig schon als Herausforderung, obwohl ich diese ominöse Nummer auf jeder einzelnen Rechnung des Reiseveranstalters, die ich den Eltern gegen Unterschrift ausgehändigt hatte, vorab farbig markiert habe. Wenn alles fertig ausgefüllt ist, stempele und unterschreiben ich die Formulare und sie können aufs Amt getragen werden. Diesen Weg übernehme ich bis jetzt noch nicht.

Ich kopiere immer gleich zwei Dutzend Anträge mehr, weil so ein Zettel ja schnell einmal verschwindet. Ist weg, verlegt, habe ich gar nicht bekommen, wurde mitgewaschen, hat der Hund gefressen, hat der kleine Bruder zerknüllt/ zerrissen/ vollgesabbert ... Was auch immer, der Gründe gibt es viele. Die Anträge sind weg und es bedarf eines Ersatzes.

Die Einzahlungen verliefen wie zähes Verkehrsaufkommen zur Feierabendzeit auf der Stadtautobahn. Und Stadtautobahnen im Berufsverkehr kennt irgendwie jeder. Es kam, wie es immer kommt: nach dem letzten Einzahlungstermin fehlte Geld. Viel Geld. Selbst am allerletzten Arbeitstag vor unserer Abreise fehlte beim Veranstalter die Einzahlung für eine komplette Reise. Die hat dann erst einmal die Schule übernommen.

Und das war ein ganz besonderer Fall. So oder ähnlich erlebe ich ihn bei jeder Klassenfahrt.

In den meisten Fällen läuft die Zahlung der öffentlichen Zuschüsse für Klassenfahrten reibungslos, wenn die notwenigen Anträge komplett ausgefüllt werden und den zuständigen Bearbeiter rechtzeitig (!) erreichen. Kleiner Haken, aber machbar. Wenige Tage danach werden in der Regel von den zuständigen Stellen die ersten Gelder auf das Klassenfahrtkonto überwiesen. Wenn das nicht passiert, fange ich an, Eltern und Schüler zu erinnern. Erst mündlich, dann schriftlich.

Die Anträge hatte ich im November mit nach Hause gegeben, im März, auf dem Weg in den Osterurlaub, schrieb ich die ersten Erinnerungsmails, da bei etlichen sogar die Anzahlung von 50 Euro, die Ende Dezember fällig gewesen wäre, noch offen war. Alle reagierten mehr oder weniger schnell, alle gelobten eine schnellstmögliche Überweisung. Zwei taten es wirklich. Im Mai schrieb ich die nächsten Erinnerungen. Letzter Zahlungstermin war der 31. Juli, also noch immer genug Zeit. Bis dahin trudelten dann auch Gelder ein und die meisten hatten die erwartete Summe auch ziemlich genau getroffen. Mal 50 Euro mehr, mal 7,20 Euro weniger, oder irgendetwas dazwischen. Nur für Elaha fehlte die komplette Summe. Die Familie hüllte sich in Schweigen, obwohl ich in den Sommerferien aus Irland weitere Erinnerungsmails schrieb. Ich blieb am Ball und klärte jetzt unverhohlen über rechtliche Konsequenzen auf. Vermutlich war die Familie die sechs Wochen weit weg auf einem anderen Kontinent.

Am 20. August, es war bereits wieder Schule, erhielt ich gruß- und kommentarlos über eine allseits bekannte Kommunikationsplattform auf meinem Handy, an dieser Stelle mal ein Hoch auf die modernen Umgangsformen, das Foto eines amtlichen Schreibens, in dem Frau E., Elahas Mutter, vom Jobcenter mitgeteilt wurde, dass ihr Antrag nicht bearbeitet werden konnte, weil Kreuze an falscher Stelle gesetzt seien und Sie bitte bis zum 18.8. einen neuen Antrag einreichen möge. Das Schreiben war vom 01. August. Wohlgemerkt, die Anträge sind alle Kopien des Ur-Antrages, den ich ausfülle und ganze 15 davon waren vom selben Amt schon anstandslos bearbeitet worden. Rechtzeitig in einem Zeitraum von 9 Monaten, vor Ablauf der Einzahlungsfrist. Die Frage an Frau E., ob denn ein neuer Antrag abgegeben worden sei, blieb unbeantwortet, auch wenn ich es mir denken konnte, ich hatte ja keinen unterschrieben. Also griff ich mir die Ich-weiß-nicht-wievielte-Kopie meines Ur-Antrages, füllte ihn mit Elaha aus, stempelte und unterschrieb ihn, bat um Unterschrift der Mutter und sofortige Abgabe beim Amt.

Nichts passierte. Ich schrieb eine weitere Erinnerungsmail und schloss mit der Bitte, mir irgendetwas zu bringen, in dem das Amt bestätigte, dass der Antrag abgegeben wurde und bearbeitet werde.

Nichts passierte und es war bereits Ende August. Am 10. September wollten wir fahren. Der Reiseveranstalter wurde unwillig und drohte mit Nichtaushändigung der Unterlagen. Ich rief im Jobcenter an, weil ich hoffte, man könne mir zumindest bestätigen, dass der Antrag eingegangen sei. Aber erstens erreicht man telefonisch nur eine zentrale Stelle irgendwo im Berliner Ämter-Nirvana, die gar nichts weiß und nur allgemeine Auskünfte erteilen kann und zweitens könne man mir aus Datenschutzgründen gar nichts sagen. Zum Elternabend ersuchte ich die Mutter dringend, mir die erbetene Bestätigung zu bringen. Außer der Aussage: „Elaha ist schuld!“, erfuhr ich von der Mutter nichts.

Und es passierte auch weiterhin Nichts. Der Reiseveranstalter schickte trotz allem die Unterlagen, ich versprach „dran zu bleiben.“ Versuche, die Mutter noch einmal telefonisch zu erreichen, schlugen fehl. Am 7. September, am Freitag vor unserer Abreise, wandte ich mich an die Schulleitung und bat darum, dass die Reisekosten vorerst durch die Schule übernommen werden. Der Schulleiter willigte anstandslos ein und wies die Überweisung sofort an.

Am selben Tag, kurze Zeit später, erhielt ich, auch diesmal gruß- und kommentarlos, ein weiteres Foto von Frau E. Die Bestätigung des Amtes:

„Frau E. hat am Freitag, 7. September 2018 ... um 12:33 Uhr in der Eingangszone vorgesprochen. Der Antrag auf Kostenübernahme für die Klassenfahrt von Elaha 10.09. 2018 - 14.09.2018 in die Sächsische Schweiz wird heute, den 07.09.18 bearbeitet. Die Kosten von 259,00 Euro werden dann direkt an die Schule überwiesen.“

Halleluja. Das nenne ich mal rasantes Arbeiten und vollen Einsatz aller Beteiligten.

Und ich hatte noch Glück. Ich habe Kollegen, da beliefen sich die Fehlbeträge kurz vor der Fahrt noch auf über tausend Euro. Trotz aller Unterschriften im Voraus, ausgefüllter Anträge und rechtzeitiger Buchung. Obwohl wir, geprägt durch jahrelange Erfahrung, häufig schon über ein Jahr im Voraus anfangen, eine

Klassenfahrt zu organisieren. Damit alle genug Zeit haben, ihre finanziellen Belastungen zu planen und die Möglichkeit kleiner Ratenzahlungen besteht. Natürlich alles in Absprache mit den Eltern.

Und im Übrigen werden die Klassenfahrtzeiträume für die achten und zehnten Klassen schon zu den Anmeldungsgesprächen zur siebenten Klasse bekannt gegeben. Spätestens aber zum allerersten Elternabend in der siebenten Klasse. Und trotzdem kommen sie jedes Mal genau so überraschend wie Weihnachten oder der Geburtstag der Schwiegermutter.

Was erwarten Eltern noch? Die Kinder sollen Spaß haben, die Unterkunft soll topp sein, die Verpflegung wie zu Hause oder zumindest wie in einem guten Hotel und für den Großteil meiner Schüler ohne Schweinefleisch, aber auch vegetarisch, laktosefrei, ohne Gluten und nur mit Fruchtzucker haben wir im Angebot. Und es gibt doch hoffentlich in der Unterkunft abends warmes Essen. Nicht wie bei den Deutschen nur belegtes Brot. Das kann mein Kind nicht essen.

Die einen sind, wie ich, gegen Handys, die anderen wollen ihr Kind jederzeit erreichen können. Aber das gute Stück darf nicht wegkommen. „Können Sie die Handys nicht einsammeln und bei sich lagern und dann nachmittags rausgeben?" Das lehne ich ab, weil ich nicht Geräte im Wert von mehreren zehntausend Euro bei mir lagern möchte.

Und auch hierzu gibt es erwartungsgemäß geteilte Ansichten, aber mein Wort gilt und ich in diesem Punkt lasse mich nicht auf

Kompromisse ein. Das passt nicht zum Bild eines modernen Pädagogen, ich weiß, aber das ist mir schnurzegal.

Kost' doch nix

Die Handys meiner Schüler entsprechen in der Regel dem modernsten Stand der Kommunikationstechnik, auch wenn die meisten sofort nach dem Neuerwerb ein gesprungenes Display aufweisen, liebevoll auch Spider-App genannt. Für mich war es lange Zeit ein Geheimnis, wie Familien, bei denen das Budget eher knapp bemessen ist, diese finanzielle Zusatzbelastung stemmen. Jedes Familienmitglied hat ein teures Handy, oft sogar die Knirpse im Kinderwagen, sie müssen sich ja beschäftigen können. Mütter legen bei anberaumten Gesprächsterminen auch schon mal zwei dieser teuren Exemplare vor sich auf den Tisch, die dann auch in atemberaubendem Takt klingeln, piepen, vibrieren oder durch Lichtsignale eingehende Meldungen signalisieren, die natürlich sofort beantwortet werden müssen. Solche Gespräche, die nicht nur durch Sprachbarrieren, sondern auch noch durch permanente Unterbrechungen belastet sind, gestalten sich meist schwierig.

Bei einer Hofaufsicht erkundigte ich mich einmal bei den mich umringenden Schülern, ob diese Handys und die dazu gehörigen Verträge nicht sehr teuer sind. Und bekam prompt des Rätsels Lösung auf einem Silbertablett serviert: „Nö, dass kost´ doch nix. Wird doch vom Konto abgebucht!"

Von den meisten von ihnen werde ich mit meinen eher veralteten Modellen zurückhaltend mitleidig belächelt.

Auch der Vorstellung meiner Schulleitung, den täglich anfallenden organisatorischen Teil meiner Klassenleitertätigkeit, wie zum Beispiel die Verwaltung der Fehlzeiten oder der Verspätungen, zum großen Teil in Echtzeit direkt aus dem Unterrichtsgeschehen, mit Hilfe meines Smartphones zu managen, kann und möchte ich nicht gerecht werden. „Es gibt da so tolle Apps und Programme! Da geht das alles fast automatisch!“ Mein Einwand, dass es sich bei dem Gerät um mein ganz persönliches, privates Eigentum handelt, verhallt meist im digitalen Fieber.

Das muss doch keiner wissen!

Ach ja, und natürlich brauchen wir eine Garantie für schönes Wetter. Da *müssen* Sie einfach in den Süden fahren!

Und viele gemeinsame, spannende Aktionen bitte. Und passen Sie auf, dass die Jungs nicht in den Mädchenzimmern sind. Schülerbögen werden mit einem Hang zum Minimalismus ausgefüllt, man will schließlich im Zeitalter des Datenschutzes möglichst wenig preisgeben. Beim Einsteigen in den Bus werden dann allerdings immer noch ein paar ganz wichtige Informationen per Zuruf mitgeteilt. „Frau Abel, das wollte ich nicht in den Schülerbogen schreiben. Das geht niemanden etwas an.“ Klar, merke ich mir ;-) Asthma, Rückenprobleme, Bettnässen, Allergien, Pille, Medikamente...

„Und achten Sie doch bitte darauf, dass mein Kind morgens um sieben auch immer die Medikamente nimmt. Sonst lege ich sie morgens immer auf den Frühstücksteller."
„Frau Abel, Mert kann vor 10 Uhr morgens gar nichts essen. Der braucht unterwegs eine Frühstückspause. Aber bitte sorgen Sie dafür, dass niemand weiß, dass die Pause seinetwegen stattfindet. Sonst wird er von den anderen deswegen noch gemobbt."

Das Thema Datenschutz führt mitunter zu schwierigen Auseinandersetzungen. Was darf ein Lehrer sagen, was nicht? Welche Informationen dürfen an die Öffentlichkeit gelangen? Darf man Noten ansagen oder nicht? „Dürfen Sie das überhaupt", steht auf der Liste der meistgestellten Schülerfragen ganz weit oben.
Schwierig wird es, wenn es um die Reaktion auf eindeutiges Fehlverhalten geht. Muss da immer hinter verschlossenen Türen agiert werden? Nicht selten höre ich von Schülern Sätze wie folgenden: „Der Schüler XY fehlt andauernd im Unterricht und nichts passiert. Aber mich meckern Sie immer an, wenn ich nur einmal zu spät komme." Natürlich passiert etwas mit Schüler XY. Aber die Informationen darüber werden selbstredend nicht in der Klasse bekanntgegeben. Vor einigen Monaten wurde ich zum Schulleiter bestellt, der mich darüber informierte, dass sich ein Vater einer achten Klasse massiv über mich beschwert habe, dass ich „seinen Sohn im Unterricht diffamiere" und Schüler beleidige. „Worum geht es denn genau", versuchte ich den Grund der Beschwerde zu erkunden. Der Vater wollte anonym bleiben, damit seinem Sohn keine „weiteren Nachteile im Unterricht" entstehen. „Frau Abel kann meinen Sohn ja jetzt schon

nicht leiden.“ Was sollte ich mit dieser Information jetzt anfangen? Ich wusste weder, um wen es ging, noch worum überhaupt. Hartnäckiges Nachfragen brachte dann aber doch ans Licht, dass sich der Vater ganz besonders darüber beschwerte, dass ich seinen Sohn im Unterricht auch dann zu mündlichen Leistungen aufforderte, wenn er sich nicht gemeldet hatte. „Sie kann meinen Sohn doch nicht rannehmen, wenn er sich nicht meldet. Das ist diffamierend!“ Ganz speziell ging es um eine Übungsphase, in der ich Aufgaben aus dem kleinen 1x1 wiederholt hatte, da ein respektabler Teil der Klasse immer noch nicht in der Lage war, die Aufgabe 7x8 ohne Taschenrechner zu bewältigen. Und so beraumte ich mit schöner Zuverlässigkeit zu Beginn jeder Stunde ein fünfminütiges Kopfrechentraining an. Ich achtete penibel darauf, dass möglichst jeder Schüler Aufgaben lösen musste, also auch Jeremy. Wohlgemerkt, Aufgaben aus dem kleinen 1x1 in der achten Klasse. Und nun beschwerte sich der Vater beim Schulleiter, da ich Jeremy in seinen Augen diffamierte, weil andere Schüler durch die mündliche Form der Übung erfahren können, welche Fragen Jeremy nicht beantworten konnte. Das verstieße gegen den Datenschutz. Außerdem berichtete er dem Schulleiter, dass Schüler, die eine Antwort nicht wissen, bei mir den Rest der Stunde auf dem Tisch stehen müssen und sein Sohn deshalb große Angst vor meinem Unterricht habe. Fassungslos starrte ich meinen Schulleiter an. „Das hat er tatsächlich gesagt?“ Ich war sprachlos. Und ich grübelte. Wie kam der Mann auf solche Behauptungen? Selbst ein ganz schlichtes Gemüt musste doch wissen, dass man nur in die Klasse gehen und nachfragen muss, wann der letzte Schüler auf dem Tisch stehen musste, weil er eine Frage nicht beantworten konnte. Also, was sollte das? Ich grübelte weiter und berichtete inzwischen meinem Schulleiter von Jeremy. Er hatte wirklich große Schwierigkeiten. Und ganz offensichtlich fühlte sich Jeremy in der Schule grundsätzlich nicht wohl, da ihm Anforderungen im allgemeinen Angst machten. Er wurde eng vom Sonderpädagogen des Jahrganges betreut und hatte immer seine eigenen Aufgaben, damit er sich nicht überfordert fühlte. Und dann fiel es mir wie Schuppen von den Augen. Vor über einem Jahr, in der siebten Klasse, hatten tatsächlich einmal Schüler dieser Klasse auf Tischen gestanden. Auch im Zusammenhang mit dem erwähnten Kopfrechentraining. Ich versuchte diese fünf-Minuten-Übung so abwechslungsreich wie möglich zu gestalten. Mündlich, schriftlich, als Bingo, mit Bewegungen, mit und ohne Noten. Einmal hatte ich jedem, der seine Aufgabe nicht lösen konnte, gesagt, er möge sich hinstellen, damit ich nicht vergesse, ihm eine zweite Aufgabe zu stellen. Als ein Schüler auch diese zweite Aufgabe nicht lösen konnte, meinte er lachend: "Macht nichts, dann stelle ich mich auf den Stuhl und löse eben noch zwei Aufgaben. In der nächsten Stunde fragten mich einige Schüler: „Machen wir das heute beim Kopfrechnen wieder, dass wir uns auf die Stühle stellen?" Es war relativ schnell klar, dass es einige Jungs voller Freude darauf anlegten, bis auf den Tisch zu kommen, bevor sie überhaupt daran dachten, ihre Aufgaben richtig zu lösen. Sie hatten zwar ihren Spaß, aber ich fürchtete, dass der Übermut zu gebrochenen Tischplatten führte und überlegte mir sehr schnell eine neue Variante, bei der sie nicht so hoch hinauskamen.

Werbung formt Ansprüche

Dann gibt es da noch den offiziellen Sinn und Zweck von Klassenfahrten. Hier nur ein paar Schlagwörter: Team- und gemeinschaftsbildend, horizonterweiternd, neue Aktivitäten kennenlernen, altersgerecht, naturnah, Bewegung an frischer Luft, unterrichtsbegleitende Projekte und, und, und. Einer der neuesten Trends heißt *Erlebnispädagogik*.

Kann man alles nachlesen, wenn man möchte.

Wenn man, auf der Suche nach einer für die eigene Klasse geeigneten Fahrt, die Werbetexte einschlägiger auf Klassen- und Gruppenfahrten spezialisierter Reiseunternehmen durchforstet, sieht man vor sich unweigerlich zufriedene Schülergesichter, zwei Daumen hoch mit perlweißen Zähnen in die Handykamera lächelnd, trendy gekleidet, in Funktions- und Sportkleidung namhafter Ausstatter steckend, im glitzernden Tiefschnee oder an azurblauen Stränden, auf jeden Fall aber überglücklich vor einer Traumkulisse.

Hier werden Bedürfnisse geweckt. Schüler und Lehrer werden gleichermaßen als Zielgruppe angesprochen. Immer weiter, immer besser, immer spektakulärer soll es sein. Der Reisemarkt boomt, die Konkurrenz schläft nicht. Und auch die Idee, mit Bonuspunkten Kunden zu binden oder den Marktanteil über Weiterempfehlungen zu erweitern, ist bei Veranstaltern von Klassenfahrten inzwischen ein probates Mittel. In regelmäßigen Anrufen werde ich nach meinen nächsten Zielen und Terminen befragt,

Kataloge füllen meinen Briefkasten und falls mir all dies aus unerfindlichen Gründen entgehen sollte, erreichen mich zahllose Mails, von allen Anbietern, die meiner Email-Adresse habhaft werden konnten.

Ihre Klassenfahrt zu den spannendsten Zielen in Europa und Asien. Entdecken Sie mit uns atemberaubende, pulsierende Metropolen, historisch interessante Regionen oder traumhafte Naturparadiese. Ermöglichen Sie Ihrer Klasse eine kulturell ansprechende Studienfahrt, die allen Spaß macht.

Wir bieten Sport für alle: Rafting, Hochseilgarten, Klettern, Geocaching, Mountainbiking, Surfen oder Segeln sind bei unseren Klassenfahrten bereits im Preis enthalten. Selbstverständlich bieten wir auch tolle erlebnispädagogische Inhalte bei unseren Sport- & Erlebnis-Fahrten. Des Weiteren bieten wir für viele Reiseziele unterrichtsrelevante, themenbezogene Programmpakete. Dabei erleben die Schüler Geschichte, Biologie, Physik, Erdkunde, Natur und vieles mehr didaktisch aufbereitet, hautnah und in der Praxis.

Und schon stehe ich auf dem Schlauch.

Die eine Hälfte meiner Klasse kann nicht richtig schwimmen, die andere nicht Fahrrad fahren, für die einen sind 5 Kilometer Fußweg eine nicht zu bewältigende Langstreckenwanderung, die in echten oder beängstigend realistisch dargestellten Asthmaanfällen, Herzrhythmusstörungen und wütenden Fluch- und Beschimpfungstiraden gipfelt, die anderen sind danach noch so voller Energie, dass sie wilde Schlachten im Haus ausfechten und toben, als würde es kein Morgen geben. Unsere viel gelobte

Heterogenität in jeder Hinsicht zieht eben auch die unterschiedlichsten Ansichten, Wünsche und geistigen sowie körperlichen Fähigkeiten und Grenzen nach sich. Zukünftige Abiturienten, Lernbehinderte, Schüler mit motorischen, emotionalen oder sozialen Störungen, Flüchtlingskinder mit fragmentarischen Deutschkenntnissen, Heimkinder und wohlbehütete Kinder aus sogenannten bildungsnahen Familien bekomme ich nicht so einfach unter einen Hut. Ganz ehrlich? Trotz aller Anstrengung: Ich bekomme sie gar nicht unter einen Hut.

Während ein kleiner Anteil Instrumente spielt, töpfert, tanzt, zaubert, reitet oder regelmäßig in einem Sportverein aktiv ist, belegt ein weitaus höherer Anteil seit genau so vielen Jahren den immer gleichen Platz auf der Couch und wechselt simultan zwischen Handy, Fernseher, Computer und/ oder Spielekonsole hin und her. Nicht selten die halbe Nacht. Die Frage nach Wünschen oder Plänen für die nähere oder weitere Zukunft hat dann genau eine Antwort: „Keine Ahnung. Ich will nur in Ruhe zocken!“

Es gibt einen sehr schönen Text von Professor Dr. Müller-Limmroth, der diesen Balanceakt für mich wunderbar und perfekt beschreibt.

„Wahrscheinlich gibt es nicht viele Berufe, an die die Gesellschaft so widersprüchliche Anforderungen stellt:

Gerecht soll er sein, der Lehrer, und zugleich menschlich und nachsichtig, straff soll er führen, doch taktvoll auf jedes Kind eingehen, Begabungen wecken, pädagogische Defizite ausgleichen, Suchtprophylaxe und Aids-Aufklärung betreiben, auf jeden

Fall den Lehrplan einhalten, wobei hochbegabte Schüler gleichermaßen zu berücksichtigen sind wie begriffsstutzige. Mit einem Wort:

Der Lehrer hat die Aufgabe, eine Wandergruppe mit Spitzensportlern und Behinderten bei Nebel durch unwegsames Gelände in nordsüdlicher Richtung zu führen, und zwar so, dass alle bei bester Laune und möglichst gleichzeitig an drei verschiedenen Zielorten ankommen."

Prof. Dr. Müller-Limmroth
02.06.1988 in der "Züricher Weltwoche"

Und genauso fühlte ich mich, als wir nach dreieinhalb Stunden Fahrt aus dem Bus kletterten. Wir waren da. Meine muslimisch dominierte Gemeinschafts-Schulklasse aus Berlin-Neukölln stand in einem katholisch geführten Ferienobjekt im stellenweise *nicht ganz linksorientierten* Sachsen und wurde sehr nett von zwei lächelnden Schwestern im Habit begrüßt.

Mein ganz eigenes Feldprojekt *Toleranz im gelebten Alltag* konnte beginnen. Ich nahm mir vor, eine interne Punkteliste zu führen und machte mich, Voucher und Schülerlisten unter dem Arm, auf den Weg zur Rezeption.

Geteiltes Leid ist halbes Leid

„Oh, da kommt ja die dritte Klasse ihrer Schule. Wie war ihre Fahrt?“ Die Schwester lächelte mich an. Ich war irritiert. Die dritte Klasse unserer Schule? Ich hatte auf der Dienstberatung, auf der mehrere Kollegen der Oberstufe, genau wie ich kurz vor Fahrtantritt noch verzweifelt Begleitung suchten, am Rande mitbekommen, dass zwei 11. Klassen ihre Kursfahrt auch in die Sächsische Schweiz gebucht hatten. Sollten die tatsächlich im selben Objekt gelandet sein? Ja, tatsächlich. Ich sah es Schwarz auf Weiß. Also auch nicht im Ausland. Tatsächlich gab es auch in meinem eigenen Jahrgang und wir sind immerhin sechszügig, genau eine Klasse, die nach Italien an den Gardasee gefahren ist. Der Rest war, genau wie wir, in Deutschland unterwegs. Aber egal, welche Klasse man befragte, es hieß immer: “Alle anderen fahren ins Ausland. *Nur* wir nicht!“

An unserer Schule leisten wir uns den Luxus, zwei Klassenleiter pro Klasse zu haben. Geteilte Arbeit ist halbe Arbeit. Vier Augen sehen besser als zwei. Soweit die Theorie. Mein Kollege hatte mir auf nachdrückliches Nachfragen nach den großen Ferien, also drei Wochen vor Fahrtantritt, mitgeteilt, dass er nicht mitkommt. Kann man ihn ja auch nicht zu zwingen. Leider hatte er aber für sich auch keinen Ersatzspieler gesucht und jetzt wurde es eng, da alle achten, zehnten und elften Klassen, sowie diverse Oberstufenkurse gleichzeitig auf Fahrt gehen würden. Demzufolge war die verfügbare Personaldecke bedenklich ausgedünnt. Man könnte sagen: Hauchzart. Ich inspizierte insgeheim die anwesenden männlichen Kollegen. Ich brauchte dringend einen männlichen Begleiter. Das war mir klar, denn ich kannte meine pubertierenden, halbstarken türkischen und arabischen Jungs. Moment. Ich möchte schon auf Vollständigkeit achten. Es gibt auch einen deutschen und einen bulgarischen Jungen. Zwei meiner Jungs bezeichnen ihre Herkunft als libanesische Kurden aus der Türkei.

Mit einer jungen, blonden Referendarin, frisch von der Uni, die gerne erst einmal als gute Freundin starten möchte, hätte ich schwere Bedenken gehabt und ich wollte, falls es zu größeren Zwischenfällen kam, auch nicht als Frau mitten in der Nacht in ihre Zimmer stürmen müssen. Referendare, Quereinsteiger, neue und bekannte Kollegen, wer würde mich begleiten können und wollen? Und mit wem wollte ich fünf 24-Stunden-Schichten schieben? Mit wem würde ich mir nicht nach drei Tagen die Augen auskratzen, weil jeder etwas anderes sagt? Bei 160 Kollegen kennt man nur wenige gut genug.

Mein Blick fiel auf Falk. Vollständig: Falk Neumann. Zumindest kannten wir uns aus dem Unterricht in seiner Klasse. Da war ich eine Zeit lang als Zweitlehrer eingesetzt. Ruhiger, konsequenter Typ, sportlich, ziemlich entspannt und ich wusste, dass er begeisterter Kletterer war. Perfekte Besetzung. Nach einigem Hin und Her und diversen Überredungs- und Bestechungsversuchen meinerseits, entschied er sich tatsächlich mitzukommen, wenn wir seine dreijährige Tochter mitnehmen würden. Die hätte sonst während seiner Abwesenheit zu Hause nicht betreut werden können. Also buchten wir Unterkunft und Verpflegung für sie nach und fuhren zusammen auf Klassenfahrt. Ich wusste, dass das alles andere als eine optimale

Lösung war, aber es war die einzige Lösung, die ich so schnell noch aus dem Hut zaubern konnte.

Keine Jungs auf Mädchenzimmern

Nach kurzer Einweisung und einigen Terminabsprachen an der Rezeption konnten die Zimmer bezogen werden. Wir hatten ein ganzes Haus für uns allein. Zwei Appartements für die Jungs, zwei weitere im Stockwerk darüber für die Mädchen. Jeweils mit einem eigenen Bad, Teeküche mit Kühlschrank und Mikrowelle auf der Etage. Ein Traum.

Ich sperrte die obere Etage für die Jungs. Ich hatte keine Ambitionen, mich später mit muslimischen Eltern, Brüdern oder Cousins auseinander setzen zu müssen, weil selbige mit gegenseitigen Besuchen der verschiedenen Geschlechter nicht einverstanden waren. Zu gut erinnerte ich mich an einen noch nicht lange zurückliegenden Zwischenfall auf dem Schulhof.

In einer großen Pause war ein nicht sehr großer Knabe auf den Schulhof marschiert, hatte sich vor einem meiner Schüler aufgebaut, der ihn an Breite und Höhe deutlich überragte und ehe jemand wusste, was geschah oder wie es dazu kam, hatte das Rumpelstilzchen angefangen auf ihn einzuprügeln. Und noch bevor die aufsichtsführende Kollegin am Ort des Geschehens war, hatte sich der Junge wieder verzogen. Aber er hatte, wie man so schön sagt, Eindruck hinterlassen. Und ganz offensichtlich war bekannt, mit wem man sich da eingelassen hatte.

Kadir wurde ins Sekretariat begleitet, Eis-Pads wurden auf sein anschwellendes Auge gelegt, die Polizei verständigt und eine erste Befragung eingeleitet. Inzwischen wurde ich als Klassenlehrerin verständigt und traf kurz danach auch im Sekretariat ein. Aus Kadir war nichts heraus zu bekommen. Er kennt niemanden, er weiß nichts, es ist nichts passiert. Die Polizei wusste inzwischen mehr. Sie kannte den prügelnden Knaben. Woher weiß ich nicht. Wahrscheinlich kannten ihn Schüler. Und trotz allem blieb Kadir bei: „Ich kenne niemanden, ich weiß nichts, es ist nichts passiert.“

Sein Auge schwoll beeindruckend an, verfärbte sich zusehends in ein optimistisches Dunkelblau, aber es war nichts passiert.

Die Schwester des Prügelknaben geht in meine Klasse. Ein sehr stilles, fleißiges und ausgesprochen sympathisches arabisches Mädchen, den Blick meist gesenkt, bildschön. Der große Bruder, eine Klasse höher, hat einen Namen in der Schule. Sein stetiger Begleiter heißt ÄRGER. Nicht sehr groß, nicht sehr breit, hat aber seine Schleppenträger gut im Griff. Und genug Leute, die er per Anruf vor die Schule bestellen kann. Ich hatte ihn einmal bei einem Schulfest in Aktion erlebt. Binnen Minuten hatte er an die 25 Leute zusammengetrommelt. Seine Eltern bringen ihn regelmäßig als Dolmetscher zu den Lernentwicklungsgesprächen ihrer Tochter Elaha mit. Regelmäßig sorge ich für arabisch sprechenden Ersatz und setze ihn solange vor die Tür.

Nachmittags rief mich Kadirs Mutter an. Sie konnte nach langer und eindringlicher Befragung ihres Sohnes die Geschehnisse aufklären. Kadir hatte einige Tage zuvor mit Elaha, der Schwester des Prügelknaben telefoniert, weil er Fragen zu Hausaufgaben hatte. Und das musste geahndet werden. Also war der kleine Bruder in einer ausreichend großen Pause von seiner eigenen Schule losmarschiert, um an Kadir ein eindeutiges Exempel zu statuieren. Kadirs Mutter bat die Familie daraufhin um ein klärendes Gespräch. Die Familie hatte keine Zeit.

Aus diesem Grund hatten die Jungs im oberen Stockwerk striktes Zutrittsverbot.

Apokalyptisches Chaos

Wir bezogen also unser Quartier, das für die nächsten fünf Tage unser gemeinsames Domizil sein sollte.

Erfahrungsgemäß verwandeln sich Jugendzimmer, und die meisten Eltern werden mir mit Blick auf die Kinderzimmer des eigenen Nachwuchses sicherlich Recht geben, kurz nach dem Betreten durch pubertierende Sprösslinge in einen Ort, den man unbesehen sofort als Drehort für einen apokalyptischen Thriller verwenden kann.

Bei einem Kinderarztbesuch vor nun schon etlichen Jahren mit einem meiner eigenen Söhne, fand ich in einer bereitgestellten Elternzeitschrift einmal folgenden, in meinen Augen legendären Satz: „Intelligente Kinder brauchen Chaos!“ Ab sofort konnte ich dem Chaos in den eigenen Kinderzimmern mit großer Gelassenheit begegnen: Meine Kinder waren ganz offensichtlich hochintelligent. Der IQ musste weit, sehr weit über dem Durchschnitt liegen.

Noch schlimmer erlebe ich es auf Klassenfahrten. Je mehr Bewohner, umso größer das sofortige Chaos. Die versammelte Intelligenz nimmt beängstigende Größenordnungen an und schnellt vermutlich in den nicht mehr messbaren Bereich. Egal, wie viele Schränke zur Verfügung stehen, der Inhalt der Koffer wandert unweigerlich auf den Fußboden, sämtliche Deos und andere mitgeführte geruchsgebenden Stoffe werden sofort in größeren Mengen und von jedem Zimmerbewohner in die nähere und weitere Umgebung eingebracht und somit das Atmen deutlich erschwert, Tische brechen unter der Last von Süßigkeiten und Knabberzeug zusammen und die Zimmertüren werden durch Berge wild durcheinander gewürfelter Schuhe blockiert. In den Bädern stapeln sich Unmengen von Haargels, -sprays, Kosmetika, Cremetöpfchen und -tiegelchen, Deos und offenen Zahnpasta-Tuben. Ich habe nie erfahren, ob sie das Bad schon geöffnet erreichen oder ob es sich um ein geheimes Ritual handelt, bei dem sie sofort nach der Inbeschlagnahme des Zimmers und des Bades geöffnet und die kleinen Verschlusskappen unwiederbringlich entsorgt werden. Und hierin unterscheiden sich Jungen- und Mädchenzimmer kaum noch. Der einzige Unterschied der Geschlechter ist der Geruch am Morgen.

Während man Mädchenzimmer durchaus unbeschadet an Körper, Geist und Seele am Morgen betreten kann, um die Insassinnen zu wecken, sollte man vor dem Betreten von Jungenzimmern durch tiefe Atemzüge, wie vor einem längeren Tauchgang, für einen ausreichend üppigen Sauerstoffvorrat sorgen, um dann als erstes auf kürzestem Weg im Sprint die fest verschlossenen Fenster zu erreichen, selbige aufzureißen und erst danach, nach einem überlebenswichtigen Atemzug, mit giraffenartig weit ausgestrecktem Hals, möglichst weit vor dem Zimmerfenster im Freien, kann man den Weckvorgang einleiten. Nur so ist es möglich, die Jungs für den Tag zu mobilisieren, da sie durch die entstandenen Gase der Nacht in einer Art Koma liegen und selbst das Eintreten der Tür durch ein Sondereinsatzkommando nicht wahrnehmen könnten.

Ich hatte sehr gehofft, dass ich diesen lebensbedrohlichen Tagesanfang meinem Kollegen überlassen konnte, aber der schob, klassenfahrtserfahren, seine dreijährige Tochter und ihre gemeinsamen Morgenrituale vor und überließ mir die morgendlichen Wiederbelebungsmaßnahmen. Ich kündigte also bei den Herren meine morgendlichen Weckversuche an, um mir und ihnen peinliche Überraschungen zu ersparen.

Das Projekt: Betten beziehen

Ein ganz besonderes Erlebnis ist das eigenhändige Beziehen der Betten. Und während es in der oberen Etage keinerlei unterstützender Maßnahmen bedurfte, hätte man in der unteren Etage allein Stoff für diverse YouTube-Renner gehabt, Likes im fünf- bis sechsstelligen Bereich garantiert.

Auch bei dieser Klassenfahrt fragte ich mich wieder einmal, ob es nicht sinnvoll wäre, in der Schule in einer unserer Projektwochen, die jedes Jahr vor den Zeugnisferien anstehen, einen mehrtägigen Workshop zum Thema: „Betten beziehen – leicht gemacht“ anzubieten. Aber warum lernen unsere Schüler das eigentlich nicht am Ort des normalen Geschehens, nämlich dort, wo ihr eigenes Bett steht? Junge Männer, mit Bartwuchs, dunkler Stimme und weiteren erkennbaren Tendenzen zum Erwachsen werden, sind nicht in der Lage, eine Decke in einen eigens dafür vorgesehenen Bezug zu stopfen.

Hakan stand böse funkelnd vor mir: „Der Bezug ist viel zu kurz für die Decke. Die können hier nicht mal ordentliche Bezüge hinlegen.“

„Hakan, die machen das hier professionell. Aber vielleicht klappst du den Bezug einfach mal bis zum Ende auf. Dann ist er auch lang genug!“

„Ach, so! Ja, passt!“

Murat ist inzwischen komplett in seinem Bezug verschwunden und versucht die Dinge von innen zu regeln. Kadir überlegt, welches Mädchen er überreden könnte, ihm heute noch diese lästige Aufgabe komplett abzunehmen. Ich denke, da muss ich nicht weiter intervenieren, es wird vermutlich zu keinen größeren Verletzungen oder Todesfällen kommen und mache mich auf ins nächste Jungenzimmer. Auf dem Flur begegnet mir eine komplett vermummte Gestalt. Irgendjemand übt für ein Vorsprechen für die Rolle als Burggespenst und das wilde Rudern lässt vermuten, dass es sich um Fadil handelt. Ich versuche den Tentakeln so gut es geht auszuweichen, um mir ein blaues Auge zu ersparen und scheuche ihn zurück ins Zimmer. Meine Bitte, die frische, unbenutzte Bettwäsche, wenn irgend möglich, dabei nicht über den Fußboden zu schleifen, verhallt leider komplett in einem unbekannten, galaktischen Kommunikationsnirvana.

Als ich das zweite Jungenzimmer wenig später wieder verlasse, fällt mir auf, dass das Kreuz, das hier erwartungsgemäß in allen Appartements eigentlich an der Wand hängt, seinen Platz bereits verlassen hat und in ein Regal ganz hinten umgezogen ist.

„Jungs, habt ihr das Kreuz abgenommen?"

„Äh, ja, wallah, bin isch Moslem, was hängt hier Kreuz, Alta?"

Dieser Toleranzpunkt geht eindeutig an die Schwestern.

Alle anderen fahren an den Gardasee!

Eine halbe Stunde später habe ich die Klasse vor dem Haus versammelt. Wir wollen *die Umgebung erkunden*. Hauptsächlich will ich dafür sorgen, dass sie sich bewegen und nicht den Rest des Tages vor den Fernsehern sitzen, die leider in jedem Appartement an der Wand hängen und eingeschaltet waren, noch bevor der erste Kofferinhalt auf den Fußboden gekippt wurde. Zur Lieblingsserie dieser Klassenfahrt wird vier Tage später übrigens „Love Island" gekürt werden.

Heute Nachmittag ist unser Ziel der Kleine Bärenstein. Entfernung zu unserem Objekt laut Google-Maps 1,8 Kilometer, Höhenunterschied etwa 200 Meter. Er bietet, sofern man es bis ganz oben schafft, einen traumhaften Blick auf eine felsige Kulisse, die typisch ist für die Sächsische Schweiz und unter anderem ihren Status als Nationalpark begründet. So sieht man die Rauensteine, das Basteigebiet, den Lilienstein, den Pabststein, den Pfaffenstein und die Festung Königstein. Ein schöner Hintergrund für die ersten Fotos. Oben wird es genug Platz für ein Picknick oder zumindest eine entspannte Pause geben und es gibt einen großen Felsblock, auf dem die Jungs herumturnen können, ohne sich die Ohren zu brechen. Der Weg dorthin könnte für meine eingefleischten Stadtkinder durchaus spannend sein.

Wir machen uns auf den Weg und haben bereits nach den ersten 500 Metern als Gruppe eine beachtliche Länge erreicht. Das Fortbewegungstempo liegt zwischen *schneckengleich* und *forschen Schrittes*. Efe, lang, dünn und sehnig stürmt bergan vorneweg und will unbedingt Erster sein, während einige eher übergewichtige Damen demonstrativ langsam hinterher tippeln. Da mein Kollege seine Tochter an der Hand hat, bleibt er gerne bei den Damen, während ich versuche, die Jungs halbwegs im Auge zu behalten. Nach einigen Pausen, in denen die Nachhut aufschließen konnte, tauchen wir gemeinsam in den etwa 800 Meter entfernten Wald ein. Zugegeben, wir verlängern den Weg etwas, indem wir den Bärenstein erst einmal südöstlich umrunden. Wir peilen das Ziel von hinten an. Das verschafft uns weitere 700 Meter Fußmarsch und macht den Weg etwas dramatischer. Vor mir höre ich die bekannten Rap-Töne. Efe hat, um die Stille des Waldes besser ertragen zu können, seine Box dabei. Kein Gang ohne akustische Untermalung. Die Jungs grölen, dass das Echo von den Felsen widerhallt. Drei Wanderer begegnen uns und die Blicke sprechen Bände. Ich ziehe den Kopf zwischen die Schultern und beeile mich, zur Spitzengruppe aufzuschließen, um wieder einmal für Ruhe zu sorgen. Auf dem Weg zur Spitze sammle ich im Vorbeieilen die Verpackungen verschiedenster Süßigkeiten ein. Verdammt, hatte ich nicht lang und breit Verhaltensregeln mit ihnen besprochen? Nationalpark, besonderer Schutz von Pflanzen und Tieren, die Theorie war klar, die praktische Umsetzung scheiterte. Ich brauche eine Weile, bis Efe sich geschlagen gibt und weitere unterhaltsame: „Ja, aber ich hab doch nur..." ausbleiben. Die Box wird im Rucksack verstaut und ich stopfe auch gleich noch die eingesammelten Verpackungen dazu. Inzwischen hat auch wieder einmal die Gruppe der Versehrten aufgeschlossen. Es kann weiter gehen.

In einschlägigen Wanderführern wird die Tour als „abwechslungsreich und meist auf bequemen Wegen" beschrieben, ist aber nicht gänzlich ohne Anstrengung zu meistern und so lassen die ersten auch recht bald ihrem Groll freien Lauf. Während diverse Jungs in offene Opposition gehen und man vermuten könnte, wir würden zum Aufwärmen eben mal schnell einen Dreitausender besteigen, verlegen sich die Mädchen lieber auf die schauspielerische Variante und stellen Krankheitsbilder dar, die sie vermutlich aus den Erzählungen hochbetagter, greiser Familienmitglieder kennen. Hüftschmerzen, die durch die eingenommenen Tabletten nur noch schlimmer werden (fragt sich, warum die Tabletten dann eingenommen werden?), asthmatische Anfälle, die Atmung tatsächlich bedenklich rasselnd, Herzschmerzen, Kopfschmerzen galaktischen Ausmaßes und schmerzende Knie. Mein Kollege erliegt den Darstellungen und beschließt, für einige Mädchen kurz unterhalb des Gipfels eine Krankenstation einzurichten. Die „besten Freundinnen“ nehmen das sofort zum Anlass, aus Sympathie und Solidarität ihre Unterstützung vor Ort anzubieten. Ich inspiziere die Gruppe „Schwerkranker“ und scheuche einige der Damen hoch.

„Los Mädels, ihr schafft das, noch ein paar Meter und ihr seid oben. Auf mit Euch!“

Ich will ihnen ihre erste Dosis körpereigener Glückshormone nicht vorenthalten und versuche mich als Motivationscoach. Es dauert eine Weile, bis sie endlich maulend und murrend in Bewegung kommen. Allesamt übergewichtig und nicht gerade sportbegeistert. Natascha zieht eine Schneise verbaler Vernichtung.

„So eine verfickte Klassenfahrt! Andere fahren nach Italien und ich muss in Deutschland WANDERN! Was ist denn das für eine Scheißklassenfahrt? Ich fahr wieder nach Hause!“

Sie schnieft und schnauft wie eine Dampflok, tobt wie ein Bauarbeiter, aber sie kämpft und erreicht schweißgebadet den 20 Meter höheren „Gipfel“. Wir werden von ein paar rüstigen Senioren, weit über das Pensionierungsalter hinaus überholt, die lockeren Schrittes an uns vorbeiziehen, die Show sichtlich genießen und sich ein mitleidiges Lächeln nicht verkneifen können.

Oben lasse ich sie alle erst einmal den Ausblick genießen, den Herzschlag normalisieren und verschnaufen. Von den Rentnern keine Spur mehr, die haben beim Anblick der bis dato unbeaufsichtigten Gruppe pubertierender Halbstarker tendenziell südländischer Herkunft, sofort den Abstieg begonnen. Die Jungs thronen längst lässig auf dem Felsblock, schießen Selfies und verwöhnen die Umgebung akustisch mit diversen „Wallah, ich schwöre", „Ich schwöre wirklich" und „Wallah, voll krass, Alta". Es hört sich an, als wäre ich mit einer Truppe Hörgeschädigter unterwegs. Ihre Lautstärke macht einem irischen Pub zur besten Zeit des Abends alle Ehre. Ich kann die Senioren durchaus verstehen. Ich würde ihnen gerne folgen. Auch mein Kollege erscheint jetzt auf dem Gipfel. Die Asthma- und Herzanfälle im Krankenlager wurden auf wundersame Weise, wie durch Zauberhand geheilt und er entschloss sich, die drei noch verbliebenen Mädchen nach einigen mahnenden Worten in Rufweite unbeaufsichtigt zurück zu lassen.

Für die Gipfelstürmer beschließen wir, dass es Zeit für ein erstes Gruppenfoto wird und haben sehr schnell den großen Felsen als standesgemäße Kulisse auserkoren. Die Jungs sind ohnehin schon oben, die Mädchen scheinen den Gedanken auch in Ordnung zu finden. Ich weiß, dass der Abstieg für einige eine Herausforderung werden wird, aber ich finde, das können sie ruhig auch noch meistern. Ich geselle mich zu meiner Klasse und mein Kollege übernimmt das Fotoshooting. Und da ich mit meinen über fünfzig Jahren auch unbeschadet vom Felsen komme, klettern mir die Mädchen zwar aufgeregt, aber zuversichtlich hinterher und werden auf dem letzten Stück tatkräftig von den Jungs unterstützt. Und sogar Natascha lächelt und scheint ihre Leistung zu genießen. Ich schicke direkt das erste Foto an die Elternsprecherin meiner Klasse, die es in den Elternchat stellen wird. Wir sind gut angekommen!

Der Rückweg gestaltete sich nicht halb so dramatisch wie der Aufstieg. Außer, dass sich Kadir, trotz aller Mahnungen vernünftig zu laufen, bei wilder Hatz bergab den Knöchel verstauchte. Efe hatte ihn gerade zurückhalten wollen, dafür aber nur ein: „Halt die Fresse, du Opfer, ist doch wohl meine Sache!" eingefangen, da lag der Held auch schon auf dem Hinterteil. Jetzt konnte er aber natürlich nicht losjammern und lehnte männlich konsequent jegliche vorbeugende Maßnahme wie Kühlung oder stützende Bandagen für den Rest des Abends ab.

Lassen Sie meine Tochter da, ich hole Sie ab!

Kaum im Objekt angekommen, erreichte mich ein Anruf. Ada sollte am Freitag nicht mit uns gemeinsam mit dem Bus nach Hause fahren, sondern in Dresden den Zug besteigen, da ihre Eltern anderenorts für mehrere Tage einen Workshop leiteten und sie übers Wochenende mit dorthin kommen sollte. Man hätte das jetzt ausdiskutiert und würde heute noch die Zugtickets schicken. Ich wies die Eltern darauf hin, dass ich das Mädchen in gar keinem Fall ohne etwas Schriftliches mit ihrer eigenhändigen Unterschrift in irgendwelche Züge setzen würde und erntete dafür schon einmal Kritik. Ob denn ein Fax ausreichen würde?

Ich hielt Rücksprache mit meinem Schulleiter. Ja, teilte er mir mit, ein Fax wäre in Ordnung. Ich hegte meine Zweifel, dass die avisierten Zugtickets uns pünktlich erreichen würden und fragte nach einem Plan B. Ein Plan B existierte nicht.

Adas Eltern arbeiten als Künstler. Ich lernte sie auf einem der ersten Elternabende kennen und der Vater hinterließ sofort einen bleibenden Eindruck bei mir. Als ich meinen Klassenraum betrat, saß ein aus meinen Augen optisch gewöhnungsbedürftiger Mitvierziger mit den Füßen auf dem Lehrertisch an meinem Platz und blätterte entspannt in meinen Unterlagen. Und statt eines „Guten Abend“ kam ein „Na, da sind Sie ja auch endlich.“ Ich atmete tief ein, zählte sehr langsam bis fünf, grüßte und wies ihn darauf hin, dass er an meinem Platz saß und die Nase in Dinge steckte, die ihn nichts angingen. Ich bat ihn, sich doch bitte einen anderen Platz zu suchen. „Äh, hier steht nichts von Lehrertisch dran.“ Lässig zurück gelehnt blieb er sitzen und betrachtete mich erst einmal entspannt von oben bis unten. Er ließ sich Zeit. Es dauerte einige Momente, bis er sich wieder vernehmen ließ: „Na, denn mal.“ Damit wuchtete er sich aus meinem Stuhl, um lässig durch den Raum zu schlendern und an einem der Schülertische Platz zu nehmen. Seitdem bringe ich meine Unterlagen immer erst mit in die Klasse, wenn es losgeht.

Fortan erkundigte ich mich jeden Tag, sobald wir von unseren Unternehmungen zurückkehrten an der Rezeption, ob denn ein Schreiben für mich eingegangen sei. Nein, kein Posteingang zu verzeichnen. Als auch am Mittwoch keine Fahrkarten für Ada angekommen waren, schrieb ich den Eltern eine Nachricht, mit der Bitte, sie mögen sich doch bei mir melden. Keine Reaktion.

Tagsüber rief ich mehrmals an. Keine Reaktion. Kein Schreiben, kein Rückruf. Der Teilnehmer ist zurzeit nicht erreichbar. Am Abend begann ich unruhig zu werden. Nach dem Abendbrot versuchte ich ein weiteres Mal, den Vater oder auch die Mutter zu erreichen. Der Teilnehmer war in beiden Fällen weiterhin nicht erreichbar. Gegen 23 Uhr meldete sich der Vater und begann das Gespräch mit der Frage, was dieser Telefonterror soll, er habe schließlich zu arbeiten.

„Die Fahrkarten sind noch nicht angekommen!"
„Das kann doch nicht sein, ich habe schließlich ein Haufen Geld dafür bezahlt!"

Es blieb unklar, ob für die Fahrkarten an sich oder den Transport selbiger. Der Mann brüllte sich in Rage. Ich hatte Mühe, meine Frage nach dem weiteren Vorgehen an den Empfänger zu bekommen. Er hat keine Zeit, seine Frau habe auch keine Zeit, außerdem sei ja morgen auch noch ein Tag.

„Ja, aber was ist, wenn die Fahrkarten auch morgen nicht..."

Die Verbindung war bereits unterbrochen. Er hatte aufgelegt. Die Fahrkarten trafen auch am Donnerstag nicht ein. Ein weiterer Anruf bei den Eltern brachte mir weiteren lautstarken Unmut des vielbeschäftigten Künstlers ein. Ich solle Ada am Freitag einfach im Objekt lassen, er würde sie im Laufe des Tages abholen, wenn er Zeit dafür hat. Jetzt hätte ich natürlich sagen können: „Was geht mich fremdes Elend an, ist schließlich ihre Tochter." Interessanter Weise vergessen Eltern sehr schnell, was sie gesagt haben, wenn dann doch etwas passiert. Dann steht plötzlich ein Anwalt in der Tür, der Geld wittert oder zumindest ein sehr guter Freund der Familie ist. Ich meldete also ernsthafte Bedenken an. Wer sollte oder würde hier im Objekt die Aufsicht über ein fünfzehnjähriges Mädchen übernehmen? Was, wenn er unterwegs einen Unfall hätte oder aus anderem Grund aufgehalten würde. Ich lehnte ab, trotz Gebrüll und Gezeter auf der anderen Seite.

„Entweder, sie sind bis zur Abfahrt des Busses hier, um ihre Tochter persönlich abzuholen, oder Ada fährt mit uns nach Berlin.“ Ich nannte ihm noch einmal die geplante Abfahrtszeit des Busses, verlegte sie intern vorsichtshalber um eine Stunde nach vorn, damit wir am nächsten Tag nicht zu viel Verspätung hatten und legte auf. Mir klingelten die Ohren. Um sicher zu gehen, dass ich mich nicht doch auf dem pädagogischen Holzweg befand, rief ich noch einmal meinen Schulleiter an und bat um Bestätigung meines Vorgehens. Ansonsten hätte ich ja den Vater noch einmal anrufen und zu Kreuze kriechen können. Mein Vorgehen wurde bestätigt. Der Vater erschien 15 Minuten nach der offiziellen Abfahrtszeit des Busses, also genau 75 Minuten zu spät nach unserer internen Verabredung. Er fand sich großartig, schnappte sich grußlos seine Tochter, der das alles sichtlich unangenehm war und fuhr mit quietschenden Reifen vom Hof. Eine Woche später rief mich der Schulleiter zu sich und gewährte mir Einblick in einen Beschwerdebrief des besagten Vaters, in dem dieser sich wortreich über die unfähige, überhebliche und inkompetente Lehrerin seiner Tochter beschwerte und drastische Konsequenzen forderte.

Ich hatte ähnliches erwartet, fühlte mich aber trotzdem getroffen. Auf Dienstherrenseite fand sich allerdings niemand, der dieser Forderung nachkommen wollte.

Wie definiert man eigentlich Zimmerlautstärke?

Die erste Nacht ist genau wie die letzte Nacht auf einer Klassenfahrt eine konditionelle Herausforderung. Die letzte traditionell, jeder kennt es aus eigener Erfahrung. Da wird möglichst lange durchgehalten, wenn möglich sogar durchgemacht. Schließlich wird niemand mehr nach Hause geschickt. Die erste Nacht ist nicht minder unruhig, denn alles ist neu und aufregend, es gibt viel zu erzählen, Pläne werden geschmiedet und die Energie der Chips und Schokowaffeln, die während der Anreise zu sich genommen wurden, konnte noch nicht im Mindesten abgearbeitet werden. Und so wappnete ich mich für die kommende, erste Nacht. Seit langem gehören Ohropax für mich zur unverzichtbaren Ausrüstung für Klassenfahrten, denn ich bin nicht mehr in der Lage, vier schlaflose Nächte und fünf Tage voller Bewegung, Aktivität und erhöhter Aufmerksamkeit zu überleben. Ich MUSS irgendwann schlafen und sei es nur für ein paar Stunden. Der große Vorteil bei überwiegend muslimischen Schülern: Alkohol ist kein Thema. Ansonsten sind alle Schüler gleich. Um 22 Uhr gebot die Hausordnung Nachtruhe. Alle hatten sie schon vor der Klassenfahrt erhalten. Sie sollte von Schülern und Eltern gleichermaßen unterschrieben werden. Ob sie auch jemand gelesen hatte? Ich würde nicht darauf wetten wollen.

Hausordnung hieß im Punkt Nachtruhe: alle sind auf dem Zimmer, bleiben dort und verhalten sich so, dass sich andere Gäste durch Lautstärke nicht gestört fühlen. Ich wandelte den Punkt „Aufenthalt im Zimmer“ um in den Wortlaut: „Aufenthalt im *eigenen* Zimmer“, ansonsten konnte ich da unbesehen mitgehen. Da in allen Zimmern die Fernseher liefen war zumindest davon auszugehen, dass sie dort magisch angezogen verharren würden. Jetzt war nur noch die Lautstärke auszudiskutieren. Um 22 Uhr gab ich in den Zimmern noch einmal ein Update der Regeln von mir, wünschte eine „Gute Nacht“, regte ein paar Stunden Schlaf an oder wünschte zumindest lächelnde Gesichter am nächsten Morgen zu sehen und zog mich erst einmal zurück. Gegen 23 Uhr war ich bereits das dritte Mal bei den Jungs unterwegs. Wir hatten eindeutig verschiedene Vorstellungen, was *angemessene Lautstärke* bedeutet oder grundsätzlich verschiedene akustische Wahrnehmungen, wobei ich stark zu Ersterem tendiere. Gegen 24 Uhr drohte ich damit, erst Fernbedienungen, danach bei Bedarf Netzkabel einzuziehen. Das war dann ein Argument, dem man zu folgen bereit war. Jetzt kehrte umgehend erträgliche Ruhe ein. Vor den Fenstern flackerte friedlich anheimelndes Fernsehlicht. Ich stöpselte mir die Ohren zu und hoffte, es würde keine nächtlichen Katastrophen geben. Zumindest hoffte ich auf meinen Kollegen, der sein Domizil in der Etage der Jungs bezogen hatte. Er würde etwas davon hören und erst einmal einschreiten.

Zweiter Tag

Die Ruhe nach dem Sturm

Die Augenringe am nächsten Morgen verrieten mir, dass es für viele eine kurze Nacht war. Ich möchte nicht wissen, was da an nächtlichem *Bildungsfernsehen* konsumiert worden war. Einige hockten mürrisch, übernächtigt, blass und offensichtlich nicht wirklich ansprechbar am Frühstückstisch und rührten etwas matt und ungelenk in ihren Cornflakes. Andere kauten mechanisch auf Brötchen herum oder stierten einfach vor sich hin. Ich genoss die Ruhe, denn im Gegensatz zum Abend vorher, an dem im Speisesaal ein ohrenbetäubender Lärm herrschte, den nur vier Klassen an einem Anreisetag zustande bringen können und der dem dröhnenden Getöse eines startenden Jets zur Ehre gereicht hätte, konnte man jetzt das leise Schlurfen von Füßen, das mahlende Geräusch von Zähnen oder das Knacken kleinerer Fingerknöchel hören. In den anderen Klassen sah es nämlich kein bisschen besser aus.

Mert, der Junge, der morgens nichts essen konnte, erklärte mir auch tatsächlich mit tiefhängenden Lidern und einem Blick, als hätte er die erste Nacht in einem Bootcamp überstanden, er habe keinen Hunger und würde heute auch keinen mehr bekommen. Ich hegte leisen Zweifel, wollte ihm aber nicht dringend widersprechen. Der Junge war schließlich alt genug. Wir hatten einiges vor. Und zumindest hatte ich meine Klasse am Abend voher, bei einer eigens dafür einberufenen Zusammenkunft im eigenenGruppenraum, über die für heute geplanten

Programmpunkte informiert.

Direkt nach dem Frühstück würden wir den Abstieg zur Bahnstation Wehlen in Angriff nehmen, dort in die sogenannte S-Bahn, einen Vorortzug in Richtung Bad Schandau steigen und bereits zwei Stationen später, in Königstein, den Aufstieg zur gleichnamigen Festung beginnen. Zu Fuß! Nach den Erlebnissen des letzten Tages schwante mir Schlimmes. Es würde vermutlich wieder gewaltigen Ärger geben. Ich fürchtete, die lange Fernsehnacht war der ohnehin kaum vorhandenen körperlichen Kondition nicht zuträglich gewesen. Nach der Besichtigung der Festung würden wir, wiederum zu Fuß, nach Königstein zurückkehren und von dort mit Schlauchbooten, die Elbe stromabwärts bis Wehlen paddeln. Dort sollten wir uns mit Grillwürstchen oder schweinefleischfreiem Grillkäse stärken, damit wir dem anstehenden 150-Meter-Aufstieg zu unserem Objekt gewachsen wären.

Schlauchboot geht gar nicht! (Teil 1)

Schon beim Elternabend klärte mich Cecylias Mutter darüber auf, dass ihre Tochter, ein blondes Mädchen mit großen Puppenaugen und einer dicken, luftundurchlässigen Schicht Make-up im Gesicht, deren sehr lange, sehr spitze und sehr schrille Fingernägel meiner Meinung nach unter die Regelungen des deutschen Waffengesetzes gehörten, schon als kleines Mädchen ein Problem mit Schlauchbooten hatte. Cecylias komplizierte Beziehung zu Schlauchbooten äußerte sich, laut ihrer besorgten Mutter, in hysterischen Anfällen und spitzen Schreien, sowie Panikattacken, wenn sie sich in ein Schlauchboot setzen sollte. Sie würde mit jedem Motorboot oder mit jedem Jetski fahren, aber Schlauchboot, nein, das geht gar nicht. Vielleicht könnte sie ja jemand in einem begleitenden Motorboot mitnehmen? Ich ließ mir stattdessen unterschreiben, dass Cecylia während der Schlauchboottour zur Not unbeaufsichtigt, mit Schwimmweste, am Ufer bleiben durfte.

Multi-Kulti-Familien

Cecylias Mutter ruft mich oft an, um sich noch einmal nach schulischen Angelegenheiten zu erkundigen. Sie hätte die Erklärungen ihrer Tochter nicht verstanden. Cecylias Mutter kommt aus Polen und spricht ein sehr gebrochenes Deutsch mit starkem polnischen Akzent, ihr Vater, ein Türke, spricht ebenfalls sehr gebrochenes Deutsch, dafür aber mit starkem türkischen Akzent, Cecylia selber spricht akzentfreies Deutsch, dafür mit einem großen Anteil an fehlendem Vokabular und zusätzlich gebrochenes Türkisch und Polnisch, vermutlich mit starkem deutschen Akzent. Die Verständigung innerhalb der Familie und auch zwischen der Familie und der Schule gestaltet sich meist holperig. Der Schülerakte nach ist Cecylia Katholikin, praktiziert aber mit ihrem Vater, hier in Berlin den islamischen Glauben. Sie geht mit ihm in die Moschee und feiert alle muslimischen Feste. Hat also am Opferfest und am Zuckerfest mit Erlaubnis ihrer Eltern und des Berliner Senats schulfrei. In Polen, bei der katholischen Verwandtschaft, ist sie dann wieder katholisch. Damit es dort keinen Ärger gibt, deshalb steht es auch so in der Schülerakte.

Mit dieser Glaubensvielfalt innerhalb der Familie ist Cecylia kein Einzelfall. Auch Salina kommt aus einer bunten Familie. Ihre Mutter ist Polin, ihr Vater Italiener. Beide mag ich unheimlich gern. Sie sind, genau wie Salina, sympathische, warmherzige, herzliche und freundliche Menschen. Beide kommen aus Ländern, in denen der katholische Glaube mit der Muttermilch aufgenommen wird. Salina hat, genau wie ihre Schwestern, den muslimischen Glauben angenommen und avancierte innerhalb kürzester Zeit innerhalb der Klasse zu einer Art Fachfrau in Bezug auf Fragen der islamischen Religion. Damit brachte sie diejenigen ihrer Mitschüler, die sich selbst eher als *geborene Moslems* betrachteten, bei diversen Diskussionen rund um Glaubensfragen und Vorschriften nicht selten in prekäre Situationen.

Wandertage im Ramadan

In einer Klassenstunde im vergangenen Schuljahr, einige Wochen vor den Sommerferien, stand als Thema wieder einmal die Gestaltung eines Wandertages an. In der Regel macht die Klasse dazu mehr oder weniger durchführ- oder bezahlbare Vorschläge, über die dann sehr demokratisch per Mehrheitsentscheidung abgestimmt wird. Je älter sie wurden, desto sinnvoller wurden ihre

Vorschläge und auch in der Planung und Organisation der Wandertage wurden sie selbstständiger und verlässlicher. Diesmal lag der Termin des Wandertages mitten im Fastenmonat Ramadan, an dem viele unserer Schüler freiwillig oder auch durch einen gewissen selbst auferlegten Gruppenzwang teilnehmen, wobei sie nur zwischen Sonnenuntergang und Sonnenaufgang essen und trinken dürfen. Besonders im Sommer, bei hohen Temperaturen und sehr kurzen Nächten, ist das für Kinder und heranwachsende Jugendliche eine extreme körperliche Belastung, da ihnen neben fehlender Flüssigkeitszufuhr und Hunger auch täglich zunehmende Müdigkeit schwer zu schaffen machen. Dies hat in diesen vier Wochen regelmäßig unter anderem auch eine höhere Frequenz an Notarzteinsätzen während der Schulzeit zur Folge.

Die nicht besonders starke, aber durchaus präsente nichtmuslimische Fraktion der Klasse schickte einen eigentlich sehr schönen Vorschlag ins Rennen. Man könne doch auf dem Tempelhofer Feld, ein riesiges grünes Areal im Herzen der Stadt und in direkter Nachbarschaft des Bezirkes Neukölln gelegen, gut erreichbar und gern genutzt für Freilandevents aller Art, ein gemeinsames Schuljahresabschlussgrillen veranstalten. Man könne Spiele mitbringen, Musik, Decken, mehrere kleine Grills und es sich, vielleicht auch mit Eltern, gemütlich machen. Die Elternteilnahme wurde umgehend abgewählt, der Rest stand als Idee weiterhin im Raum. Aber, es war RAMADAN. Kein Essen, kein Trinken, solange es nicht dunkel war. „Wieso legt diese Schule eigentlich einen Wandertag in den Ramadan? Kann man denn keine Rücksicht darauf nehmen, dass wir fasten?“ An dieser

Stelle intervenierte Salina. Die Hände fest in die Hüften gestemmt, stand sie vor der Klasse und wies darauf hin, dass es durchaus nach den Regeln des Islam war, wenn man aus gutem Grund einen Tag mit dem Fasten aussetzte. Man durfte diesen Tag jederzeit durch Nachfasten ausgleichen. Und ein gemeinsames Erlebnis als Klasse sei durchaus ein sinnvoller Grund.

„Wir sind eine Klasse und wir sind nicht alle Moslems. Also schlage ich vor, dass wir am Wandertag alle gemeinsam grillen und wir Moslems danach gemeinsam nachfasten. Hat jemand was dagegen?“

Selbstsicher schaute sie einen nach dem anderen in die Augen. Ihre Blicke schweiften mit leicht angehobenen Augenbrauen über die Klasse. Es hatte niemand etwas dagegen. Insgeheim hatte ich den Verdacht, dass sich niemand traute, etwas dagegen zu haben. Und so verbrachten wir einen sehr schönen gemeinsamen Tag auf dem Tempelhofer Feld, mit Essen, Trinken, Musik, Spielen und einer ordentlichen Wasserschlacht. Väter erschienen und brachten Grillgerätschaften, Holzkohle und Getränke, Mütter trugen Schüsseln mit Salat, Gebäck und Grillgut aufs Feld. Am meisten freute sich mein Hund, der an Wandertagen gerne die Rolle des Schulbegleithundes übernimmt und dabei eine wundersam beruhigende Wirkung auf meine ADHS-Schüler und auch andere unruhige Geister hat. Er begleitet uns immer, wenn wir einen Wandertag an frischer Luft verbringen, ob in den Müggelbergen, im Klettergarten oder eben auf dem Tempelhofer Feld. Am Ende des Tages ist er meist sehr satt, ausreichend durchgeknuddelt und hat sich jede Menge bewegt.

Jeder isst anders…

Das erste gemeinsame Frühstück der Klassenfahrt lag hinter uns und ich hatte bereits alle Arten von Tischsitten erleben dürfen.

Da gab es zum Beispiel den *Schlürfer*, der, beide Ellbogen weit von sich gestreckt, fast auf dem Tisch lag und kaum die Hilfe eines Löffels benötigte, um sein Milch-Cornflakes-Gemisch direkt aus dem tiefen Teller zu schlürfen.

Oder auch den *Ängstlichen*, der sein halbes Brötchen gehetzten Blickes mit beiden Händen fest umklammert hielt und es sich im Stück in den Mund schob, als wäre es das letzte Essen auf dieser Welt, dass es gegen Horden hungriger Bestien zu verteidigen galt. Ganz klar: ein Angriff der Zombies stand bevor!

Andere zerfetzten ihre Backwaren erst einmal gedankenverloren, bevor sie sich einzelne Stückchen davon einverleibten.

Der nächste bestrich sich seine Brötchenhälften liebevoll, fast zärtlich mit Butter, schichtete verträumt Lage um Lage von Käse, Wurst, Schinken, Eiern, Gurken, Salat und Tomaten darauf und garnierte das Ganze noch mit einem Sträußchen Petersilie, bevor er es sich dann genüsslich und in Seelenruhe einverleibte.

Es gab die *Eintaucher*, die alles erst einmal solange in Milch oder im warmen Kakao einweichen, oder, wie meine Oma gesagt hätte: „neiditschen“ , bis man es gut durch einen Strohhalm ziehen konnte und auch die, denen nach dem Frühstück so viel Marmelade und Nutella im Gesicht und auf dem T-Shirt klebte, dass man bezweifeln musste, dass sie selbst überhaupt etwas davon zu sich genommen haben konnten. Von den Krümeln und Resten auf dem Tisch hätte man durchaus eine Großfamilie ernähren können, aber zumindest brachten alle brav ihr Geschirr weg und der Tischdienst bewaffnete sich mit den bereit gestellten Reinigungsutensilien und beseitigte die Spuren auf dem Schlachtfeld. Das Projekt „Essen mit allen Sinnen“ konnte vorerst als beendet erklärt werden. Wir waren startklar, Tag 2 konnte endlich beginnen.

Efe spielt Superman

Obwohl ich am Abend zuvor darum gebeten hatte, dass alle komplett ausgestattet zum Frühstück erscheinen, weil ich noch keine Ahnung hatte, wie lange wir zum Bahnhof brauchten, war an einen sofortigen Abmarsch noch lange nicht zu denken.

„Äh, hatten Sie das gesagt? Haben wir nicht gehört. Wir müssen nur noch schnell Schuhe anziehen, Sachen holen, noch mal aufs Klo, Wimpern ankleben, Nägel lackieren, Geld holen..., wir sind gleich wieder da!“
„Elli muss noch mal aufs Klo!“

Und schon stand ich allein vor dem Haus. Es dauerte 20 Minuten, bis alle wieder da waren.

Die Wartezeit nutzte ich, um einige Packungen Käse, Putenwurst, Geflügelsalami (selbstverständlich war alles frei von

Schweinefleisch), ein Glas Nutella, eine Packung Butter und eine große Tüte frische Brötchen an zurückkehrende Jungen zu verteilen. Erstere hatte ich noch zu Hause käuflich erworben und dabei akribisch die Zutatenliste studiert, damit mir kein ernährungstechnischer Fauxpas im religiösen Kontext unterlief. Letztere am Vorabend in der Küche bestellt-unsere Tagesverpflegung. Wir hatten nur Halbpension gebucht, da wir tagsüber ohnehin nicht im Quartier sein würden. Und so war für heute ein gemeinsames Picknick an der Elbe geplant, bevor wir mit den Schlauchbooten den Heimweg antreten wollten.

Aber, ich hatte die Rechnung ohne das Verständnis der Jungs gemacht. Die wenigen, die einen Rucksack oder ein anderes halbwegs geeignetes Trageutensil bei sich hatten, zeigten wenig Begeisterung für meine Idee, nach der sie sich am Tragen des gemeinsamen Mittagessens beteiligen sollten. In die Handtäschchen der Damen passte unser Essen noch weniger hinein und so beschloss ich, mich vom allgemeinen Gemurre nicht beirren zu lassen. Ich drückte jedem, dessen körperliche Verfassung ich für geeignet befand, eine Packung Käse oder Wurst zu transportieren, einen Teil unserer Verpflegung in die Hand. Und dann machten wir uns endlich und wahrhaftig bergab auf den Weg zur Bahn. Da aber auch dem schlichtesten Gemüt bereits an dieser Stelle dämmerte, dass wir den Weg nachmittags in umgekehrter Richtung, also bergauf nehmen mussten, war die Stimmung eher gedrückt. Es wurde kein fröhliches Lied geschmettert.

Den Bahnsteig erreichten wir trotz allem überpünktlich und so konnten einige Touristen, ob sie nun wollten oder nicht, die kulturelle Vielfalt genießen, die sich ihnen bot. Wir wurden, nicht durch die Bank weg freundlich, aber offenkundig kritisch beäugt. Und die Jungs taten ihr Bestes, sämtlichen Negativklischees gerecht zu werden.

Aber zuallererst bemühte ich mich darum, sie alle, unbesehen von Geschlecht oder Nationalität, von der Kante des Bahnsteiges weg zu scheuchen. Interessanter weise können sich pubertierende Jugendliche, die in Gruppen unterwegs sind, oft nur direkt an der Bahnsteigkante aufhalten. Und so standen sie, weil sie nicht gänzlich gegen meine Anweisungen verstoßen wollten, allesamt breitbeinig da. Mit einem Fuß auf der dicken, weißen Linie, die dem geübten Betrachter einen vernünftigen Abstand verdeutlicht, mit dem anderen jedoch dafür möglichst weit an besagter Kante. Und während ich noch versuchte, ihnen zu erklären, dass es bei der deutlichen Nähe des fast senkrechten Berghangs neben uns vermutlich zu heftigen Verwirbelungen kommen wird, schluckte der Lärm eines herannahenden Güterzuges in voller Fahrt bereits meine Erklärungsversuche. Efe, wie immer wild entschlossen, genau das Gegenteil von dem zu tun, was ihm gerade angetragen wurde, warf sich in Pose. Besonders bei ihm haben Eigen- und Fremdwahrnehmung eine Maximalentfernung.

Und so schreitet seine ellenlange, spindeldürre Gestalt oft breitarmig und -beinig quer durch einen Doppeltürrahmen, da er sich selbst eher in der Figur eines Arnold Schwarzenegger wahrnimmt. Bereit, sich wie Supermann jeder Übermacht zu stellen, stemmte er seine homöopathisch ausgeprägten Muskelberge dem herannahenden Zug entgegen und riss seine Jacke weit auf, um einen möglichst großen Widerstand zu erzeugen, was ihm unbesehen gelang. Efe hatte die Sogwirkung des Zuges komplett unter- und sich selbst wieder einmal maßlos überschätzt. Der Sog des Güterzuges riss ihn von den Füßen.

Und natürlich hatte er auch einen Grund, für sein Verhalten.

„Ey, wallah, wenn mir doch warm war, Alta!"

Ich ordnete an, dass er sich seinen Hitzewallungen bis zum Eintreffen unseres Zuges am Geländer zwischen Fußweg und Bahndamm hingeben sollte. Und zwar immer mit mindestens einer Hand am Geländer.

„Efe, halt den Zaun fest!"

Alle anderen hielten sich jetzt bereitwillig in gebührender Entfernung zur Bahnsteigkante auf und alle weiteren Zugdurchfahrten verliefen ohne nennenswerten Zwischenfall.

Romantischer Aufstieg zur Festung

Nach dem Eintreffen unseres Zuges erreichten wir Königstein binnen weniger Minuten und fanden, dank modernster Technik, nette, kleine Hinweisschildchen am Wegesrand, die uns eine 40-minütige Wanderung offerierten, auch sofort den Fußweg, der uns hinauf zur Festung bringen sollte. Er überquerte Brücken, schlängelte sich durch schmale Gässchen, entlang liebevoll angelegter Gärtchen mit üppiger Blütenpracht, verlief ein Stück auf dem bekannten Malerweg, unter schattenspendenden Buchen hindurch, stetig aber moderat bergan hinauf zur Festung. Aber nicht viele hatten Augen für ihre nähere Umgebung. Kadir hatte, nachdem er am letzten Abend ja vehement auf alle Hilfsmaßnahmen für seinen verstauchten Knöchel verzichtet hatte, sichtlich Schmerzen beim Laufen. Auch heute Morgen hatte er, wie auch schon am letzten Abend, helfende Angebote abgelehnt.

„Es ist nichts. Geht schon. Hören Sie auf zu nerven, Sie gehen mir auf den Geist!“

Na, immerhin ist er zumindest beim förmlichen „SIE“ geblieben. Also ließ ich ihn laufen und konnte nur hoffen, dass wir nicht zwischendurch einen Krankenwagen rufen mussten, weil er gar nicht mehr weiter kam.

Und da man als echter Mann lediglich mit den Händen in der Tasche das Objekt verlässt, hatte er jetzt nicht nur einen schmerzenden Knöchel, sondern auch noch Durst. Und Durst ist bekanntlich schlimmer als Heimweh. Hier kam wirklich alles zusammen.

Sein Gang erinnert mich auch sonst immer ein wenig an einen gemütlich watschelnden Pinguin und seine, nur auf der Innenseite stark abgelaufenen Sohlen, waren ein sicheres Zeichen für eine Fußfehlstellung. Aber er weigerte sich konsequent, orthopädischen Fachrat einzuholen.

Und so quälte er sich nun sichtlich übellaunig den Berg hinauf und steckte ein halbes Dutzend Jungs mit seiner überquellenden schlechten Laune an. Ab jetzt nahm die Maulerei in ihrer Gruppendynamik neue Dimensionen an. Ihr Vokabular war zwar eingeschränkt, dafür glich ihre Lautstärke aber, zumindest in ihren eigenen Augen, die fehlende Vielfalt aus. Und so schallten immer wieder „Ey, halt die Fresse, du Spast!“ oder „Halts Maul, du Opfer!“ lieblich durch den Wald.

Während die Jungs, trotz aller Versuche, sie auf dem offiziellen Weg zu halten, querfeldein durch den Wald stürmten und ihre Unterhaltung sofort auf Türkisch umstellten, wenn wir in ihrem Dunstkreis erschienen, versuchten die Mädchen, nicht nur durch einen immer größeren Abstand zu den Jungs, ihre gute Laune zu erhalten. Ich ließ die Herren erst einmal ihren Frust auspowern und blieb bei Sarah, die hochrot, schweißgebadet und kurzatmig kurz davor war, sich an den Wegesrand zu setzen und in eine Art dumpfe Starre zu verfallen. Sarah ist mehrfach organtransplantiert und auch sonst nicht in besonders guter konditioneller Verfassung. Und obwohl sie körperlich, bis auf einige wenige Einschränkungen, alles mitmachen darf, ist sie nach eigenen Worten kein Fan von frischer Luft oder gar Bewegung an selbiger. Auch sie vermeidet Anstrengung jeglicher Art. Aber noch hatte ich die Hoffnung, sie motivieren zu können und so blieb ich an ihrer Seite und ermunterte sie, jeden Schritt als kleinen Sieg zu feiern und dabei ruhig und langsam zu atmen. Und wir schafften es tatsächlich und erreichten das Ziel nicht einmal als letzte. Und wieder einmal fehlte von den Jungs jede Spur. Wir spürten sie weit entfernt am Ende eines Wirtschaftsparkplatzes auf, da sie bei ihrem Querfeldeinmarsch leider die Orientierung verloren und somit den Haupteingang der Festung um einiges verpasst hatten. So mussten sie einen Extragang in Kauf nehmen, was leider nicht zu einer Stimmungssteigerung beitrug.

Ich überließ meinem Kollegen die murrende Horde, und begab mich zur Kasse, um die Eintrittskarten zu erwerben. 5 Minuten Ruhe. Nur für mich. Welch ein Luxus. Bewaffnet mit Tickets und einem A4-Blatt, auf dem noch einmal Verhaltensregeln aufgeführt waren, „die Sie bitte Ihrer Klasse näherbringen", kehrte ich wenige Augenblicke später zurück. Und selbstverständlich brachte ich sie ohne Umschweife näher. Keinen Lärm machen, nicht auf oder hinter Mauern oder Absperrungen herumturnen, Kanonen nicht als Klettergerüst missbrauchen, nichts ins Tal werfen, nicht die Grünanlagen betreten, ... kurz gesagt, man benehme sich bitte ordentlich und darauf bedacht, weder etwas zu zerstören, noch andere Leute in irgendeiner Form zu belästigen.

Das Foto dürfen Sie aber nicht meinen Eltern zeigen!

Wenn man, so wie wir, den Besucherfahrstuhl nutzt, landet man direkt auf dem äußeren Festungsring und hat sofort einen grandiosen Ausblick. Und zum ersten Mal hatte ich den Eindruck, dass sie anfingen, das Ganze zu genießen. Wir wollten zuerst gemeinsam die Anlage im Uhrzeigersinn umrunden und uns dann ins Innere der Festung begeben. Ein weiteres Gruppenfoto wurde mit Gruß an die Eltern aufgenommen und sofort gesendet.

Wir ließen uns Zeit, genossen den Ausblick, lehnten an der Brüstung, schwatzten und genossen das schöne Wetter. Die Stimmung lockerte auf. Alena und Maik alberten herum, wie man es von Jungs und Mädchen einer zehnten Klasse erwartet. Maik hatte Alena, eine kleine zarte Person mit hüftlangen Haaren, huckepack genommen und beide hatten sichtlich Spaß daran. Ich schoss ein Foto, auf dem mir beide eine Faust mit erhobenem Daumen entgegenstrecken.

„Aber, Frau Abel, dass dürfen Sie nicht meinen Eltern schicken“, bat mich Alena. „Bitte, ja?“

Alenas Eltern kommen aus dem Balkan. Sie haben ihr Land während des Bürgerkrieges verlassen und hier eine neue Heimat gefunden. Die Familie ihrer Mutter lebt inzwischen fast vollständig hier in Deutschland, die Familie ihres Vaters ist dagegen aus Kostengründen im Heimatland geblieben. Auch Alena spricht, wie viele meiner Schüler zwei Sprachen. Ihre Mutter, die sehr gut Deutsch spricht, kommt zu allen Veranstaltungen in die Schule, ihren Vater habe ich noch nie gesehen. Er spricht fast gar kein Deutsch, obwohl er seit Jahren als selbstständiger Handwerker arbeitet. Ihre Mutter ist immer strikt gegen ein Handyverbot auf schulischen Veranstaltungen, da sie ihre Tochter zu jeder Zeit und am liebsten mehrmals am Tag erreichen möchte. Auf der Klassenfahrt in der achten Klasse hat sie deshalb mindestens einmal, manchmal zweimal am Tag mich oder meinen Kollegen angerufen, um sich nach Alenas Befinden zu erkundigen und mindestens einmal täglich mit ihr selbst zu telefonieren. Ein engerer Kontakt mit männlichen Mitschülern ist nicht erwünscht. Das hat Zeit bis zur Hochzeit

„Jetzt verstehe ich, warum wir in Deutschland geblieben sind!"

Elaha stand lange, für sie so typisch, still und verträumt an der Festungsmauer und blickte ins Land.

„Frau Abel, Sie hatten Recht. Es ist wirklich wunderschön hier. Ich hatte das nicht erwartet."

Und Maik fügte hinzu: „Jetzt verstehe ich, warum Sie mit uns in Deutschland geblieben sind. Ich finds echt total toll hier."

Und während ich zum ersten Mal ein wirklich gutes Gefühl hatte, lehnte sich Efe rückwärts weit über die Brüstung, um mal wieder einen super Schnappschuss mit dem Selfiestick zu schießen, penibel darauf bedacht, dass Handy ja nicht über dem Abgrund zu positionieren. Dieses gute wohltuende Gefühl von eben hatte sich umgehend verflüchtigt, als ich ihn kurze Zeit später auch noch dabei erwischte, wie er doch damit beschäftigt war, Dinge in den Abgrund zu werfen: „Ist doch nur Rinde!“

Klassenfahrtskoller die Zweite ... und Klappe!

Wieso müssen wir das eigentlich tragen?

Nachdem wir die Festung umrundet hatten und bei der Gelegenheit auch gleich noch ein paar Kenntnisse aus dem Erdkundeunterricht wiederholen konnten, Real Life und fast zum Anfassen, wann hat man diese Möglichkeit schon im gewöhnlichen, kreidestaubigen Schulalltag, da nahmen wir uns die Erkundung des Innenraumes der Festung mit Stallungen, Zugbrücke, Garnisonskirche, Lebensmittelarsenal, Schatzhaus, Hungerturm, Pestkasematte und natürlich Eis- und Andenkenshop vor. Und da wir als gut ausgebildete und optimistische Pädagogen erwarteten, dass bei dieser Fülle an kulturellem und historischem Zeugnis jeder etwas anderes spannend fand, bekamen die Großstadtkinder ausreichend Zeit, sich ihren eigenen Bedürfnissen entsprechend zu bewegen. Und so verschwanden sie umgehend geschlossen in Richtung Eisstand und Andenkenshop. Und dort fand ich sie fast eine Stunde später auch alle wieder. Die Mädchen saßen mit Eiswaffeln und Getränken bewaffnet in der Sonne, während sich die Jungs, nicht weit entfernt um die Ecke versammelt hatten und zum großen Teil, lässig entspannt an einem sehr teuer aussehenden Fahrzeug lehnten, dass durch die Aufschrift schnell dem Besitzer der dort ansässigen gastronomischen Einrichtung zugeordnet werden konnte. Also bemühte ich mich zu ihnen, da erfahrungsgemäß nicht viele Halter von Kraftfahrzeugen aller Art, positiv auf die Umfunktionierung ihres Gefährtes zu einer öffentlichen Sitzgelegenheit reagierten, schon gar nicht die einer kostenintensiven Karosse, wie dieser da. Ich bat also darum, den Aufenthaltsort ihrer jeweiligen Rückseite inklusive Abwärtsverlängerung zu verlegen und stutzte, als mir auffiel, dass alle mit dicken Backen am Kauen waren.

Mert, der mir noch vor kaum zwei Stunden versichert hatte, dass er heute keinen Hunger mehr bekommen würde, hatte ein besonders dick mit Käse belegtes Brötchen in der Hand.

„Sagt mal, Jungs, habt ihr da unser gemeinsames Picknick zwischen den Zähnen? Habt ihr einfach die Sachen aufgerissen, die ihr tragen solltet?“

Ich war sichtlich sauer. Aber mir schien, dass sie für meinen Unmut nur wenig Verständnis aufbrachten.

„Was regen Sie sich eigentlich so auf?“
„War doch wohl zum Essen gedacht!“
„Was soll ich denn machen, wenn ich Hunger habe?“
„Wenn wir es schon tragen müssen, dann können wir es auch essen, wenn wir wollen!“
„Warum müssen WIR das überhaupt tragen?“

Ich weiß nicht, ob ich nun zu alt, zu spießig oder zu altmodisch bin, aber ich hatte mir das mit einem gemeinsamen Picknick anders vorgestellt, entspannter und harmonischer und irgendwie auch *gemeinsamer*, deswegen wahrscheinlich machten mich ihr Verhalten und ihre Reaktion schlicht und ergreifend sauer.

Und wenn die Leute in unserer näheren Umgebung die Gruppe schon vorher hin und wieder mit kritischen Blicken inspiziert hatten, waren wir jetzt zum allgemeinen Zentrum der Aufmerksamkeit avanciert. Wir waren zur willkommenen Live-Unterhaltung zum guten Schnitzel mit Kartoffelsalat geworden. Alsbald bliesen wir zum organisierten Rückzug und machten uns auf den Weg, die Festung durch das imposante Burgtor zu verlassen, um nach Königstein, ans Elbufer zurückzukehren.

Wir hatten die Wahl zwischen der Fahrt mit dem Festungsexpress und einem Abstieg zu Fuß, aber die meisten entschieden sich für den Abstieg zu Fuß, da sie die Fahrt aus Kostengründen ablehnten. Und auch Kadir, dem wir den Rückweg per pedes gerne erspart hätten, lehnte *dankend* ab. „Passt schon!“

Allerlei Highlights auf Klassenfahrten

Die Ablehnung überraschte mich nicht. Schon etliche Wandertage waren in unserer Klasse an der Finanzierung gescheitert. Und da entsteht unweigerlich eine riesige Diskrepanz zwischen den Wünschen der Schüler und der letztendlichen Durchführbarkeit, auch wenn es Gruppenrabatte und Schülertarife gibt. Viele Museen bieten Eintrittskarten für symbolische Werte von ein oder zwei Euro an, aber der Besuch eines Museums oder einer Ausstellung stößt bei vielen Schülern auf wenig Begeisterung, obwohl sich viele Museen heutzutage der sogenannten Erlebnispädagogik mit Haut und Haaren verschrieben haben und die Zeiten, in denen man stundenlang an verstaubten Ausstellungsstücken vorbeilief, die mit langatmigen, vergilbten Erklärungstafeln versehen waren, sind lange vorbei.

Vor zwei Jahren waren wir in der achten Klasse zur Klassenfahrt an der Ostseeküste unterwegs. Auch hier hatte es einige Zeit gedauert, bis allen Beteiligten klar war, wohin es eigentlich ging. Wir hatten vorher in etlichen Klassenstunden versucht, ein für alle annehmbares gemeinsames Ziel zu finden, was nicht ganz einfach war, denn im ersten Anlauf war so ziemlich alles vertreten, was man als Ziel überhaupt angeben konnte. Es dauerte mehrere Wochen, bis wir uns auf *eine Fahrt ans Meer* geeinigt hatten, *keine lange Hin- und Rückfahrt* und *nicht teuer* landeten auf Platz 2 und 3 der Hitliste. Und so buchte ich eine Fahrt in ein Jugendferiendorf in der Nähe von Wismar.

„Wir fahren an die Ostsee." Und schon ging das Gemurre los.
„Nur nach Deutschland und wieso an die Ostsee?"
„Ist da im September überhaupt schönes Wetter?"
„Wir können doch nach Kroatien fahren ... "

Ein großes Missverständnis konnte aufgeklärt werden, als ich ihnen Bilder vom Ziel der Klassenfahrt zeigte. Sichtlich verwirrt fragten mich meine Schüler, warum ich ihnen Bilder vom Meer zeige, wir würden doch schließlich nur an einen **See** fahren. Ich war sehr froh, dass ich den Unterschied zwischen *der* See und *die* See rechtzeitig aufklären konnte.

Und so fuhren wir gemeinsam an *die* Ostsee, waren am Strand und suchten Muscheln, hatten traumhafte Sonnenuntergänge, waren mit dem Fahrrad unterwegs, waren einen Tag in einer Kunstschmiede und konnten alle einmal mit dem Hammer unsere Spuren im glühenden Stahl hinterlassen, haben gegrillt, sind Drachenboot und Dampfer gefahren, haben am Lagerfeuer Stockbrot gebacken und besuchten das Ozeaneum in Stralsund. Ein wahrer Magnet für Familien mit Kindern, weil es unglaublich viel zu entdecken gibt und jeder Raum in dem liebevoll gestalteten Haus voller Aktivitäten für alle Sinne steckt.

Leider war ich die meiste Zeit meines Aufenthaltes dort damit beschäftigt, Efes Rückreise zu organisieren, der während der Fahrt nach Stralsund im (Gott sei Dank) eigenen Bus, eine Prügelei mit Fadil vom Zaun gebrochen hatte, weil der ihn „genervt" hatte.

„Ja, Frau Abel, der hat ihn wirklich die ganze Zeit so komisch angesehen!"

Das komische Ansehen brachte Fadil ein blaues Auge und Würgemale am Hals ein. Und so war ich damit beschäftigt, Efes Mutter zu erreichen, um die Modalitäten für die Heimreise zu klären.

Die Vorgehensweise für Gewaltvorfälle oder den Konsum von Rauschmitteln hatte ich schon vor der Klassenfahrt mit den Eltern auf einem Elternabend besprochen. Da solche Vorkommnisse in den Tagen nach der Fahrt immer noch eine Klassenkonferenz nach sich ziehen, an der alle unterrichtenden Fachlehrer der Klasse teilnehmen müssen, also eine Menge Extraarbeit und damit einen schmerzlichen Einschnitt in meine Freizeit und die Freizeit meiner Kollegen bedeuten, bin ich grundsätzlich sehr darum bemüht, schon von Vornherein dafür zu sorgen, dass auf Klassenfahrten nichts Wesentliches passiert, in dem ich ganz eindeutige Fakten auf den Tisch aller Beteiligten legen.

So lasse ich mir sowohl von Eltern, als auch von Schülern Belehrungen unterschreiben, in denen haarklein jegliches Vorgehen angekündigt wird. Darunter auch, was passiert, wenn Eltern in Fällen von Vorkommnissen, die eine vorzeitige Rückreise nach sich ziehen, plötzlich nicht mehr ansprechbar sind. Auch dies resultierend aus Erfahrungen auf einer Klassenfahrt.

So entschied ich vor Jahren auf einer Abschlussfahrt nach Prag, einen vollkommen betrunkenen Schüler einer zehnten Klasse am nächsten Morgen die Heimreise antreten zu lassen. Ich teilte ihm mit, dass ich seine Eltern noch in dieser Nacht anrufen würde. Ich wollte sie nicht nur über die anstehende frühmorgendliche Heimreise informieren und deren Details besprechen, sondern sie auch über den Zustand ihres Sohnes informieren, sowie die Tatsache, dass er Alkohol in Form von diversen Wodkaflaschen organisiert und an weitere Mitschüler verteilt hatte. Diese befanden sich sowohl in der Nacht als auch am nächsten Tag größtenteils in einem deutlich desolateren gesundheitlichen Zustand als er selbst. Der junge „Mann“ hatte an diesem Tag seinen 16. Geburtstag gefeiert und war im Vergleich zu seinen aufs Hotelzimmer geladenen Mitschülern beiderlei Geschlechts schon beängstigend trinkfest. Da lächelte mich der Sprössling entspannt an und sagte:

„Können Sie ja mal versuchen, meine Eltern sind gar nicht da. Sie sind für eine Woche in der Ukraine bei meinen Großeltern und da haben sie das Handy nicht an, weil das zu teuer wird.“

Sie waren tatsächlich nicht erreichbar, weder in der Nacht, noch an den darauffolgenden Tagen. Die anderen am Exzess beteiligten Alkoholleichen mussten am nächsten Tag, nach einem ausführlichen Stadtrundgang und einem Besuch auf dem Hradschin, übrigens ein schöner Spaziergang bergauf, aber mit einem ausgewachsenen Kater nur schwer zu genießen, höchstpersönlich mit ihren Eltern telefonieren und sich nach dem weiteren Vorgehen erkundigen. Danach gab es auf dieser Fahrt keine weiteren Vorkommnisse mehr.

Der Alkoholdealer selbst hat den Rest der Fahrt in meiner unmittelbaren Umgebung verbracht. In kultureller Hinsicht sicherlich die intensivsten Tage seines jungen und vielleicht auch späteren Lebens.

Während ich also noch im Ozeaneum Efes Eltern die vorzeitige Rückkehr ihres Sohnes ankündigte und noch vor Ort von der Mutter ein Online-Busticket aufs Handy erhielt, übernahm mein Kollege die Aufsicht über unsere Kids. Heißt also, er versuchte so viel wie möglich Anwesenheit und Aufmerksamkeit zu demonstrieren.

Aber es stellte sich heraus, dass das Gefahrenpotential gering war, denn im Labyrinth der wissenschaftlichen Entdeckungsreise gab es auch eine Art Computerspiel, das eigentlich dem Zwecke der Wissensvermittlung zum Thema „Schutz unserer

Ozeane“ dienen sollte. Hier hatte sich unsere Klasse fast vollständig versammelt und wirkte somit gewissen Entzugserscheinungen entgegen, die eine tagelange Abstinenz von Handys und anderen digitalen Geräten nach sich gezogen hatte. Bis auf ein paar Mädchen, die dem Ruf der eigenen Natur folgend schon einmal die Toiletten im Erdgeschoss aufgesucht hatten und gemeinsam mit meinem Kollegen dort auf den Rest warteten, waren alle am Bildschirm versammelt, als ich auf meinem Weg Richtung Ausgang dort vorbeikam. Nur mit Mühe konnte ich sie loseisen. Den Rest des Weges legten sie dann leider ohne längere Aufenthalte vor Exponaten oder Experimenten zurück. Sie hatten das Highlight der Ausstellung gesehen.

Die Vorräte gehen aus!

An diesem 2. Tag unserer Klassenfahrt kamen einige meiner Schüler, für mich ganz unverhofft, trotz aller überflüssigen körperlichen Aktivitäten doch noch zu ihrem ganz persönlichen Tages-Highlight, das ihnen ein Lächeln abrang. Der Treffpunkt für das Schlauchboot-Rafting lag einige hundert Meter stromabwärts. Und auf diesem Weg kamen wir an einem Supermarkt vorbei. Und da wir noch ausreichend Zeit hatten, durfte jeder, der gerne wollte, einkaufen gehen, um Fehlbestände aufzufüllen. Wir vereinbarten, dass sich jeder auch für die weitere Mittagsversorgung selbst eindeckte, um weitere Missstimmungen zu vermeiden und so stürmten sie alsbald kollektiv die Regale. Zugegeben, ich hatte nicht mit dieser Kaufkraft gerechnet und so blieb mir beim Anblick der vollgepackten Einkaufswagen erst einmal die Luft weg. Der Inhalt der Körbe hätte jedem Ernährungs- und Diätberater Tränen in die Augen getrieben.

Nun wird jeder, der in seiner Schulzeit an einer Klassenfahrt teilnehmen durfte, sofort sagen: „Mein Gott, auf einer Klassenfahrt ist das doch normal! Da wird halt über die Stränge geschlagen und alles gegessen, was es zu Hause nicht gibt. Kekse, Schokolade, Gummibärchen, Chips… je mehr Zucker, Farbstoffe und Geschmacksverstärker, umso besser. Wer will denn da die Nachmittage und Abende mit Gurkenscheibchen, Apfelschnitze und Möhrenraspeln verbringen?“

Natürlich niemand! Das sehe ich genauso.

Aber leider sieht die Ernährung an den „ganz normalen Tagen“ in vielen Fällen identisch aus. Zumindest, was die Qualität betrifft. Die Mengen hier waren allerdings unschlagbar.

Nicht wenige unserer Schüler bringen als Pausenverpflegung Chips und Cola mit in die Schule. Für die ernährungsbewussteren unter ihnen fällt die Wahl auf Toastbrot mit Nutella, Salami oder Sucuk und dazu eine große Flasche Eistee, Limonade oder Fruchtsaftgetränke.

Lebensmittel, bei denen Vitamine oder Ballaststoffe nachgewiesen werden könnten und sei es auch nur in homöopathischen Mengen, tauchen in den Brotbüchsen nur selten auf. Kürzlich beförderte Mert die von seiner Mutter liebevoll mit Wurst und Käse belegten Brote unangebissen mit hohem Schwung in den

Mülleimer. Mit nahezu angeekeltem Gesichtsausdruck maulte er: „Spinnt die? Meine Mutter weiß ganz genau, dass sie mir keine Tomatenscheibe mit aufs Brot legen soll.“

Nachdem alles in Dutzenden, wenig umweltfreundlichen Plastiktüten verstaut worden war, bezweifelte ich, dass wir uns *und* die Berge von Einkäufen in Schlauchbooten die Elbe hinab manövrieren konnten, ohne ganz sicher auf Grund zu laufen und bis zum nächsten Starkregen dort festzusitzen. Verpflegung hätten wir dann allerdings ausreichend an Bord gehabt, um die nächsten Wochen dort auszuharren. Aber einer der Veranstalter, der unverhohlen überwältigt auf die Berge von Tüten starrte, hatte ein Einsehen mit uns. Er verfrachtete die Ladung nach dem Anlegen der Schwimmwesten kurzerhand in sein Auto und bot sogar an, alles bis direkt in unser Quartier zu fahren. Ich war dem Mann unglaublich dankbar.

Muss ich wirklich eine Schwimmweste tragen?

Wir steckten alle in Schwimmwesten, die uns das elegante Aussehen eines überdimensionierten, signalfarbenen Marshmallows verlieh und mit denen vermutlich nicht einmal die Titanic untergegangen wäre. Und sofort begann die immer gleiche Diskussion.

„Wieso muss ich denn auch eine Schwimmweste tragen? Ich kann doch schwimmen!“

„Wenn ich mit meinem Opa Boot fahre, muss ich auch keine Schwimmweste tragen!“
„Das ist doch hier nicht das Mittelmeer, da kann man doch fast ans Ufer laufen!“

Bevor ich meine Schüler in die Schlauchboote lassen wollte, unterzog ich sie trotz allem einer hochnotpeinlichen Befragung nach ihren Schwimmfertigkeiten. Und auch das hatte seinen Grund.

Auf einer Klassenfahrt an die Mecklenburger Seenplatte hatte ich einmal mit einer sehr netten achten Klasse eine Kajaktour unternommen. Und auch hier konnten nicht alle Boote mit einer begleitenden Aufsichtsperson besetzt werden. Auf dem Rückweg zogen bedrohlich dunkle Gewitterwolken auf und es wurde recht windig, die Wellen wurden höher und der Wind blies uns weite Strecken ins Gesicht. Eins unserer Boote, natürlich das, in dem kein Begleiter saß, fuhr ziemlich weit vom Ufer entfernt und ein paar Jungs machten sich einen Spaß daraus, im Boot kräftig zu schaukeln. Ich wurde erst darauf aufmerksam, als gellendes Geschrei eines Mädchens über den See drang. In dieser Phase der Pubertät jetzt an sich nichts Außergewöhnliches. Durch den Wind und das Geschrei dauerte es leider eine ganze Weile, bis ich auf mich aufmerksam machen konnte und das Boot seinen Weg zum Ufer dann ohne die Schaukelei der Jungs fortsetzte. Es war nichts passiert und bis auf ein paar einzelne Regentropfen waren wir auch dem herannahenden Unwetter entkommen. Aber abends befragte ich dann doch ein paar Mädchen, wer in ihrem Boot eigentlich so ohrenbetäubend gebrüllt hatte und vor allem:

warum? Die Antwort verursachte bei mir einen kurzen Herzstillstand.

„Na Kairi, die kann doch nicht schwimmen!“ Wie Bitte, Kairi konnte nicht schwimmen?
„Sie kann nicht schwimmen?“
„Ne.“
„Gar nicht?“
„Ne, Kairi kann gar nicht schwimmen. Die hatte in der Grundschule keine Lust. Hat sie nie gelernt.“

Hatte ich da etwas übersehen und nicht aufgepasst? Aber warum hatte sie denn nichts gesagt? Wir hätten sie doch nie im Leben in ein Boot ohne Begleiter gesetzt! Hatte ich bei der Auswertung der Schülerbögen nicht aufgepasst? Alles wurde extra abgefragt. Darf ihr Kind Boot fahren? Darf ihr Kind Baden/ Schwimmen? Kann Ihr Kind schwimmen? Ich verschwand in meinem Zimmer und holte die Schülerbögen heraus. Fieberhaft suchte ich nach Kairis Bogen. Hatte ich einen Fehler gemacht? Wir waren schon mehrmals am nahe gelegenen See baden gewesen, und ich konnte mich nicht daran erinnern, dass Kairi nicht mit im Wasser gewesen wäre. Wenn ihr etwas passiert wäre! Da, Kairis Bogen.

Darf Ihr Kind Boot fahren? **JA.**

Darf ihr Kind Baden/ Schwimmen? **JA/ JA.**

Kann Ihr Kind Schwimmen? **JA.**

Unterschrieben von ihrem Vater.

Ich starrte auf das Blatt Papier. Kairi war absolute Nichtschwimmerin und die Eltern hatten nicht nur komplett „vergessen“, mir das mitzuteilen; nein, sie hatten sogar das Gegenteil behauptet. Auf einem späteren Elternabend fragte ich den Vater, ob er sich das nächste Mal vielleicht jemand anderen suchen könnte, wenn er seine Tochter loswerden wolle. O.K. zugegeben, das war nicht gerade ausgesprochen diplomatisch. Der Vater murmelte etwas von ... „nicht so genau gelesen ...“ und blieb mir den Rest der Antwort schuldig.

Inklusion im realen Schulalltag

Es lagen bereits drei große Schlauchboote am Ufer und die Jungs verkündeten sofort, jeden Widerspruch ausschließend, dass sie auf jegliche weibliche oder pädagogische Unterstützung verzichten wollten.

„Wir gehen alle in ein Boot!“

Mein Kollege und ich lächelten und überließen ihnen widerstandslos gleich das vorderste Gefährt. Die erste Bewährungsprobe musste der frisch geschlossene Bund junger Helden überstehen, als ihnen dämmerte, dass sie nicht alle ins Boot passen würden. Zwei waren zu viel und mussten jetzt unweigerlich gemeinsam mit Mädchen *und* pädagogischer Hilfe ins Schlauchboot steigen. Letztendlich kletterten Efe und Murat aus dem Heldenboot und stiegen um. Und während Efe tobte und brüllte, war Murat alles egal. Er tapste Efe wort- und emotionslos einfach hinterher. Murat spielt begeistert Fußball, für alles andere kann er sich nicht begeistern. Er und auch sein Zwillingsbruder, der aber auf Wunsch der Eltern nicht in dieselbe Klasse geht, haben einen erhöhten sonderpädagogischen Förderbedarf, der sich bei Murat sowohl auf geistige wie körperliche Einschränkungen bezieht.

Der sonderpädagogische Förderbedarf wird in standardisierten Verfahren in regelmäßigen Abständen durch qualifiziertes Fachpersonal festgestellt. Häufig finden diese Feststellungsverfahren bereits in der Grundschule statt und wir können schon bei der Zusammensetzung der neuen siebenten Klassen die bekannten Einschränkungen berücksichtigen. Leider scheuen sich aber Eltern auch aus unterschiedlichsten Gründen davor, eine Beeinträchtigung beim eigenen Kind anzuerkennen. Und so können wir oft erst sehr spät einen Antrag auf Feststellung des Förderbedarfs stellen, manchmal auch gar nicht, weil trotz aller Beratung und Aufklärung, von den Eltern kein Einverständnis dafür gegeben wird. Sei es nun die Angst vor Ausgrenzung, Stigmatisierung oder das hoch anspruchsvolle Ziel: „Mein Kind macht Abitur!“ Dieses macht es uns und dem Kind, das diese Erwartung bei aller Anstrengung nicht erfüllen kann, ganz besonders schwer.

Leider fehlen uns dadurch häufig dringend benötigte Mittel, um personelle oder materielle Unterstützung für unsere Schüler bereitstellen zu können.

Bei der Feststellung des Förderbedarfes wird eine Einteilung in verschiedene Gruppen vorgenommen:

- Lernbehinderung
  (Einschränkung der intellektuellen Fähigkeiten)
- Geistige/ kognitive Behinderung
  (Einschränkung der kognitiven Fähigkeiten)
- Körperbehinderung
  (Einschränkung der motorischen Fähigkeiten)
- Sinnesbehinderung, dazu gehören Sehbehinderung, Blindheit, Hörbehinderung, Gehörlosigkeit
- Sprachbehinderung (Einschränkung der Sprachfähigkeit)
- Sozialer und emotionaler Förderbedarf (Einschränkung der sozialen Fähigkeiten)

*„Der Begriff **Inklusion** hat seine Wurzeln im Lateinischen. Dort bedeutet das Verb **includere** einlassen und einschließen, das Substantiv **inclusio** bedeutet Einschließung und Einbeziehung.*

Als soziologischer Begriff beschreibt das Konzept der Inklusion eine Gesellschaft, in der jeder Mensch akzeptiert wird und gleichberechtigt und selbstbestimmt an dieser teilhaben kann – unabhängig von Geschlecht, Alter oder Herkunft, von Religionszugehörigkeit oder Bildung, von eventuellen Behinderungen oder sonstigen individuellen Merkmalen.

In der inklusiven Gesellschaft gibt es keine definierte Normalität, die jedes Mitglied dieser Gesellschaft anzustreben oder zu erfüllen hat. Normal ist allein die Tatsache, dass Unterschiede vorhanden sind. Diese Unterschiede werden als Bereicherung aufgefasst und haben keine Auswirkungen auf das selbstverständliche Recht der Individuen auf Teilhabe. Aufgabe der Gesellschaft ist es, in allen Lebensbereichen Strukturen zu schaffen, die es den Mitgliedern dieser Gesellschaft ermöglichen, sich barrierefrei darin zu bewegen.

So auch im Bereich der Bildung. Die inklusive Pädagogik beschreibt einen Ansatz, der im Wesentlichen auf der Wertschätzung der Vielfalt beruht. In einem inklusiven Bildungssystem lernen Menschen mit und ohne Behinderungen von Anfang an gemeinsam. Homogene und damit separierende Lerngruppen werden nicht gebildet. Von der Kindertagesstätte über die Schulen und Hochschulen bis hin zu Einrichtungen der Weiterbildung wird niemand aufgrund einer Behinderung vom allgemeinen Bildungssystem ausgeschlossen. Vielmehr ist es die Aufgabe des Bildungssystems, durch Bereitstellen von speziellen Mitteln und Methoden einzelne Lernende besonders zu unterstützen und zu fördern.

Nicht das Individuum muss sich also an ein bestimmtes System anpassen, sondern das System muss umgekehrt die Bedürfnisse aller Lernenden berücksichtigen und sich gegebenenfalls anpassen."

Autorin: Andrea Schöb, Juli 2013

In meiner Klasse lernen Jugendliche verschiedenster Nationalitäten, Religionen und Muttersprachen mit und ohne Beeinträchtigungen in körperlicher, geistiger, motorischer, emotionaler und sozialer Hinsicht gemeinsam.

Wie die meisten meiner Kollegen habe ich keinerlei Ausbildung, die mich zu erfolgreicher sonderpädagogischer Arbeit qualifizieren würde. Das Motto heißt: *Learning by doing*, Lernen durch

Handeln. Und so bin ich im Grunde genommen, trotz einer umfangreichen pädagogischen Ausbildung, ich kann sowohl auf ein Diplom der Universität Potsdam, als auch ein durch ein zusätzliches Referendariat erworbenes 2. Staatsexamen verweisen, in Bezug auf *inklusives Lehren* einer der viel diskutierten *Quereinsteiger* in der Bildungslandschaft. Und während ich in der zehnten Klasse damit beschäftigt bin, dem einen das lesbare Schreiben auf einer Linie und in Ansätzen die Prozentrechnung bei zu bringen, sind andere mit dem Thema Logarithmusfunktion beschäftigt. Drei verweigern das Arbeiten komplett, die ADHS - Schüler brauchen ein streng strukturiertes kleinschrittiges Arbeiten mit vielen Pausen und Bewegung zwischendurch und die zukünftigen Abiturienten sollten sich möglichst selbstständig und langfristig mit fächerübergreifenden Projekten auseinandersetzen. Die zur Verfügung stehenden Mittel hinsichtlich personeller, räumlicher oder materieller Ausstattung sind, vorsichtig beschrieben, bescheiden, passen also zum Grad meiner Ausbildung, trotz Weiterbildungen. Die Atlanten in meinem Klassenraum sind mindestens 12 Jahre alt, die zwei Computer verweigern an drei von fünf Tagen die Mitarbeit und fahren gar nicht erst hoch, das WLAN ist überlastet, die Schulbibliothek ist, wenn überhaupt besetzt, meist schon Wochen vorher von diversen gesellschaftswissenschaftlichen Kursen ausgebucht. Vom renovierungsbedürftigen Zustand der Unterrichtsräume, fehlenden Teilungsräumen und Arbeitsmitteln, angefangen vom Kopierpapier bis hin zu Stiften oder Kopierfolien oder dem katastrophalen Zustand in puncto Reinigung, einmal ganz zu schweigen.

Am Anfang des Schuljahres wurde ein Großteil unserer Grundschüler nach Hause geschickt, weil Schmutz in ihren Räumlichkeiten und den sanitären Einrichtungen einfach nicht mehr zumutbar war. Und während die zuständige Schulstadträtin von einem bedauerlichen Einzelfall sprach, deren Ursache sie in Kommunikationsschwierigkeiten zwischen Schulamt, Schule und Reinigungsfirma sah, weiß ich selbst, wie oft ich schon gemeinsam mit meinen Schülern unseren Klassenraum geputzt habe, damit der Aufenthalt in der Ganztagsschule für uns alle, aber besonders für Schüler mit Asthma, Mukoviszidose oder Hauterkrankungen erträglich wird.

Wenn es um die Reinigung unserer Schule geht, haben wir schon einige wahre Schildbürgerstreiche erlebt, die es eigentlich in die Rubrik *Comedy* schaffen müssten. Vor einigen Jahren betraten wir am Ende der Sommerferien die Schule, um wie immer die letzten Tage der Ferien für die notwendigen Vorbereitungen für das neue Schuljahr zu nutzen. Wir erwarteten die neuen Siebtklässler mit ihren Eltern, die in unsere Mittelstufe aufgenommen werden sollten und da gibt es einiges vorzubereiten. Und so wollten wir uns am Mittwochmorgen treffen, um als allererstes die wichtigsten Dinge zu besprechen. Das große Schulhaus war noch im Ferienmodus. Es herrschte eine mit den Händen greifbare Stille, in der man das Brummen einer Fliege über mehrere Stockwerke hören kann, in den Fluren stand die Hitze vieler ungelüfteter Sommertage und auf allem lag eine dicke Schicht Baustaub. Moment: ...BAUSTAUB? Nichts, und wirklich gar nichts, war verschont geblieben. Auf den Büchern lag Zementstaub, auf Tischen und Stühlen lag Zementstaub, auf Regalen und Schränken lag Zementstaub, in den Fluren, auf den Treppen, auf Geländern, Fensterbänken, Lampenschirmen, Lichtschaltern, selbst auf den wenigen Blättern des einsamen Gummibaums im Foyer ... auf allem lag Zementstaub. Zu Beginn der Ferien war, wie es im Vertrag vereinbart war, die Reinigungsfirma gekommen und hatte die alljährlich stattfindende Grundreinigung der Schule vorgenommen, dann kamen die Handwerker. Ende der Geschichte. Von der zuständigen Stelle hieß es nur: „Sie hatten ihre Grundreinigung schon!"

Im selben Jahr klebten nach der Halloween-Nacht an den Fenstern meines Klassenraumes, im Hochparterre gleich der erste, wenn man von der Straße kam, die Reste einer stattlichen Anzahl roher Eier. Von außen, in beträchtlicher Höhe. Hier hatte sich jemand richtig ausgetobt. Ich hatte keine Lust, außen an den Fenstern herum zu turnen, um den Eiern zu Leibe zu rücken. Einige klebten so hoch, dass ich gar nicht herangereicht hätte. Also bat ich den Hausmeister darum, die Reinigungsfirma um das Putzen der Fenster zu bitten.

„Det wird nüscht. Fenster putzen jibt det nur eenmal im Jahr. Nächsdet Jahr wieda. Im Oktober!" Ich hatte in meiner Klasse einen netten Vater, der in der Gebäudereinigung tätig war. Er kam, putzte wortlos, grinste und ging wieder. Ein Jahr später, direkt nach Halloween sahen wir uns wieder. „Hab jehört, et jab wieda Eier umsonst? Is det jetzt Kunst oder kann det och wieda weg?"

Ist die „Schule für alle" auch ein Segen für alle? Meine Meinung: Nein. Ist sie nicht. Die Erfahrungen mit dem gemeinsamen Lernen sind so unterschiedlich wie die einzelnen Schüler.

Die einen vergleichen sich, ob nun durch Eigen- oder Fremdanforderung bestimmt, jeden Tag mit ihren Mitschülern, um festzustellen, dass sie niemals an die Mindestleistungen oder das perfekte Aussehen der anderen heranreichen werden und haben dadurch ein Misserfolgserlebnis nach dem anderen, was durchaus als Verstärker für Depressionen und sogar als Ursache für Suizidversuche in Frage kommt, wie gerade in einer Nachbarklasse passiert. Diese Schüler fühlen sich in den heterogenen Klassen eher unwohl, als Versager und fallen häufig durch besonders aggressives und herausforderndes oder absolut introvertiertes Verhalten auf. Andere fühlen sich in ihrem sozialen Umfeld ausgesprochen wohl und haben kein Problem damit, ganz anderen Stoff als die Mitschüler zu bearbeiten. Zu diesen Schülern gehört Murat. Er ist trotz seiner kognitiven und körperlichen Auffälligkeiten für seine Mitschüler ein ganz „normaler" Schüler. Sie sorgen dafür, dass er immer seinen kleinen Beitrag leisten kann. Die Definition von „normal" hat sich deutlich verschoben. Während es meiner Generation noch schlaflose Nächte bereitete und absolut verpönt war, sich mit Brille oder Zahnspange in der Öffentlichkeit sehen zu lassen, weil gespottet oder gehänselt wurde, gehört heute für die meisten meiner Schüler der Umgang mit Auffälligkeiten aller Art zur Normalität.

Schlauchboot geht gar nicht (Teil 2)

Aber, wir wollten jetzt, fern jeglicher Reinigungs- oder Ausstattungsprobleme Boot fahren. Die Zusammenstellung der Mannschaften für die beiden weiteren Boote gestaltete sich ereignisloser. Man kletterte halt in ein Boot und bewaffnete sich mit den bereitgestellten Paddeln. Nur Cecylia beäugte, wie erwartet kritisch und mit dem angekündigten Unmut, die beiden noch zur Verfügung stehenden Schlauchboote. Dann wandte sie sich mit einem entschlossenen Funkeln in den Augen und sichtlich kampfbereit an mich. „Frau Abel, meine Mutter hat Ihnen ja schon gesagt, dass ich nicht mit dem Schlauchboot mitfahren muss. Muss ich da jetzt einsteigen?“

„Aber nein, musst du natürlich nicht. Keineswegs. Aber ich darf dich nicht allein bei fremden Leuten mit ins Auto setzen“, fuhr ich innerlich frohlockend fort. Ja, ich gebe zu, die Sache bereitete mir ein gewisses diabolisches Vergnügen. Ihr dämmerte langsam, dass sich die Sache nicht so entwickeln würde, wie sie es sich vorgestellt hatte. Es sah für sie keinesfalls nach der erträumten und entspannten Motorbootfahrt auf der Elbe aus, denn weit und breit war kein Motorboot zu sehen, das ihr als privater Chauffeurdienst zur Verfügung gestanden hätte.

„Und ich kann dich auch nicht begleiten, da zwei Betreuer mit der Klasse starten müssen. Aber, du kannst natürlich an Land, auf dem Elberadweg, mit uns mitlaufen, da fahren nicht einmal Autos. Das hat deine Mutter ja unterschrieben. So schnell werden wir nicht unterwegs sein. Du wirst uns also immer sehen und problemlos mit uns Schritt halten können."

Ich holte zum finalen Schlag aus: „Den Weg kennst du ja schon. Wir sind ihn heute Morgen mit der Bahn hergefahren. In ungefähr zwei Stunden sind wir dann wieder in Wehlen."

Während ich sie aufmunternd anlächelte, entglitten ihr zusehends die überschminkten Gesichtszüge. Ganz offensichtlich war Cecylia auf wundersame Weise von ihrer panischen Angst vor unzumutbaren und für ihr Seelenheil gefährlichen Schlauchbooten geheilt. Kommentarlos kletterte sie zu ihren wartenden Mitschülerinnen ins Boot und ergab sich vollkommen klaglos ihrem bevorstehenden Schicksal.

Wir konnten ablegen. Wer schon einmal mit einem Schlauchboot unterwegs war, der weiß, dass es eines minimalen Maßes an Teamgeist bedarf, um halbwegs geradeaus zu fahren. Man muss nicht viel Kraft einsetzen, aber sie sollte halbwegs gleichmäßig verteilt sein. Und während die Jungen sofort ihre Muskeln spielen ließen und siegessicher drauflos paddelten, als gelte es eine Weltmeisterschaft zu gewinnen, drehten die Mädchen erst einmal Kreise und pendelten zwischen den beiden Flussufern hin und her. Aber schon bald hatten sie, nach ein paar Platzwechseln und einigem ordentlichen Gezicke, nicht ganz ladylike, den Bogen raus und glitten dann doch recht entspannt, den Anblick der Elbufer genießend, flussabwärts. Und schon verloren die Jungs an Vorsprung, die Stimmung sank und es dauerte nicht lange, da tobte im Schlauchboot der Herren offener Stellungskrieg. Mein Kollege und ich versuchten unsere Boote so weit in der Nähe zu halten, dass wir bei einer gefährlichen Eskalation eingreifen konnten, aber weit genug entfernt, um nicht von schlechter Stimmung angesteckt zu werden oder den fliegenden Paddeln ausweichen zu können, die dann mit einigem Kraft- und Kommunikationsaufwand wieder eingefangen werden mussten. Das kostete Zeit, Kondition und führte zu weiterem Streit.

Bereits am Zwischenstopp in Rathen, wo wir auf das Übersetzen der Pendelfähre warten mussten, denn sie hängt fest an einem mehrere hundert Meter langen Drahtseil, das stromaufwärts am Flussufer, als Festpunkt verankert ist und wir wollten mit den Schlauchbooten nicht darin festhängen, kamen die Jungs übellaunig und mit einer deutlichen Verzögerung an. Sie ließen keinen Zweifel daran aufkommen, dass dieser Rückstand gehörig an ihrem Ehrgefühl kratzte. Ihre Übellaunigkeit erinnerte an die schwüle, energiegeladene Atmosphäre kurz vor dem Ausbruch eines gewaltigen Sommergewitters. Sie traten gegen herumliegende Steine, blafften sich gegenseitig, uns und ihre Mitschüler an und konnten sich nicht in Ruhe hinsetzen, um eine Pause einzulegen. Ihre angekratzte und aggressive Stimmung ließ nicht einmal zu, dass sie sich einigen konnten, wer bei der Weiterfahrt zuerst ins Boot stieg und wer es vom Ufer abstieß. Gereizt und unbeherrscht, wie sie waren, gelang es ihnen nicht mehr, an der Tour auch nur etwas winzig Positives zu finden. Irgendwann verloren wir sie hinter einer Flussbiegung gänzlich aus den Augen. Wie sich später herausstellte, hatten sie das Boot am flachen Ufer auf Grund gesetzt und waren entnervt einfach dort hocken geblieben. Was dort sonst noch passierte, möchte ich eigentlich gar nicht wissen.

Eigentlich hätten wir die Tour an dieser Stelle abbrechen, die beiden anderen Boote an Land ziehen und zurücklaufen müssen, um nach den Jungs zu sehen. Aber wir waren kurz vor dem Ziel und so schien es klüger und für den Rest der Truppe auch stimmungsrettend, weiter zu paddeln und dort jemanden zu bitten, mit einem motorisierten Boot des Vereins zurück zu fahren. Das ging vermutlich auch schneller und ich hoffte, dass sie einem fremden Gesicht entspannter begegnen konnten.

Während wir also die Boote an Land zogen, die Paddel verstauten und die Schwimmwesten ablegten, mit uns und dem Tag recht zufrieden in Richtung Grill marschierten und uns auf den bereits lecker duftenden Imbiss freuten, der da für uns brutzelte, stach das Rettungsboot in See, genauer gesagt, in den Fluss. Es dauerte eine geraume Zeit, bis das fehlende dritte Schlauchboot mit seiner angeschlagenen Besatzung ins Ziel geschleppt wurde. Leider konnten sich nicht alle Anwesenden eine schnippische Bemerkung verkneifen und das brachte das Fass dann zum Überlaufen. Wutschnaubend stürmten die Jungs auf die letzten freien Bänke, bedachten ihre Umgebung dabei mit bösen Blicken und bissigen Bemerkungen und hieben verbal auf ihr Umfeld ein. Allen voran Nebi, eine steile Zornesfalte auf der Stirn, die Hände zu Fäusten geballt: „Halt die Fresse, du Spast! Ich steck dir den Kopf in den Kopf!“ Und Kadir, nicht besser gelaunt als heute Morgen, hieb in dieselbe Kerbe: „Was willst du, du Opfer? Chill mal dein Leben!“ und noch einiges mehr, ab da allerdings auf Türkisch. Sie hockten wie streitlustige Kampfhähne auf ihren Bänken.

Es wurde kein gemütliches Grillen. Minuten später, kaum, dass der letzte Bissen Grillkäse vom Teller verschwunden war, fragten die ersten auch schon, ob sie ohne uns ins Objekt zurückkehren durften und alsbald war auch der letzte unserer Schüler verschwunden, bis auf Jamie Lee, die sich als begeisterte Babysitterin herausgestellt hatte und stundenlang mit unserer kleinen dreijährigen Begleiterin sang, spielte und malte. Sonst war sie eher eine Außenseiterin, fügte sich schwer in die Gruppe ein und wurde von ihren Mitschülern eher in friedlicher Koexistenz geduldet, als gemocht. Aber die Kleine hatte schnell einen Narren an ihr gefressen und so hopsten die Beiden dann auch Hand in Hand vor uns den Hang zur Unterkunft hinauf.

Wir hatten uns Zeit gelassen. Viel Zeit. Es saß sich gut dort unten am grasbewachsenen Elbufer, mit einer Bratwurst in der Hand und umgeben von Ruhe. Und natürlich versuchten wir, während Jamie Lee und Elli Steine übers Wasser flitzen ließen, einen Ausweg aus der verfahrenen Situation zu finden. So konnte es einfach nicht weitergehen. Viele Möglichkeiten hatten wir nicht. Heute Abend wollte ich in Ruhe mit den Kampfhähnen reden. Eigentlich mochten wir uns recht gerne und wenn sie nicht alle zusammen hockten und sich gegenseitig durch bissige Bemerkungen aufstachelten, waren sie für vernünftige Argumente durchaus zugänglich und für Friedensangebote offen. Aber, wir hatten auch einen weiteren Entschluss gefasst. Sollte Kadir mit seiner Übellaunigkeit weiterhin alle anderen aufwiegeln, dann würden wir ihn morgen nach Hause schicken. Ein Entschluss, der mir nicht leichtfiel. Ich mochte ihn. Er war in der achten Klasse zu uns gekommen, nachdem er ein Gymnasium verlassen hatte. Er ist ein intelligenter Junge, seine Mutter legt großen Wert auf gutes Benehmen, höfliches Auftreten und gepflegte Umgangsformen. Aber hin und wieder verfällt Kadir in ein pubertäres Loch, was seine Umgangsformen angeht. Dann wird aus selbstbewusst arrogant, aus selbstsicher hochmütig und aus witzig herablassend, kurz, er wird ein unangenehmes Ebenbild seiner selbst.

Auf dem Rückweg in unser vorübergehendes katholisches zu Hause, wappneten wir uns vorsorglich gegen Unwillen und Aggression und wurden bei unserer Ankunft stattdessen überaus angenehm überrascht. Anscheinend hatte der gemeinsame Rückweg zu allgemeiner Beruhigung beigetragen. Als wir eintrafen, wurde nicht gebrüllt oder gestritten. Einige saßen friedlich schwatzend vor dem Haus beieinander, man ging gemeinsam zum Abendessen, wartete vor dem Speisesaal auf ein paar Bummelanten und auch das Essen verlief in Ruhe und harmonisch. Es stellte sich heraus, dass einige beherzte Schüler den Rückweg genutzt hatten, um ein paar klärende Worte loszuwerden.

Soziales Training: Klassenrat

Hier zahlten sich jetzt ganz offensichtlich die vielen Klassenstunden aus, in denen wir in unterschiedlichsten Situationen geübt hatten, gemeinsame Lösungen für typische soziale Probleme im Schulalltag zu finden.

Ein besonders häufig angesprochenes Problem ist zum Beispiel der Sitzplan. Besonders in der Pubertät kommt es regelmäßig vor, dass die eben noch beste Freundin, neben der man unbedingt sitzen muss, um den Tag überhaupt überleben zu können, mit der man alle Geheimnisse und den Lippenstift teilt, ganz schnell zur zutiefst verhassten Feindin wird. Und sofort legt sich über die gesamte Klasse eine knisternde Spannung, so greifbar, dass sich einem schon beim Betreten des Klassenraumes die Nackenhaare aufstellen, denn es bilden sich sofort Parteien, die tuscheln, intrigieren und in sozialen Netzwerken ausgesprochen ruppig miteinander umgehen. Da werden die Krallen gewetzt und gelästert und beleidigt, dass die Fetzen nur so fliegen. Daraus wird ganz schnell eine Art emotionaler Flächenbrand und jede auch noch so harmonisch und erfolgreich begonnene Gruppenarbeit der letzten Stunde wird auf dem Schlachtfeld der subtilen Gehässigkeiten verenden. Nichts geht mehr.

Aber sie setzten sich zusammen, bastelten Sitzpläne, in denen möglichst viele Befindlichkeiten berücksichtigt wurden, klärten Missverständnisse auf, entschuldigten sich beieinander, boten Verhaltensänderungen an oder forderten diese auch ganz offen ein. Nicht nur untereinander, sondern bei Bedarf auch bei uns.

Und ganz offensichtlich hatte dieses soziale Training Früchte getragen. Es herrschte eine Art abendlicher Burgfrieden. Sie hatten Freizeit. Und ein Teil von ihnen verbrachte diese Freizeit sogar draußen, an der Tischtennisplatte, beim Großraumschach oder einfach nur mit Schwatzen vorm Haus. Bis das Fernsehprogramm zu „Love Island“ rief. Da waren sie alle verschwunden. Die Kontrollrunde ergab, dass sie auch alle im eigenen Zimmer verschwunden waren. Alsbald kehrte die ersehnte erträgliche Zimmerlautstärke ein. Vor den Fenstern flackerte friedlich anheimelndes Fernsehlicht. Ich stöpselte mir die Ohren zu und hoffte wieder einmal, dass es keine nächtlichen Katastrophen geben würde.

Dritter Tag

„Scheiß Klassenfahrt"

Das Frühstück am nächsten Morgen war wie ein Déjà-vu. Aber die Qualität der Augenringe verriet dem geübten Beobachter, dass es sich bereits um Tag 3 der Klassenfahrt handeln musste.

Aber beim Frühstück fehlte jemand. Kadir war nicht da. Also befragte ich seine Zimmergenossen nach dem Verbleib. Ich wollte zumindest sicher sein, dass er sich nicht aus purer Übellaunigkeit heraus abgesetzt hatte und sich nun auf seinem privaten Protestmarsch gegen bewegungsdominierte Klassenfahrten auf NUR deutschem Hoheitsgebiet befand. Man weiß nie, auf was für Ideen sie kommen.

„Efe, weißt du, wo Kadir ist?"
„Äh, nö. Keine Ahnung!"
„War er vorhin noch mit im Zimmer?"
„Äh, keine Ahnung. Hab ihn nicht gesehen." Ich kam nicht weiter.
„Murat, weißt du, wo Kadir ist?"
„Äh, nö. Keine Ahnung!"
„Hast du ihn heute schon gesehen?"
„Ja, ist mit aus dem Zimmer gegangen. Aber dann ist er verschwunden."
„Wohin?"
„Äh, keine Ahnung!"

Super. Ich aß mein Brötchen auf, trank meinen Kaffee, sagte meinem Kollegen Bescheid und machte mich auf die Suche. Aber Kadir hatte sich nicht abgesetzt. Er lungerte am Haus rum.

„Kadir, es ist Frühstück. Was ist los?“
„Keinen Hunger, kann Ihnen doch egal sein.“
„Naja, könnte es. Ist mir jetzt aber nicht ganz egal, was mit dir los ist.“
„Was wollen Sie hören, dass Sie mich nerven? Ja, Sie nerven mich. Alles nervt mich. Scheiß Klassenfahrt!“

Es hatte sich nichts geändert. Er war genauso schlecht drauf, wie die letzten zwei Tage zuvor.

„O.K., Kadir. So wird das hier nichts. Dann helfe ich dir jetzt mal ein kleines bisschen weiter. Ich telefoniere jetzt mit deiner Mutter, da darfst du gerne zuhören, und bereite Sie darauf vor, dass du heute Abend nach Hause kommst. Da kann sie sich schon mal in Ruhe Gedanken über die Art deiner Heimreise machen. Und du hast den Tag über Zeit, dir zu überlegen, ob das notwendig sein wird. Deine Entscheidung!“

Kadirs Augen wurden groß. Er wollte nicht zuhören. Wutentbrannt trollte er sich ins Haus und schmiss die Tür hinter sich zu. Aber er beobachtete mich durchs Fenster und sah, dass ich tatsächlich telefonierte. Oder zumindest so aussah, als würde ich es tun. Ich telefonierte nicht mit seiner Mutter.

„Der von Ihnen gewählte Teilnehmer ist zurzeit nicht erreichbar!“

Das konnte doch nicht wahr sein. Also schickte ich ihr eine lange Sprachnachricht. Bis zum Nachmittag kontrollierte ich regelmäßig, ob die Nachricht ankam und abgehört wurde.

Wenn die Familie weit entfernt wohnt

Vermutlich hatten Kadirs Eltern die Gelegenheit genutzt, außerhalb der Ferien und damit ruhig, entspannt und zudem auch noch recht kostengünstig in die Türkei zu fliegen, um ihre Familie zu besuchen. Dass Eltern die Zeit der Klassenfahrt nutzten, um ein paar Tage in ihre Heimatländer zur Familie zu fliegen, war für mich nichts Neues. Aber auch während der Schulzeit passiert es nicht selten, dass besonders die Mütter mitunter wochen- oder sogar monatelang abwesend sind, weil in ihren Familien zu Hause Pflegebedarf bei Eltern, Tanten und Onkeln besteht, ein Kind geboren wurde und deshalb Hilfe nötig ist, Hochzeiten oder andere große Feiern vorbereitet werden müssen oder sogar, wie in Burats Fall, Vater und großer Bruder tausende Kilometer entfernt leben.

Im günstigsten Fall gibt es dann hier Familienangehörige, die sich weiterhin um die Jugendlichen kümmern können oder zumindest Freunde, bei denen meine Schüler einziehen. Isabell wohnte zum Beispiel mehrere Wochen bei Salinas Eltern, weil die Mutter in Ägypten ihre eigene Mutter pflegte und Salinas Vater aus beruflichen Gründen unterwegs war. Für die Zeit dieses Arrangements hatten Salinas Eltern alle notwendigen Vollmachten von Isabells Eltern erhalten. Aber es gibt auch weitaus weniger günstige Konstellationen, in denen uns dann jegliche Ansprechpartner fehlen und wir mitunter sogar die Polizei bemühen müssen, wenn Kinder ohne jegliche Information in der Schule fehlen. Aber auch diese Unterstützung ist nicht selbstverständlich, da in unserer Region täglich so viele Schüler ohne Abmeldung der Eltern in der Schule fehlen, dass die Polizei gar nicht die Möglichkeit hat, bei allen zu klingeln, um einen Notfall auszuschließen. Dafür müssen wir inzwischen schon sehr glaubhaft versichern, dass es sich um einen Notfall handeln könnte. Wenn der Briefkasten geleert wurde, niemand die Tür öffnet und es aus der Wohnung nicht nach Verwesung riecht, ziehen die Beamten wieder ab. „Die werden wohl noch in der Türkei sein. Da können wir jetzt auch nichts machen!“

Nach den letzten Frühlingsferien erschien Burat mal wieder nicht in der Schule. Ich rief die Mutter an, um mich nach seinem Befinden zu erkundigen und noch einmal darauf hinzuweisen, dass die Ferien vorbei waren. Die Mutter war nicht erreichbar. Ich probierte es auf der mir bekannten Festnetznummer. Kein Anschluss unter dieser Nummer. Ich schrieb der Mutter Nachrichten auf alle bekannten Handynummern. Keine Reaktion. Ich bat die Schüler, mit Burat Kontakt aufzunehmen.

„Der war schon eine Woche nicht mehr online!“
„Weiß von euch zufällig jemand, wo Burat stecken könnte? Ist er in den Ferien in die Türkei geflogen?“

Efe wusste etwas und Efe machte sich Gedanken, denn er musste in wenigen Tagen gemeinsam mit Burat einen wichtigen Vortrag halten.

„Nein, Frau Abel, Burat ist hier, aber seine Mutter ist Anfang März in die Türkei geflogen, die kommt aber frühestens nächste Woche wieder nach Deutschland. Der hat alle unsere Unterlagen für den Vortrag, was soll ich denn jetzt machen. Ich erreiche ihn seit einer Woche nicht!“
„Bei wem ist Burat denn jetzt? Wer kümmert sich um ihn?“
„Seine Mutter hat gesagt, sein bester Freund kann bei ihm schlafen, damit er nicht die ganze Zeit allein ist!“

Ich kannte Burats besten Freund Amal aus meinem Unterricht. Er ging in eine Klasse unseres Jahrganges und galt unter Fachleuten und Beobachtern als „nicht beschulbar“. Allein die Vorstellung, dass Amal während meiner Abwesenheit auch nur einen Fuß in meine Wohnung setzen könnte, hätte dafür gesorgt, dass ich nicht einmal einkaufen gegangen wäre, geschweige denn wäre ich vier Wochen lang in die Türkei geflogen, während er unbeaufsichtigt sein Unwesen in meiner Wohnung getrieben hätte.

Nachdem ich festgestellt hatte, dass auch Amal nicht in der Schule war, rief ich das für Burat zuständige Jugendamt an. Ob die Familienbetreuerin immer noch für ihn zuständig war, entzog sich meiner Kenntnis, aber zumindest gab es doch wohl einen Ansprechpartner für mich.

Ich schilderte also meine Bedenken, die mir kamen, nachdem ich erfahren hatte, dass der 15-jährige Burat seit nun mehr als drei Wochen mit Freund Amal allein zu Hause war und für mich weder seine Mutter noch Burat selbst erreichbar waren.

Die erste Frage, die mir gestellt wurde: „Können Sie denn nicht mal selbst bei der Familie vorbei gehen, oder haben Sie an ihrer Schule vielleicht einen Sozialarbeiter, der das übernehmen könnte?“

„Seien Sie mir nicht böse, aber erstens habe ich hier bis 16 Uhr Unterricht und danach würde ich mich gerne um meine eigene Familie kümmern und zweitens erstreckt sich der Einzugsbereich unserer Schule nicht nur mal eben um die Ecke. Und die vier Sozialpädagogen unserer Schule im Brennpunktbezirk Neukölln kümmern sich um mehr als 1000 Schüler. Da sind Hausbesuche zeitlich schwierig. Und was soll ich dann machen, wenn ich vor der Tür stehe und sehe, dass meine Bedenken berechtigt sind? In der Wohnung Ordnung machen und erst einmal einkaufen gehen, um ein vernünftiges Essen auf den Tisch zu bringen?

Oder soll ich Amal nach Hause schicken und Burat am besten erst einmal mit zu mir nehmen, damit ich ihn morgen früh gleich mit in die Schule nehmen kann?
Die Familie ist doch seit Jahren in ihrer Obhut.“
„Na gut, dann schicken Sie uns das doch bitte schriftlich. Ihre Schule hat sicherlich die Meldebögen dafür. Der zuständige Kollege wird sich dann darum kümmern.“
„Wie lange wird das dauern?“
„Naja, die Kollegen hier haben eine Menge zu tun, ein paar Tage kann das dann schon dauern. Aber bei einem Fünfzehnjährigen, der ein paar Tage allein ist, sehe ich jetzt keine Akutgefährdung. Da muss man nicht sofort jemanden schicken.“

„Und das können Sie so vom Schreibtisch aus feststellen? Also meine Prüfung im Glaskugellesen habe ich verhauen." Verdammt, unprofessionell. Ich beglückwünschte mich. Hervorragend, Frau Abel!
Aber ich gab noch nicht auf.
„Ich mache mir große Sorgen, nicht zuletzt auch um Burats Abschluss. Er fehlt fast die Hälfte der Schultage. In der Regel zwar mit diversen Krankschreibungen, aber das hilft ihm ja nun auch nicht weiter."
„Haben Sie denn schon mal mit der Mutter gesprochen?"

Was dachte die Frau eigentlich von uns? Oh man, mit der Mutter sprechen. Was für eine grandiose Idee, darauf hätten wir nun aber auch wirklich selbst kommen können. Ich verdrehte die Augen. Mein Klassenleiterkollege, der neben mir das Gespräch mithörte, starrte fassungslos das Telefon an und wedelte wild mit den Armen. Er schob mir einen Zettel zu, auf dem nur ein Wort stand: „Aufsichtspflicht?"

„Wir unternehmen seit Jahren alles Erdenkliche, um den Jungen regelmäßig in die Schule zu bekommen", klärte ich mein akustisches Gegenüber auf. „Natürlich haben wir mit der Mutter geredet. Sogar dutzende Male. Mit ihr, mit der Familienhelferin, mit allen Beteiligten des Jugendamtes, mit der Amtsärztin, mit der Schulpsychologin, wir hätten sogar mit dem Pabst geredet, wenn er Zeit gehabt hätte. Wir haben ein halbes Dutzend Schulversäumnisanzeigen gestellt und Helferkonferenzen einberufen. Wir haben gesonderte Beschulung angeboten, Auszeiten während des Schultages, schulinterne Nachhilfe etc. Aber im Moment geht es

mir um die aktuelle Situation. Kommen wir da irgendwie weiter?"
„Die Dame am anderen Ende der Leitung blieb nett, freundlich und vollkommen unverbindlich.
„Wissen Sie denn, wer der zuständige Bearbeiter im Jugendamt ist?"
„Nein, die Mutter hat uns nicht darüber informiert, wer ihr Ansprechpartner ist und ob die Zusammenarbeit überhaupt noch besteht. Aber da das Jugendamt die Familie ja schon seit einigen Jahren recht eng betreut, wird sicher bekannt sein, dass Burat etwa die Hälfte der Schultage wegen Herzproblemen und Bluthochdruck fehlt. Ich kann Ihnen gerne die Krankmeldungen faxen."
Jetzt schien die Sache langsam ins Rollen zu kommen. Am anderen Ende der Leitung wurde nach detaillierten Daten gefragt.
„Falls der Kollege noch Fragen hat, kann er Sie dann anrufen?"
„Ja, sehr gerne."
Ich erhielt keinen weiteren Anruf und Burat war auch am nächsten Tag nicht in der Schule, aber *überraschend* rief die Mutter aus der Türkei an, um ihren Sohn offiziell krank zu melden. Wer sie wohl auf diese Idee gebracht haben könnte?

Abenteuer Geocaching

Kadir verließ mit allen gemeinsam, wie auch gestern nur mit den Händen in den Hosentaschen, das Objekt. Als wir auf dem Bahnsteig standen, fiel mir auf, dass Murat, der kleinste, mit einer durch Skoliose verkrümmten Wirbelsäule, den von allen größten und offensichtlich auch schwersten Rucksack trug. Und wie sich herausstellte, transportierte er für die Hosentaschen-cowboys heute die Getränke. Der Durst von gestern hatte sie also doch schlauer gemacht. Zumindest, was das Mitführen von Getränken anging und vermutlich auch Verpflegung. Aber ihre Flaschen auch selbst zu tragen, kam ihnen wohl immer noch nicht in den Sinn. Auf diese Erkenntnis reagierte ich äußerst verschnupft. Klar, Murat war es mal wieder egal, aber deshalb war es noch lange nicht in Ordnung. Also ordnete ich an, dass die Vorräte aus dem Rucksack auf die jeweiligen Besitzer aufgeteilt werden sollten. Dann hatte „Mann" halt die Hände voll beim Laufen. Oder die Hosentaschen. Besser, als einen kaputten Rücken noch kaputter zu machen.

Mert maulte: „Wieso denn, wenn Murat sagt, dass es O.K. ist?"
„Weil es eben nicht O.K. ist, Jungs!"
Kadir machte dem ganzen Gezeter ein Ende. Er schnappte sich den Rucksack und warf ihn sich über die Schulter.
„Ja, schon gut. Dann trag ich eben den Rucksack."
Ich versuchte zu glätten: „Ihr könnt euch ja abwechseln, dass wäre nur fair."
„Ne, passt schon! Egal jetzt."

Am Bahnhof Rathen erwartete uns eine sympathische, junge Frau, die mit einem riesigen Rucksack beladen, lässig in einer Ecke lehnte. Und wieder mussten die Großstadtkinder laufen, denn sie führte uns bergauf hinaus in die Natur. Nur erst einmal ein paar Meter weg von Häusern, Zügen und Autos.

Da es keinen gesonderten Bürgersteig gab und uns auf der schmalen Gasse unerwartet Autos entgegenkamen, bat ich meine Klasse darum, möglichst weit rechts zu laufen. Das schien ihnen einzuleuchten. Nur Efe hatte natürlich andere Pläne. Mit Selfiestick und Handy bewaffnet, marschierte er rückwärts den Autos auf der linken Seite entgegen. Und auch hier hatte er seine Gründe, die eine Ausnahme von der Regel in seinen Augen absolut rechtfertigten.
„Ja, aber mach isch doch Fotos für die Klasse!"
Diesen Auftrag hatte er sich gerade eben selbst erteilt. Während ich mich darum bemühte, Efe vor den herannahenden Autos zu retten, behielt ich die Nachhut der Mädchen im Auge, die aus vier jammernden und maulenden Gestalten bestand. Natascha, Cecylia, Sarah und Jamie Lee krochen, bereits jetzt mit beängstigendem Abstand zum Rest der Gruppe, den Berg hinter uns hinauf. Hier hatten sich Miss „Rückenschmerzen", Miss „Magenschmerzen", Miss „Kopfschmerzen" und Miss „Ichwillmichnichtanstrengen" miteinander gegen das Böse, das uns in der Gestalt von *körperlicher* Aktivität heimsuchte, verbündet. An einigen Weggabelungen wartete ich noch zumindest so lange, bis sie sahen, um welche Ecke ich verschwand, aber als ich dann endlich bei meiner Klasse ankam, die bereits vollständig versammelt am Fuße einer stattlichen,

uralten Eiche, mit wunderbarem Blick auf die gegenüber liegende Bastei auf mich wartete, hatte ich die vier Gestalten aus den Augen verloren. Der ganze Fußweg hatte höchstens 10 Minuten gedauert, aber die Mädchen waren verschwunden. Als ich gerade befürchtete, sie hätten kehrt gemacht und wären bereits wieder auf dem Weg zurück zur Bahn, erschienen sie am Rand der Wiese. Ihr Anblick hätte weniger geschulte Beobachter veranlassen können, in tiefes Mitleid mit den armen, geschundenen Wesen zu verfallen. Sie sahen aus, als wären sie den Jakobsweg mit schwerem Gepäck in einer Non-Stopp-Aktion durchgewandert.

Und während die Gruppen für die geplante Geocaching-Tour eingeteilt und erste Einweisungen an den GPS-Geräten vorgenommen wurden, entschied ich mich dafür, den Mädchen ihren sehnlichsten Wunsch zu erfüllen. Die Vorstellung, sie jetzt 5 oder 6 Kilometer weit durchs Gelände hinter mir herschleifen zu müssen, überstieg meine eigene Kondition. Da es ein Rundweg werden sollte, konnten wir sie auch nicht an geeigneter Stelle sitzen lassen, um sie dann auf dem Rückweg wieder einzusammeln. Und während die Jungs schon damit beschäftigt waren, sich ausgiebig mit Eicheln zu bewerfen, drückte ich drei der vier Mädchen eine Gruppenfahrkarte in die Hand, und schickte sie, mit diversen Verhaltensregeln ausgestattet, zurück ins Objekt. Sarah hatte sich entschieden, bei der Klasse zu bleiben und sich der körperlichen Herausforderung zu stellen. Dem Rest gab ich eine Stunde Zeit für den Rückweg, inklusive des Aufstieges zum Objekt. Dann sollte mich die Rezeption anrufen, um mir ihre Ankunft im

Quartier zu verkünden. Wenn nicht, sagte ich ihnen, würde ich die Polizei informieren, dass drei Schülerinnen verloren gegangen sind. Die Zeit war durchaus mehr als großzügig bemessen und sollte zu schaffen sein und natürlich hatte ich vorher per Handy erkundet, wann denn die nächste S-Bahn fahren würde, die sie erreichen konnten, ohne den Berg im militärischen Sturmschritt hinabeilen zu müssen.

So ganz wohl war mir bei dem Gedanken nicht, denn wir würden einige Stunden unterwegs sein, aber ich hatte auch keine bessere Idee. Und so machten sich Miss „Kopfschmerzen", Miss „Magenschmerzen" und Miss „Ichwillmichnichtanstrengen" lockeren Schrittes auf den Weg zurück ins Quartier. Da sie aber auf dem Weg zum Bahnhof so sehr bummelten, dass sie die Bahn verpassten und somit dreißig Minuten auf die nächste warten mussten, waren sie genötigt, den ungeliebten Anstieg zum Quartier im Sturmschritt zurück zu legen. Genau 63 Minuten nach ihrem fröhlichen Abmarsch rief mich die Rezeption an, bei der ich die Ankunft der Mädchen inzwischen angekündigt hatte, um mir mitzuteilen, dass die drei jetzt verschwitzt und außer Atem angekommen seien. Die Schwester am anderen Ende der Leitung klang ein ganz klein wenig belustigt.

Da die Einweisung in die Funktion der GPS-Geräte erfahrungsgemäß einige Zeit in Anspruch nahm, hatte Karla, so hieß die junge Frau, die uns an diesem Tag begleitete, einige Utensilien für teambildende Spiele dabei. Unter anderem eine Art Schwungtuch, in dem sich mehrere nummerierte Löcher befanden. Die Gruppe sollte sich um das Tuch herum verteilen und gemeinsam versuchen, einen Tennisball der Nummerierung folgend durch jedes einzelne Loch zu befördern. Das verlangte etwas Zusammenarbeit. Und während eine der beiden Gruppen dabei eine Menge Spaß hatte, zogen bei der anderen binnen kürzester Zeit dunkle Gewitterwolken auf. Ein gewisser Testosteronüberschuss verhinderte ein entspanntes Miteinander und schon bald flog der Ball quer über die Wiese oder verschwand im angrenzenden Wald, weil er schwungvoll von unten weggetreten wurde. Nachdem die ersten aufgegeben hatten, saß auch der Rest bald missmutig im Gras oder bewarf sich hingebungsvoll mit Eicheln, ohne darauf zu achten, wer noch unter Beschuss geriet. Es wurde Zeit, dass wir aufbrachen.

Es schien seltsamerweise allen Beteiligten unausgesprochen klar zu sein, wer mit den GPS-Geräten in der Hand vorneweg lief, nicht etwa die Führung der Gruppe übernahm, sondern tatsächlich, ohne sich umzudrehen, losstürmte. Die weniger Durchsetzungskräftigen trabten ergeben hinter den mit der Technik bewaffneten Alpha-Männchen hinterher.

Die Etappen, die hierbei zurückgelegt werden mussten, waren kurz. Wenige hundert Meter waren es von einem Zwischenstopp zum nächsten. Dort gab es dann neue Koordinaten, die in einem Hohlraum, unter einer Baumwurzel oder unter einem Stein versteckt waren. Die Gruppe begann bereits zu zerbröckeln und so wollte ich die voranstürmenden Jungs stoppen. Das gelang mir nur schwer, denn sie machten weit vor uns so einen Höllenlärm, dass sie mein Rufen und das dazu gehörige Echo nicht hörten. Also setzte ich mich in Bewegung und lief hinter ihnen her, um sie einzuholen. Und sie hörten mich, drehten sich kurz um, grinsten und liefen dann, trotz aller Rufe und Pfiffe weiter. Ich musste in einen Spurt verfallen, um sie endlich zum Stehen zu bewegen. Die drei Mädchen schlossen langsam auf und man sah ihnen an, dass ihnen bereits die Lust vergangen war.

Ich hatte auch keine Lust mehr. Diese ewige Meuterei zerrte an meinen Nerven, ich war des Herumnörgelns und der ständigen verbalen Seitenhiebe müde. Seit drei Tagen kämpfte ich gegen die Rebellion an und genauso lange versuchte ich die Nachhut zu motivieren und ruhig und fair zu bleiben. Und genau das sagte ich den Jungs. Und ich sagte ihnen auch, dass ich eigentlich Lust hätte, jetzt sofort nach Hause zu fahren und das würde bedeuten, dass wir alle nach Hause fahren. Und dabei kamen mir, ob ich nun wollte oder nicht, die Tränen. Und das schien tatsächlich mehr zu wirken, als jeder Wutausbruch, jede Belehrung oder jeder andere meiner Versuche, sie zu einem für alle verträglichen Benehmen zu bewegen. Es kehrte betretenes Schweigen ein. Sie drucksten herum.
„Tut uns leid, Frau Abel!"
„Das wollten wir nicht, echt!"
„Können wir noch mal von Vorne anfangen?"
„Letzte Chance? Wer geben uns auch Mühe, versprochen!"
„O.K., Jungs. Angenommen. Lasst uns gemeinsam gehen und einen schönen Tag haben."
Und tatsächlich, es funktionierte. Sie stürmten nicht mehr querfeldein, blieben zusammen, suchten gemeinsam und unmerklich kehrte die gute Laune zurück. Der abenteuerliche Weg führte auf den Kamm der Rauensteine, eine zerklüftete Felsformation und

nach dem Aufstieg wurden wir mit einer atemberaubenden Aussicht und einer gemütlichen Rätsel- und Essenspause oben auf dem Felsplateau belohnt. Die Sonne strahlte und der Himmel zog sich ungetrübt azurblau von Horizont zu Horizont. Ohne ihn anzusprechen, beobachtete ich an diesem Tag Kadir, der im Gegensatz zu den letzten Tagen heute eher ruhig und zurückhaltend war. Er stand am Rand und blickte in die weite Landschaft, und mir schien, je offener der Blick wurde, um so ruhiger und entspannter wurde er. Als ob der gesamte Unmut der letzten Tage langsam von ihm abfiel. Irgendwann stand er neben mir.
„Frau Abel, das haben wir im Unterricht behandelt. Da sieht man wirklich die ganzen Schichtungen. Jetzt kann ich mir echt vorstellen, wie das Gebirge hier entstanden ist und wie sich die Elbe dann ihr Tal in den Felsen geschnitten hat. Ich wusste im Unterricht erst nicht, was damit gemeint war. Ich finde es eigentlich ganz cool."

Kadir schlug auf seine Weise wieder eine Brücke zwischen uns.

Da der Weg auf dem Kamm stellenweise sehr schmal wird und die Felsen rechts und links steil abfallen, gab es noch einmal eine Belehrung: Immer mindestens zwei Meter Abstand zur Felskante, nicht über Geländer klettern, Leitern und Stege benutzen, nicht querfeldein klettern, bitte in Sichtweite der Gruppe bleiben. Und natürlich hatte es Efe wieder einmal *ganz anders* verstanden. Immer wieder verschwand er weit voraus aus unserem Sichtfeld, hockte, wenn wir ihn wieder einholten, grinsend auf einem deutlich abseits des Weges gelegenen Felsvorsprung, hing fotografierend über oder hinter einem Geländer oder stand mit den Hacken über dem Abgrund. Ich verlor die Geduld.

„Efe, zwei Meter Abstand. In welcher Richtung, vor oder über dem Abgrund, ist mir egal."
Innerlich klopfte ich mir stöhnend auf die Schulter.
„Sehr kluge Bemerkung, Frau Abel! Sehr klug! Respekt für die pädagogische Höchstleistung! Nachher heißt es wieder, Frau Abel hat aber gesagt, er soll weiter zum Rand gehen".

Ironie ist nicht jedermanns Sache. Aber diesmal halfen die anderen aus. „Mann, Efe, Alter. Sie haben gesagt, wir sollen vom Abgrund wegbleiben. Du nervst! Mach doch endlich mal, was sie sagen!"
„Ja, aber hab isch doch nur Fotos gemacht!"
„Ja, reicht jetzt Efe! Halt den Stein fest!"
Efe schmollte und wütete jetzt gegen seine Mitschüler. In seinen Augen hatte sich die Welt gegen ihn verschworen und nur, weil ihn keiner leiden konnte. Der erwartete, wohltuende Beifall blieb ihm verwehrt und das nagte an ihm. Efe brauchte die Aufmerksamkeit und er verschaffte sie sich mit allen, ihm zur Verfügung stehenden Mitteln: als selbst erklärter Fachmann auf allen Gebieten, durch schräge Verhaltensweisen oder durch sein andauerndes *Schwimmen gegen den Strom.*

„Mein Deo wurde geklaut!"

Efe ist ein wandelnder Widerspruch, in einem Moment hilfsbereit, großzügig und freundlich, verwandelte er sich im nächsten Moment in ein bockiges Kleinkind, das wütend mit den Füßen stampfte und wahllos um sich schlug. Er konnte vollkommen die Kontrolle über sich verlieren und dann sollte man sich nicht in seiner Nähe aufhalten. Wenn er schreiend wie ein verwundetes Tier nur noch Rot sah und vollkommen versteift, breitbeinig mit geballten Fäusten irgendwohin verschwand, wusste man nie, was als Nächstes passieren würde. In solchen Momenten konnte er jedes Maß verlieren. Das Problem war nur, dass man nie wusste, wann für Efe der Moment kam, an dem er sich so sehr ungerecht behandelt oder nicht ernst genommen fühlte, dass er die Beherrschung verlor.

Einmal hatte er im Umkleideraum der Sporthalle nach dem Unterricht einen seiner Tobsuchtsanfälle bekommen und Fabio massiv beleidigt und bedroht. Er tobte und wütete noch eine Stunde später im Mathematikunterricht so sehr, dass ich den Unterricht einstellen musste, um erst einmal zu klären, was seiner Meinung nach vorgefallen war. Er erzählte mir aufgebracht und mit beleidigenden Bemerkungen in Richtung seiner Mitschüler, dass ihm Fabio während des Sportunterrichtes sein teures Deospray geklaut habe. Und alle haben sich damit eingesprüht und sich über ihn lustig gemacht. Der ganze Umkleideraum habe danach gerochen. Aber die anderen blieben felsenfest bei der Aussage, dass niemand etwas mit seinem Spray zu tun hatte, sie alle nur ihr eigenes benutzt hatten und es ein ganz normales Umziehen war, was da in der Kabine stattgefunden hatte. Ich versuchte, etwas Licht in die Sache zu bringen, indem ich die letzten Abläufe zu rekonstruieren versuchte. Es ergab alles keinen Sinn und egal, aus welcher Richtung wir es betrachteten, es war offensichtlich niemand allein in der Umkleidekabine gewesen.

Efe blieb dabei. Sein Deo ist weg und Fabio, „der Spast“ hatte es geklaut. Als mir gar nichts mehr einfiel, bat ich Efe darum, seine Sachen noch einmal komplett auszuräumen.

„Muss ich nicht. Habe ich alles schon mehrmals durchgesucht. Mein Deo ist geklaut!“

War es nicht. Efes Deo war genau da, wo es sein sollte. In seiner Tasche. „Ja, aber dann haben sie es alle benutzt, ohne mich zu fragen!“

Noch ließ er nicht locker. Es stellte sich heraus, dass noch zwei weitere Jungs das gleiche „teure“ Deo einer allseits bekannten Marke in ihrem Sportbeutel hatten. Dann endlich gab Efe auf. Die Jungs waren alles in allem nicht nachtragend. Sie zogen ihn noch etwas auf, aber es kehrte Ruhe ein und wir konnten uns wieder den Gleichungen widmen.

Olfaktorische Herausforderungen

Ein solcher Tobsuchtsanfall blieb uns allerdings, dem Himmel sei Dank, auf dem Gipfelkamm der Rauensteine erspart. Wir erreichten die Gaststätte oben auf dem Felsen ohne unangenehme Zwischenfälle. Und da es ein ganz besonders warmer Tag war, immerhin bescherte uns der September Temperaturen über 30° Celsius, beschlossen wir, die Tour an dieser Stelle zu beenden und den direkten Abstieg zu beginnen, damit die Zeit noch für einen Schwimmbadbesuch reichen würde. Der Entschluss wurde mit großer Mehrheit begeistert aufgenommen.

Also würden wir zur S-Bahn zurückkehren, nach einem unverzichtbaren Aufstieg die Badesachen einpacken, um dann sofort wieder nach Wehlen zurückzukehren. Dort gab es, zwischen Berghang und Elbe, ein Schwimmbad.

Aber noch hatten wir eine Menge Zeit, denn die Bahn fuhr nur halbstündig. So konnten wir eine entspannte Feedback-Runde einlegen, oben, am Rand der Bergwiese, an der wir vormittags gestartet waren. Mehrheitliche Meinung: „Die Tour hat Spaß gemacht, aber wir wären gerne weniger gelaufen. Das ist sehr anstrengend, weil wir das alle nicht gewöhnt sind. Die Aussicht war toll! Und wir freuen uns morgen aufs Klettern."

Wir verabschiedeten uns von Karla, die nicht mit Lob für die Kids gespart hatte und machten uns auf den Rückweg. Und dabei vergaßen die Stadtkinder ihr angestrengtes „cool sein" und rollten Purzelbaum schlagend die Wiese bergab oder rannten ihren Mitschülern mit weit ausgebreiteten Armen Haken schlagend, wie die Hasen, hinterher. Sie jagten sich gegenseitig, spielten Fange und erinnerten an glückliche Kinder. Kurz vor den ersten Häusern scheuchten wir die Jungs noch einmal in den Wald, um für den bevorstehenden Abend die Stöcke für den Knüppelteig, das Stockbrot, zu suchen. Einen jeweils für euch, einen für die Dame eures Herzens, lautete die Ansage. Es dauerte ein bisschen, bis wir uns auf eine sinnvolle Länge und Stärke des Astes geeinigt hatten. Als erstes wurden ganze Bäume aus dem Wald gezerrt, die ja seit den letzten verheerenden Herbststürmen ausreichend in den Wäldern liegen, die dann vor den Augen der Mädchen heldenhaft zerlegt werden sollten. Aber bald stellten auch die größten Recken fest, dass es einfacher war, gleich entsprechende Stecken zu suchen, weil die ersten, etwas helleren Gentlemen, ihre Auserwählte schon beschenken konnten. Das Holz für das geplante Lagerfeuer wollten wir dann abends in den Gehölzen um unser Feriendomizil herum suchen. Es gab dort ausreichend, gut getrocknetes Bruchholz.

Auf den letzten Metern zum Bahnhof meldete sich mein Handy. Kadirs Mutter hatte endlich meine Nachricht erhalten und rief mich zurück. Wie sich herausstellte, war sie tatsächlich für einige Tage in Istanbul, versicherte mir aber sofort, dass sie Vorkehrungen getroffen hätte, falls ihr Sohn, aus welchem Grund auch immer, vorzeitig nach Hause fahren müsste. Ich war inzwischen überzeugt, dass er heute viel nachgedacht hatte, wollte aber, bevor ich eine Entscheidung traf, in Ruhe mit ihm reden. Also bat ich seine Mutter um Aufschub und verabredete ein weiteres Gespräch am Abend.

Nachdem wir in der S-Bahn einigen erschrocken dreinblickenden Touristen erklären konnten, worum es sich bei unserer *Bewaffnung* handelt, erreichten wir den Zielbahnhof ohne Einschreiten der örtlichen Polizei und begannen den Aufstieg, mit Blick aufs Schwimmbad.
„Ey, kuck mal. Nur ein paar Rentner da. Gar nichts los."
„Na, den werden wir erst mal zeigen, was abgeht!"
„Die werden bestimmt alle gehen, wenn wir kommen!"
Ich verdrehte insgeheim die Augen. Na, super. Das konnte ja noch was werden. Aber mit jedem Höhenmeter nahm die Schar der Badebegeisterten ab. Am Ende stand ich mit Handtuch und Badeanzug allein vor dem Haus. Keine Gefahr für den entspannten Badenachmittag der bewegungsfreudigen Senioren.

Ein paar Jungs machten sich auf, um im Wald Holz für das Feuer zu suchen, der Rest der Klasse wollte einfach nur ein bisschen chillen. Prima. Dann konnte ich in Ruhe das für morgen geplante Grillen besprechen, die Belehrung fürs Lagerfeuer entgegennehmen und danach in Ruhe duschen. Nach dem Abendbrot würde sich, wer Lust hatte, am Lagerfeuer treffen. Das klang nach einem wunderbar entspannten Abend.

Aber, da hatte ich die Rechnung ohne den Einfallsreichtum meiner Schüler gemacht.

Als ich, zufrieden, denn alles war erledigt, das Haus betrat, voller Vorfreude auf eine entspannende Dusche mit wohltuend duftendem Duschschaum, schlug mir stattdessen ein atemberaubender, ekelerregender Gestank entgegen, der unbestreitbar aus dem vorderen Jungenzimmer kam.

Oh, mein Gott, konnte es Überlebende geben? War das schon fortgeschrittene Verwesung? Was war hier passiert, zumindest, bevor sie versucht hatten, den üblen Geruch auch noch mit Dauerfeuer aus allen verfügbaren Sprays zu bekämpfen. Mir tränten die Augen und ein chemischer Film legte sich auf die Schleimhäute. Auf alle Schleimhäute! Das Atmen wurde schwer. Aber im Zimmer regte sich etwas. Es gab Überlebende. Murat öffnete mit einem gequälten Ausdruck die Tür.

„Murat, was ist denn hier passiert? Wieso stinkt es denn so bei euch und, um Gottes willen, macht die Fenster auf!"
Im Hintergrund war Efe noch mit chemischen Gegenmaßnahmen beschäftigt.
„Hakan war kacken!"

Ich zog für meinen Seelenfrieden und meine körperliche Unversehrtheit den sofortigen, geordneten Rückzug vor, presste nur noch ein: „Macht die Fenster auf. Alle Fenster!“ durch die Zähne, vermied weiteres Einatmen und verschwand schnellstmöglich. Im Davoneilen riss ich alle Fenster auf, an denen ich im Flur vorbeikam. Die Dusche war jetzt dringender denn je. Eine halbe Stunde später steckte ich die Nase wieder aus meinem Zimmer. Ich erinnerte mich an die ersten Stunden meines lange zurückliegenden Chemieunterrichtes. Man nehme Geruchsproben an unbekannten Chemikalien immer nur sehr vorsichtig und nie direkt. Niemals die Nase ins Gefäß stecken. Abstand halten und vorsichtig aus der Entfernung zufächeln. Also fächelte ich. Der Geruch ließ sich noch wahrnehmen, schien aber nicht mehr lebensbedrohlich zu sein. Das konnte nie im Leben natürlichen Ursprungs gewesen sein. Ich traute Hakan ja eine Menge zu, aber das? Da beschlichen mich ernsthafte Zweifel.

In der Hoffnung, keine weiteren Überraschungen zu erleben, machte ich mich auf den Weg zum Zimmer der Jungs, um mit Kadir zu reden. Als ich anklopfte, öffnete er mir selbst die Tür.

„Frau Abel, darf ich mal mit ihnen reden?“ Ich musste also gar nicht erst aktiv werden, er kam von sich aus auf mich zu. Und so suchten wir uns ein ruhiges Eckchen und redeten. Lange und entspannt. Und als seine Mutter anrief, bat er darum, selbst mit ihr reden zu dürfen und „beichtete“ seiner Mutter alles, was ihm aus den letzten Tagen auf dem Herzen lag. Kadir fuhr nicht nach Hause. Und das war dann auch gut so.

„Warum gibt es in Berlin keine Sterne?“

Ich hoffte, trotz des Angriffes auf unsere olfaktorischen Sinne am Nachmittag, immer noch auf einen entspannten Abend. Aber zunächst mussten wir einen weiteren Angriff abwehren, diesmal eines akustischen Ursprungs, denn Efe hatte zwar keine Lust, sich mit uns ans Feuer zu setzen, lungerte aber in unmittelbarer Nähe herum und beschallte das halbe Bundesland Sachsen mit seiner Lieblingsmusik. Nichts mit Lagerfeuerromantik. Seine Musikauswahl hatten wir schon im Bus kennengelernt und seine Vorlieben hatten sich in den letzten drei Tagen leider nicht geändert. Nach mehreren Versuchen der gütlichen Einigung zogen wir das Gerät vollkommen undiplomatisch einfach ein. Wir pochten auf das Recht des Stärkeren. Her damit. Ruhe jetzt!

Auf dem Weg zum Lagerfeuer war mir eine sehr aufgeregte Jamie Lee begegnet. Cecylia hätte sich am Sprunggelenk verletzt. Sie hätten das Bein schon hochgelegt und etwas zum Kühlen besorgt, jetzt würde sie noch ein Kissen holen, um es drunter zu legen. Ich war von ihren Erste-Hilfe-Maßnahmen begeistert und von ihren anatomischen Kenntnissen schwer beeindruckt. Mir wäre höchstens eingefallen: *Knöchel verstaucht* oder so etwas Unspektakuläres wie *umgeknickt.* Aber nein, Cecylia hatte sich das *Sprunggelenk* verletzt. Cecylia saß auf einer Bank vor dem Haus und sah erst einmal sehr leidend aus. Dafür trug sie eine sehr aufwendige Lockenfrisur und auch ihre Busenfreundin Natascha sah aus, als hätte sie den Tag beim Friseur und in einem sehr teuren Kosmetikstudio verbracht. Die Länge ihrer Fingernägel war atemberaubend und die Farbe löste bei mir übergangslos

Selbsterhaltungsreflexe aus. Sie hatten den bewegungsfreien Tag also für ausgiebige Körperkunst genutzt. Warum nicht. Zumindest hatten sie keinen Blödsinn angestellt.

Wegen ihres Sprunggelenkes war ich echt besorgt.
„Kannst du auftreten? Wollen wir einen Arzt rufen?“
„Nein, es geht schon. Ich habe das zu Hause auch ganz oft.“
„Ah, O.K. Wenn es schlimmer wird, dann sagst du bitte Bescheid. Sonst alles in Ordnung bei euch? Geht es euch wieder besser? Was macht dein Rücken?“
Dem Rücken ging es gar nicht gut.
„Zu Hause habe ich auch ganz oft Rückenprobleme. Mama auch. Da gehen wir beide immer zusammen zum Arzt und bekommen dann Spritzen.“
„Mmhhh, in deinem Schülerbogen steht gar nicht, dass du regelmäßig Rückenprobleme hast?“
„Ja, ich glaube, das hat Mama vergessen.“
Ah ja, wenigsten hatte sie an die Schlauchbootphobie ihrer Prinzessin gedacht. Man kann nicht alles haben. Ich regte noch einmal an, Bescheid zu sagen, wenn eines der Leiden schlimmer wurde, überließ sie Jamie Lees fachkundigen Händen und begab mich in Richtung Lagerfeuer. Ich sah die Funken und die schummrig beleuchteten Gestalten schon von weitem. Das traditionelle Entzünden des Feuers mit Zunder und Feuerstein war ganz offensichtlich geglückt. Im Vorbeigehen griff ich mir an der Wasserstelle noch einen gefüllten Löscheimer. Den Eimer in der rechten Hand und die Schüssel mit dem Hefeteig für das Stockbrot unter dem linken Arm, erreichte ich das fröhlich lodernde Feuer. Ich liebe Lagerfeuer.

Da saßen sie nun, eng aneinandergedrängt, auf Holzbänken, mit und ohne Kopftuch, gickerten und gackerten oder schauten verträumt in die Flammen und hielten ihre Stockbrote über die Glut.

Um uns herum war es absolut finster. Für viele unserer Kids ein ganz seltenes Erlebnis. Sie kennen die Nacht nur beleuchtet. In der Stadt gibt es nachts an jeder Ecke Laternen, strahlende Schaufenster, grelle Werbung, beleuchtete Eingangsbereiche und selbst der Himmel über einer Stadt reflektiert immer noch ausreichend Licht, um es nie ganz dunkel werden zu lassen, so wie eine riesige Deckenlampe. Aber hier gab es das alles nicht und so spannte sich über uns ein klarer Himmel voller strahlender und flimmernder Sterne. Wir entdeckten die beiden Wagen, den großen und den kleinen, Kassiopeia, die Milchstraße und den Nordpolarstern, mit dessen Hilfe wir die Himmelsrichtungen bestimmen konnten. Dort hinten, 200 Kilometer entfernt ist Berlin und in der Richtung Istanbul, dort Kairo, dort Belgrad, dort Warschau, dort Rom und dort Sofia.

Ari und Kadir standen lange neben mir. Ari und sein Bruder Nebi haben libanesische, kurdische und türkische Wurzeln und gehören einer weit verzweigten Familie an. Sie haben viele Cousins, Cousinen und auch Tanten in unserer Schule. Wobei Ari, als der älteste von ihnen, oft die Rolle des Anführers übernehmen muss. Dabei soll er Konflikte klären, die Mädchen verteidigen und als eine Art Oberhaupt auftreten. Ihr Vater, der in der Jugendsozialarbeit in Berlin tätig ist, versucht alles, um ihnen sowohl ihre nationalen, religiösen, als auch familiären Wurzeln zu erhalten und sie gleichzeitig in ihr deutsches Umfeld zu integrieren. Das ist ein enormer Anspruch und ich bin voller

Respekt. Er erwartet sehr viel von seinen Söhnen und ich mag die beiden sehr unterschiedlichen Brüder unheimlich gern.

Und wie viele andere Jugendliche aus arabischen oder türkischen Familien, die sich zwischen traditionellen und modernen Ansprüchen, sowohl ihrer Familien, als auch ihrer Gesellschaft zurechtfinden müssen, haben die beiden ihre Rolle noch nicht gefunden. Entscheiden sie sich für den unantastbaren Familienpatriarchen oder wollen sie doch eher ein moderner Ehemann und Familienvater werden? Soll ihre Frau einmal berufstätig und selbstständig werden oder doch lieber zu Hause bleiben und den Haushalt und die Kinder versorgen? Und was erwartet ihre Familie von ihnen? Wie weit können sie ihren Weg wirklich selbst wählen? Wie eng werden da die Grenzen gesteckt? Wie viele Grenzen stecken sie sich bewusst oder unbewusst selbst?

Die Mädchen in ihrem Alter, die vielleicht einmal eine Partnerin für sie werden könnten, die sprechen alle deutsch und haben meist einen Schulabschluss. Anders als noch viele Mütter, mit denen ich spreche. Etliche leben die Rolle der Hausfrau und Mutter vor und sprechen kaum Deutsch, obwohl ihre zum Teil schon erwachsenen Kinder hier geboren wurden.

In einer eher lockeren Übungsstunde kam es zwischen Ari und einer serbischen Mitschülerin zu einem entspannten Wortgeplänkel. Ari stand im Klassenraum, grinste seine Mitschülerin an und sagte: „Ja, und dann machst du mir Kaffee."
Ich warf von der Seite ein: „Ari, das heißt: Schatz, ich mache mir jetzt einen Kaffee, möchtest du vielleicht auch einen haben? Dann mache ich dir gleich einen mit!" Ari sah mich verwirrt an.

„Aber Frau Abel, ich werde mir nie in meinem Leben einen Kaffee selbst machen!"
Und das meinte er ganz ernst. Aber ihm zu Ehren muss ich auch erwähnen, dass er niemals widerspricht, wenn ich ihn darum bitte, Müll im Klassenraum aufzuheben, die Tafel zu wischen oder den Raum einmal durchzufegen. „Natürlich, Frau Abel, mache ich gerne für Sie!" Er hält mir die Tür auf und nimmt mir schwere Sachen ab.
Und jetzt standen wir in völliger ländlicher Dunkelheit nebeneinander und betrachteten die Sterne.
„Voll krass, Frau Abel. Warum gibt es eigentlich in Berlin keine Sterne?"
Auch dieses Problem konnten wir klären, indem wir die Funken des Lagerfeuers einmal mit Blitzlicht und einmal ohne fotografierten.
Wir saßen noch lange am Feuer. Ich hatte ein Glas Wein in der Hand, die Jungs ihre Colaflaschen.
„Sagt mal Jungs, ihr sprecht doch mehrere Sprachen. Sprecht ihr eine davon richtig? Also, so ganz sicher?"
Kadir verstand, was ich fragen wollte. Ari musste nachfragen: „Was meinen Sie, Frau Abel?"
„Na, du unterhältst dich in der Schule Deutsch, und zu Hause, sprecht ihr da Türkisch?"
„Ah, jetzt weiß ich, was Sie meinen. Also, als ich geboren wurde, haben meine Eltern die ersten drei Jahre nur arabisch mit mir gesprochen. Aber meine Großeltern, die leben in Nordrhein-Westfalen, die sprechen türkisch mit mir. Ich habe einige Onkel, mit denen muss ich kurdisch sprechen und mit ein paar anderen türkisch und mit noch ein paar anderen arabisch. Deutsch habe

ich im Kindergarten gelernt, aber da bin ich erst sehr spät hingegangen. Ich glaube mit vier, oder fünf. Kurz bevor ich in die Schule gekommen bin."
„Und kannst du dich mit allen gleich gut unterhalten? Verstehst du immer alle Worte?"
„Ne, eigentlich nicht."
„Wenigstens in einer Sprache?"
„Ne. Alles verstehe ich in gar keiner Sprache."
Bei Kadir hatte sich die Familie anders entschieden. Dort wurde von Anfang an Deutsch gesprochen und erst später begann die Mutter auch Türkisch mit ihm zu reden.

Ein Telefonmast wirft einen Schatten

Im Unterricht ergeben sich oft Verständigungsprobleme, mit denen ich so nicht rechne. Da unsere Kids hier aufgewachsen sind, unterstellt man ihnen leider oft unbedacht, dass sie keine sprachlichen Probleme haben. Aber sie haben ihr Deutsch nicht als Muttersprache gelernt, denn ihre Eltern sprechen selbst oft nur wenig Deutsch. Zu Hause findet die Unterhaltung meist in mehreren Sprachen statt und wenn sie sich mit ihren Eltern unterhalten, wechseln sie übergangslos zwischen den Sprachen hin und her, je nachdem, welches Wort ihnen zuerst einfällt. Viele Begriffe fehlen dadurch einfach. Ich beobachte das als Mathelehrerin besonders bei Sachaufgaben. Aufgaben, die vor ein paar Jahren noch in wenigen Minuten gelöst wurden, nehmen jetzt ganze

Unterrichtsstunden ein, weil immer wieder erst einmal aufwendig der Inhalt geklärt werden muss. Vor Kurzem scheiterten wir an der Formulierung: „ein Telefonmast wirft einen Schatten.“ Nachdem wir zuerst aufwendig geklärt hatten, was ein Telefonmast ist, stiftete die Frage, warum er einen Schatten wirft, und vor allem wie weit und wohin, eine Menge Unruhe. Wie kann denn so ein Mast einen Schatten „werfen“, Schatten kann man doch gar nicht anfassen!

Und so wurde umformuliert. *Durch die Sonnenstrahlen entsteht neben einem Mast auf der Straße ein Schatten.* Und auch dafür musste ein besonders langer, schmaler Schüler den Mast spielen, während ich, mit einer Taschenlampe bewaffnet auf Schülertischen herumturnte und die Sonne spielte, damit er seinen ganz eigenen Schatten „werfen“ konnte. Der, und auch das war für einige eine Überraschung, genau an seinen Füßen begann. Und da ich schon einmal oben war, fädelte ich gleich noch die herunterhängenden Gardinen in die dafür vorgesehenen Schienen ein und kratzte ein paar Kaugummis von der Decke.

Am Ende des Tages, schon spät in der Nacht, saß ich noch immer mit Kadir am Feuer. Wir hatten über vieles geredet, seine Familie, das Leben zwischen den Kulturen, über Freunde und Zukunft. Wir hatten wieder Frieden geschlossen. Kurz vor Mitternacht half er mir das Feuer zu löschen und das übrige Brennholz in eine respektable Entfernung zur Feuerstelle zu ziehen. Wir kehrten zu den Häusern zurück und schon verblassten die Sterne ein wenig im Licht der Laternen und von den Fernsehern erleuchteten Fenster. Und schon hatte mich das Leben wieder.

Wertschätzung

Eine Kollegin der 11. Klassen war gerade unterwegs, um mich zu suchen und freute sich, dass ich ihr praktisch in die Arme lief. Sie war sichtlich erregt.

„Ich habe jetzt deinen Efe schon vier Mal wieder ins Haus zurückgeschickt. Er lungert ständig bei uns rum und benimmt sich daneben. Außerdem klettert er andauernd durchs Fenster rein und raus und zertrampelt die Blumenrabatten. Ich habe ihm jetzt schon ein paar Mal gesagt, dass das so nicht in Ordnung ist." Komisch, ich hatte ihm das heute und gestern und vorgestern auch schon ein *paar Mal* gesagt. Genau genommen ein *paar Dutzend Male*. Offensichtlich brauchte er auch hier wieder sein Quantum eigener Aufmerksamkeit. Und während ich noch mit der Kollegin in einer Ecke stand, die vom Fenster aus nicht einzusehen war, kletterte Efe bereits wieder aus dem Fenster. Direkt rein in die niedergetrampelten Stauden. Die Kollegin scheuchte ihn von draußen rein, während ich ihn bereits in seinem Zimmer erwartete. Ich stellte ihn zur Rede.

„Und, wo kommst du zu so später Stunde her?"

„Ich musste nur noch schnell was mit Fadil klären, wegen morgen." Aha, für geistig unzurechnungsfähig hielt er mich auch noch. Das empfinde ich immer ein bisschen als persönliche Beleidigung. Das erklärte ich ihm auch genauso.

„Und wenn du ohnehin noch wach und mobil bist, würde ich dich bitten, dann auch gleich deine Koffer zu packen, damit deine Abreise morgen schneller geht. Deine Mutter kann ich zum Frühstück informieren. Gute Nacht!"

Efe erstarrte. Ich hatte vor der Klassenfahrt auf Grund einiger unschöner Vorkommnisse um ein persönliches Gespräch unter sechs Augen gebeten, das heißt zwischen Efe, seiner Mutter und mir, ganz einfach, um mir der Unterstützung seiner Mutter bezüglich seines Verhaltens sicher sein zu können. Und diese hatte mir hoch und heilig versprochen, dass sich ihr Sohn auf der Klassenfahrt mustergültig benehmen würde. Mir war klar, dass ich mich jetzt nicht entspannt zurücklehnen konnte, dafür sind seine und meine Vorstellungen in Bezug auf *mustergültiges Benehmen* gar zu verschieden, aber zumindest konnte ich ihn jetzt zwischendurch immer wieder daran erinnern, dass seine Mutter mir ein Versprechen gegeben hatte. Demzufolge riss er jetzt entsetzt die Augen auf.
„Oh, nein ... nach Hause fahren? Aber isch hab doch nur ...! Bitte nicht! Nicht nach Hause fahren!"
„Du bist schon die ganzen Tage damit beschäftigt, Dinge zu tun, die du nicht tun sollst. Und immer hast du eine Rechtfertigung dafür. Einige Sachen waren für dich gefährlich. Mit dem ständigen *aus dem Fenster klettern* trittst du die Pflanzen vor dem Fenster kaputt. Da hat sich jemand viel Arbeit gemacht, damit es hier schön aussieht und sich die Gäste wohl fühlen und du zerstörst diese Arbeit einfach. Wieso? Wieso kannst du nicht wie jeder andere Mensch durch die Tür gehen?"
„Aber Fadil klettert auch aus dem Fenster. Und nur mit mir wird wieder gemeckert!"
„Ich will jetzt von DIR wissen, warum DU keinen Respekt vor der Arbeit anderer Leute hast!"
Ich war in Fahrt, denn ich war wieder einmal bei einem meiner inhaltlichen Favoriten angekommen, wenn ich mich mit den

Kids wegen ihres Verhaltens auseinandersetzen musste, nämlich beim Thema *Wertschätzung*. Und zwar in mehrfacher Bedeutung. Zum einen bedeutet es tatsächlich, den Wert einer Sache einschätzen zu können. Wie viel Arbeit steckt dahinter, wie viel Zeit muss jemand dafür aufbringen, oder schlicht: was kostet etwas? Was ist mir eine Sache persönlich wert? Was würde ich selbst dafür investieren? Zum Zweiten stellt sich die Frage der Anerkennung, der Achtung, die man einer Sache, oder einer geleisteten Arbeit entgegenbringt. Und beides hat sich, zumindest nach meiner Erfahrung und Beobachtung, in den letzten Jahren sehr verschoben. *Bitte* und *Danke* werden zu aussterbenden Vokabeln, dafür dominieren oft: „Das ist doch aber mein Recht" und „Das steht mir schließlich zu."
Während es noch vor ein paar Jahren üblich war, dass man Schulbücher einschlägt, damit sie am Ende des Jahres möglichst wenig Schaden genommen haben, ist von dieser guten alten, werterhaltenden Tradition kaum noch etwas übriggeblieben. Man holt sich am Anfang des Jahres einen Stapel Schulbücher aus der Schulbuchbibliothek und zwar „ordentliche Bücher, nicht solche Fetzen" und gibt am Ende des Schuljahres zurück, was davon übriggeblieben ist. Die meisten meiner Schüler sind von der sogenannten Zuzahlungspflicht befreit. Da musste man für die Bücher keinen Cent ausgeben.

„Kost` doch nix!"

„Das steht mir doch zu, dass mein Sohn oder meine Tochter die Schulbücher kostenfrei zur Verfügung gestellt bekommt."

Wenn eine Zuzahlung geleistet werden muss, dann wird das Geld auf ein Konto der Schule eingezahlt und damit gibt es keinen direkten Zusammenhang zu den ausgeliehenen Büchern. Kein Geld-gegen-Ware-Geschäft, bei dem der Tausch klar nachvollziehbar ist. Kein Gefühl dafür, wie lange Mutter oder Vater für den Gegenwert arbeiten musste.

Am Ende eines Schultages sammle ich nicht selten diverse Pfandflaschen, Stifte, Zeichengeräte und Kleingeldmünzen vom Fußboden des Klassenraumes auf. Letztere werden achtlos fallen gelassen, die Flaschen landen im Mülleimer, in den Ecken oder hinter den Schränken. Das Bücken lohnt nicht für das bisschen Gegenwert. Es ist peinlich. Für meine Sammelaktionen werde ich belächelt und ein wenig mitleidig angesehen. „Was los, Frau Abel, ich dachte immer ein Lehrer verdient genug Kohle. Sammeln sie jetzt Flaschen? Ich kann ihnen was geben."

Von dem Geld, das da zusammenkommt, kaufe ich hin und wieder Geodreiecke, Taschentücher oder auch mal Hefter, wenn wieder einmal einer meiner Schüler vor mir steht und fragt: „Frau Abel, haben Sie mal ein Geodreieck für mich", dann kann ich lächelnd in mein Schubfach greifen und sagen: „Klar doch Murat. Gar kein Problem."

Aber während Murat das Kleingeld auf dem Boden liegen lässt und die Pfandflaschen wegwirft, damit sich niemand über ihn lustig machen kann, weil das Geld in der Familie nicht so dick sitzt, fehlt anderen auch das Gespür für große Beträge. An einem der letzten Tage erwischte ich Hakan kurz vor dem nach Hause gehen und versuchte noch einmal nach tagelangem Kampf einen

Entschuldigungszettel von Hakan einzutreiben. Egal, wie oft Hakan fehlt, die Entschuldigungszettel hat er vergessen.

„Hakan, hast du heute an deinen Entschuldigungszettel gedacht?"
„Was, wie war die Frage?" Hakan grinst.
Hakan grinst immer. Egal, wann man ihn anspricht, Hakan taucht immer erst aus einer Art tiefem Wachkoma auf und grinst dann.
Also wiederhole ich: „Ich brauche deinen Entschuldigungszettel. Hast du heute daran gedacht, dann gib ihn mir bitte noch, bevor du gehst!"
Hakan grinst, kratzt sich eine Weile am Kinn und beginnt dann umständlich und entsetzlich langsam in seinen Jackentaschen zu wühlen. Als das nichts hilft, räumt er die Taschen aus.
„Ich hab ihn heute Morgen in die Tasche gesteckt, oder? Hab ich doch aber."
Hakan befördert undefinierbare Dinge ans Tageslicht und lässt sie wahllos auf Tische oder Stühle fallen, neben benutzten Taschentüchern, Fahrscheinen und Brötchentüten auch mehrere zerknüllte Geldscheine, einen Deutschtest, sein Handy, seinen Wohnungsschlüssel und seinen Schülerausweis. Ein Entschuldigungszettel findet sich nicht. Was in seiner unmittelbaren Nähe gelandet ist klaubt er zusammen, stopft es wieder in die Jackentasche und trollt sich. Beim Verlassen des Klassenraumes wirft er mir noch grinsend ein: „Bring ich morgen mit" zu und ist verschwunden. Ich packe meine eigenen Sachen zusammen, werfe einen letzten Blick in den Klassenraum und sehe verärgert Hakans Reste, die liegen geblieben sind. Klar, räumen doch die

„Putzis“ weg. Unter anderem liegt dort noch ein zerknüllter 50-Euro-Schein.
Am nächsten Tag frage ich Haken erneut nach dem Entschuldigungszettel. Er grinst. „Bring ich morgen!“
Ich gebe ihm den 50-Euroschein. „Den hast du gestern liegen gelassen.“
„Ah, O.K.!“
Bitte und *Danke* sind aussterbende Vokabeln ...

Wie waren die Ferien?

Wenn es keiner eigenen Leistung, keiner Anstrengung bedarf, um sich etwas erarbeiten zu müssen, kann man den Wert tatsächlich nicht mehr einschätzen und schon gar nicht, die Anstrengung eines anderen Menschen schätzen.

Kinder und Jugendliche, die morgens oft als einzige in ihrer Familie aufstehen müssen, weil alle anderen keine verbindlichen Termine haben, sehen auch den Wert einer guten Ausbildung nicht. Wozu, wir haben doch alles, was wir brauchen. Die Miete, das Kindergeld, die Kostenübernahme der Klassenfahrt und etliches mehr stehen uns doch zu! Wir haben unser Handy, die Spielekonsole und im Sommer fahren wir in unser Ferienhaus in der Türkei, in Marokko, in Serbien, Kroatien oder in Bulgarien am Schwarzen Meer. Nein, das ist nicht die Regel. Aber definitiv alles andere als ein Einzelfall. Ich habe lange Zeit am Anfang des Schuljahres gefragt, wie denn die Ferien waren, wo die Schüler waren und was sie erlebt haben.

„Wir waren 6 Wochen in der Türkei!"
„Oh, das ist schön. Da habt ihr die ganze Familie besucht?"
„Nein, nur die ersten zwei Wochen, dann waren wir in unserem Ferienhaus am Meer. Wenn sie wollen, dann können Sie da auch mal hinfahren. Wir brauchen es ja nicht immer und dann vermieten meine Eltern es. Aber Sie können da umsonst hinfahren, Frau Abel! Ach so, kann ich eigentlich heute schon im Sekretariat den Berlin-Pass abgeben, wegen der Büchergeldbefreiung und so?"
Na großartig, da klebt einem doch sofort ein Hauch von Bestechlichkeit am Hacken, auch wenn man das Angebot noch so vehement dankend abgelehnt hatte. Und wieso eigentlich Büchergeldbefreiung? Lief die Ferienhausvermietung dieses Jahr so schlecht? Und betreibt der Vater nicht eine gut gehende Pizzeria in der Innenstadt? Ich stellte die Rubrik: „Mein schönstes Ferienerlebnis" ab sofort ein. Der unschuldige Small Talk am Anfang des Schuljahres schwemmte zu viele Informationen ans Ufer, die ich sicherlich gar nicht haben sollte.

„Wallah, ich schwöre bei Alles!"

Efes Entsetzen über die angekündigte Heimfahrt war echt. Die Panik war ihm sichtlich anzusehen. „Bitte Frau Abel, nicht nach Hause schicken!" Und er setzte nach: "Ich schwöre, ich schwöre bei Alles, ich werde ab jetzt alles machen, was mir gesagt wird!“ Ich glaubte ihm sogar, dass er das Angebot ernst meinte, aber ich wusste genauso, dass es an ein Wunder grenzen würde, wenn ihm dies gelinge. Ich war von seinem Verhalten in den letzten Tagen echt genervt, denn dieses permanente Erzwingen unserer Aufmerksamkeit kostete unglaublich viel Kraft. Gleichzeitig wusste ich, dass ich am nächsten Morgen eigentlich keine Möglichkeit hatte, seine Rückfahrt zu organisieren, ohne dass für die anderen Nachteile entstanden wären. Ich wog Aufwand und Nutzen gegeneinander ab. Wenn er sich nach dieser Androhung wenigstens halbwegs benehmen würde, hätten alle mehr davon. Na gut, jeder verdient seine Chance.

„O.K. Efe, ich überlege es mir noch mal und ich werde dich an dein Versprechen erinnern! Ich schlage vor, du gehst jetzt in dein Bett, damit gar nichts mehr passieren kann.“
Widerspruchslos verschwand er im Bad, während die anderen den Fernseher wieder etwas lauter stellten. Die Show war fürs Erste ganz offensichtlich vorbei.
Mit einer Runde durch die Zimmer beendete ich meinen Tag. Mein Kollege war vermutlich der einzige, der bereits in tiefen Schlummer lag, aber den habe ich natürlich nicht mehr gestört.

Vierter Tag

„Nur, weil sie mich nicht leiden können!“

Der nächste Tag begann nicht mehr so strahlend schön, wie seine Vorgänger. In den Bergen hingen dunkle Wolken. Es war diesig, die Luft war feucht und es roch nach Regen. Schon seit Anfang der Woche hatten wir besorgt die Wetterprognosen für diesen Tag verfolgt. Seit Wochen war kein einziger Regentropfen gefallen. Die drückende Hitze hatte seit Beginn des Sommers über dem Land gelegen und ausgerechnet heute sollte sich das Blatt wenden. Es war Regen vorhergesagt worden. Heute wollten wir klettern gehen, aber bei Regen wird nicht geklettert. Das hält der ohnehin sehr weiche Sandstein nicht aus. Beim Frühstück gab ich kurze Stoßgebete ab: „Bitte, bitte, liebes Wetter, halte durch. Nur noch heute. Wenn es regnen muss, dann bitte erst am Nachmittag!“ Ich weiß nicht, ob es in einer katholischen Ferieneinrichtung einen besonders kurzen Draht gibt, der auch für Atheisten, wie mich gilt. Das Wetter war uns gnädig. Es regnete erst am Nachmittag.

Für unseren Klettertag hatte ich einen Felsen ausgesucht, der ganz in der Nähe lag und an dem man verschiedene Schwierigkeitsgrade klettern kann. Jeder, der seine Füße nur halbwegs sicher setzen konnte, sollte es schaffen oben anzukommen, um sich dann von dort wieder abzuseilen. Für diesen Tag waren wir vier Betreuer. Mein Kollege, selbst begeisterter Kletterer und ich, dazu zwei erfahrene Bergsteiger, die dieses Gebiet kannten und die Ausrüstung mitbrachten. Und während mein Kollege noch Zeit brauchte, um sich und seine Tochter Elli für den Tag startklar zu machen, machte ich mich mit der Klasse schon auf den Weg, um kurz vor dem Felsen unsere Verstärkung zu treffen. Ich wollte so pünktlich wie möglich am Felsen sein, damit wir ausreichend Zeit hatten, bevor der Regen losging.

Auf dem Weg dorthin griff ich mir Efe, der sich schon wieder selbst zum Kletterspezialisten erklärte und bereits dabei war, mehr oder weniger gefährliches Halbwissen zum Besten zu geben und allen anderen mitteilte: „Ich werde als Erster klettern und dann werde ich euch alle von oben sichern."

Ich schritt ein, wohl wissend, gleich wieder neuen Unmut auf mich zu laden.

„Efe, ich muss hier dringend mal etwas klarstellen. Gestern Nacht war ich so weit, dich nach Hause zu schicken, weil du es einfach nicht auf die Reihe bekommst, das zu machen, was dir gesagt wird. Das ist aber beim Klettern dringende Voraussetzung dafür, dass alles glatt geht. Ich kann mich aber nicht darauf verlassen, dass du unsere Anweisungen befolgst. Du wirst also auf gar keinen Fall als Erster klettern. Und schon gar nicht wirst du die anderen von oben sichern. Das ist nicht deine Aufgabe. Ich werde erst einmal beobachten, wie weit du zu deinem Versprechen von gestern Abend stehst."
„Ja, aber ich kenne mich doch aus mit Klettern."
„Efe, darum geht es nicht und das kann ich auch nicht einschätzen. Ich muss sicher sein, dass alle gesund rauf- und auch wieder runterkommen. Du wirst also erst einmal warten, bis ich mir

halbwegs sicher bin, dass ich dich da gefahrlos mitmachen lassen kann.“ Efe versuchte weiter zu verhandeln, ich blieb bei meiner Entscheidung.

Auf der Hälfte des Weges trafen wir auf einen unserer klettererfahrenen Begleiter. Er stellte sich den Kids vor: „Hallo, ich bin Tom, nachher kommt noch meine Kollegin Annika, wir werden euch heute beim Klettern begleiten“, verteilte Taschen mit Ausrüstung an die Kids und schloss sich der Spitzengruppe an. Er kannte den Felsen, mit ihm zusammen hatte ich ihn schon vor Monaten ausgesucht. Wir kennen uns, denn wir hatten vor vielen Jahren zusammen studiert, danach aber verschiedene berufliche Wege eingeschlagen.

Ich ließ mich zurückfallen, um die Nachhut etwas anzutreiben. Als ich endlich mit dem halben Dutzend Kids am Felsen eintraf, stand Efe bereits fertig gegurtet da. Sprachlos starrte ich ihn an.
„Efe, ich hatte gesagt, du kletterst definitiv nicht als erster. Also, was soll das?“ Unschuldiger Blick.
„Ja, aber Tom hat mir den Gurt hingehalten. Ich kann da nichts dafür!“
„Oh, du hättest sagen können, dass du noch nicht klettern darfst. Leg den Gurt also wieder ab! … Jetzt! … Efe, du sollst den Gurt wieder ablegen! … Sofort!“
Efe stand unbeweglich da, tat nichts dergleichen und sah Tom an, auf der Suche nach männlicher Solidarität. Aber diese Solidarität wurde ihm trotz seiner Beharrlichkeit nicht zuteil. Im Gegenteil, Tom forderte ihn auf, den Gurt wieder abzulegen und sich an die vereinbarten Spielregeln zu halten.
„Du kletterst, wenn Frau Abel ihr O.K. gibt. Nicht vorher.“

Und das war wieder der Punkt, an dem Efe sich von aller Welt betrogen fühlte und die Beherrschung verlor. Wutentbrannt riss er sich den Gurt runter und stürmte laut brüllend, mit geballten Fäusten an allen vorbei und verschwand zwischen den Felsen. In einiger Entfernung hörte ich ihn toben. Zumindest schien er in der Nähe zu bleiben und nicht auf Nimmer-Wiedersehen im Wald zu verschwinden. Was sollte ich nun tun? Efe suchen, damit der in seiner Wut nichts tat, was ihm selbst schadete oder bei der Klasse bleiben, die nach seinem dramatischen Abgang wie eine Schar aufgescheuchter Hühner wirkte. Einige Zeit hatte ich alle Hände voll damit zu tun, den Rest der Klasse daran zu hindern, hinterher zu stürmen, um das Schauspiel zu genießen. Da endlich tauchte zu meiner Erleichterung mein Kollege auf. Er machte sich sofort auf die Suche nach Efe, den er tatsächlich nicht weit entfernt fand. Dabei bot sich ihm ein verwirrender Anblick. Er kniete auf dem Boden und trommelte dabei mit den Fäusten auf die Erde.
„Immer ich, immer verbietet sie mir alles, nur weil sie mich nicht leiden kann."
Wie oft hatte ich das schön gehört!
„Sie geben mir immer schlechte Noten, weil Sie mich nicht leiden können."
„Nie werden bei den anderen die Hausaufgaben kontrolliert, nur bei mir, weil Sie mich nicht leiden können!"
„Immer erwischen Sie mich, wenn ich heimlich die Schule verlasse, nur weil Sie mich auf dem Kieker haben, weil Sie mich nicht leiden können!"
„Immer bekommt mein Kind einen Eintrag, nur weil Sie mein Kind nicht leiden können!"

„Die Lehrer können meine Tochter nicht leiden, deshalb hat Sie so schlechte Noten!"

Ja, genau! Es läuft ganz einfach. Am Anfang der Woche hängen wir das Foto eines Schülers ins Lehrerzimmer, damit wir auch ja alle wissen, wen wir in dieser Woche kollektiv nicht leiden können. Und für besonders hartnäckige Kandidaten, die wir einfach nicht kleinkriegen, gilt diese gemeinschaftliche Antipathie auch mal für Monate. Und dann ziehen wir alle Register, denn Lehrer sind von Hause aus gemein und bösartig, wir genießen diesen pädagogischen Sadismus. Und wir hassen Feierabende. Wie Vampire scheuen wir das Sonnenlicht und fühlen uns nur wohl, wenn wir die Schule erst mit der untergehenden Sonne verlassen können. Wer will denn nach dem Unterricht zufrieden und ausgeglichen nach Hause gehen, um dort in Ruhe Tests zu kontrollieren, bei denen lauter gute Zensuren von Lernerfolgen Zeugnis ablegen oder Unterricht für den nächsten Tag vorzubereiten und dann Zeit für eigene Hobbies oder gar die eigenen Kinder zu haben?

Nein, wir brauchen die Auseinandersetzung, den pubertären Widerstand. Wir fiebern den nervenden Auseinandersetzungen mit widerspenstigen Schülern, Beleidigungen und Prügeleien, den nachmittäglichen Elterngesprächen, den schriftlichen Stellungnahmen für Anwälte und Schulamt, den Klassenkonferenzen bei ganz hartnäckigen Fällen und den Gesprächen mit Schulpsychologen, Jugendämtern oder Familienbegleitern entgegen. Endlich hat unser kleines, unbedeutendes Beamtendasein einen Sinn! Und da kein vernünftiger Schüler freiwillig diesen Stress auf sich nimmt, müssen wir uns in regelmäßigen Abständen und aufwendigen Verfahren einen suchen, den wir nicht leiden können und an dem wir unser kleines Ego aufrichten können. Allerdings müssen wir uns dann die Mühe machen, das freundliche Lächeln am Morgen, die klugen Referate, die fleißige Mitarbeit im Unterricht, die sorgfältig und sauber angefertigten Hausaufgaben und die vollendeten Umgangsformen für mindestens eine Woche auszublenden. Das klingt absolut logisch, pädagogisch sinnvoll und menschlich nachvollziehbar. Was hätte unser Leben sonst für einen Sinn?

Natascha ist alt genug

Efe erschien nach einer guten halben Stunde, in halbwegs vorzeigbarer Verfassung, für sich selbst und seine Mitmenschen erträglich, wieder am Ort des allgemeinen Geschehens. Die ersten hatten den Aufstieg währenddessen schon geschafft und saßen gut gesichert oben auf dem Felsen. Bevor das Abseilen für sie noch einmal eine Herausforderung werden würden, hatten sie schon ihre erste Ausschüttung an Glückshormonen genießen dürfen. Allen voran hatte sich Isabel, behände wie eine Katze, an den Aufstieg gemacht. Zu ihrer Ausstattung gehörten neben Klettergurt, Karabinerhaken und Seil auch ein Kopftuch. Isabel ist, ganz anders als ihr Vorname oder auch ihr Familienname vermuten lassen, eine rassige Halb-Ägypterin, die in der achten Klasse ohne Druck oder Einflussname von außen beschlossen hatte, ab sofort ein Kopftuch zu tragen. Bis heute ist sie in unserer Klasse das einzige Mädchen, das ein Kopftuch trägt. Sie ist fröhlich, verschwatzt, offen, ausnehmend sympathisch und zielstrebig und lässt sich von niemandem die *Butter vom Brot nehmen.* Ihre Mutter und auch ihre große Schwester tragen kein Kopftuch. Ihre Eltern, eine ägyptische Mutter und ihr deutscher Vater sind geschieden, aber beide gleichermaßen für uns Ansprechpartner und Isabel verkehrt mit beiden Elternteilen entspannt und liebevoll. Ich bin mir sicher, dass sie ihren Weg in unsere gymnasiale Oberstufe finden und unsere Schule mit dem Abitur verlassen wird, auch wenn sie ausgerechnet mit meinem erklärten Lieblingsfach, der Mathematik, auf Kriegsfuß steht. Aber wir haben einen Deal. Sie verzweifelt nicht und lernt auswendig, was es auswendig zu lernen gibt und den Rest der Energie steckt sie in Fächer, in denen sie wirklich gut ist. Alles andere wäre Verschwendung von Ressourcen und sehr schade. Der Weg ist das Ziel und Überleben die Hauptaufgabe.

Es ist eine größere logistische Herausforderung, mit 22 Schülern zu klettern, auch wenn wir nach kurzer Zeit eine gute Arbeitsaufteilung hatten. Während Annika und ich vom Boden aus sicherten, sie den Aufstieg, ich das Abseilen, saßen die beiden Männer oben auf dem Felsen und sorgten von dort aus dafür, dass nichts passieren konnte. Jeder Schüler, der sich abgeseilt hatte, half dem nächsten, den Klettergurt anzulegen. Alles wurde mindestens doppelt kontrolliert, bevor ein weiterer Aufstieg beginnen konnte. Jamie Lee übernahm mit der tatkräftigen Unterstützung diverser Mädchen Ellis Betreuung und spielte und sang mit liebevoller Hingabe mit ihr. Die Jungs erkundeten die Umgebung, hockten auf umgestürzten Bäumen oder zogen sich gegenseitig mit mehr oder weniger lustigen Kommentaren auf. Abwechselnd wurden Fotos geschossen, um die Erfolge zu dokumentierten und den Eltern zu Hause stolz berichten zu können und so gut wie jeder nahm die Herausforderung an. Die einen fieberten ihr entgegen und wollten unbedingt so schnell wie möglich ihr Kletterglück versuchen, andere wollten erst einmal zusehen und brauchten etwas Aufmunterung. Aber nachdem ich selbst auch geklettert war und immerhin gehöre ich für die Kids mit meinen über Fünfzig doch schon zur Generation der Urahnen, ob ich das nun genau so sehe oder nicht ist ein ganz anderes Thema, wollte sich kaum jemand die Blöße geben und unten stehen bleiben. Als ich in ihrem Alter war, dachte ich, mit Fünfzig ist das Leben vorbei. Da trägt man Faltenrock und Dauerwelle und das aufregendste im Leben ist der Sonntagabendkrimi im Fernsehen, falls man überhaupt noch so lange durchhält und nicht vorher schon schlafen geht, auch wenn der damals für uns noch nicht „Tatort", sondern „Polizeiruf 110" hieß.

Während ich also das Abseilen sicherte, ohne Faltenrock und ohne Dauerwelle, dafür aber mit monumentalen Kopfschmerzen, die mir gnadenlos und unaufhaltsam vom Nacken aus unter die Schädeldecke krochen und ein ständig in den Nacken gelegter Kopf war da wenig hilfreich, beobachte ich die bereits bekannten Klienten Miss „Rückenschmerzen" und Miss „Ichwillmichnichtanstrengen". Natascha und Cecylia, die sich gestern schon einen ausgiebigen Kosmetiktag gegönnt hatten, schlichen gemeinsam mit Chantalle herum und machten mir keinen guten Eindruck.

Sie tuschelten, machten sich über die anderen lustig, kicherten unangenehm, aber machten nicht im Mindesten den Eindruck, als wollten sie sich selbst dem Urteil ihrer Mitschüler ausliefern, indem sie sich an einen Aufstieg wagten. Nun sind die drei nicht gerade die Superstars unter den Sportlern. Jetzt wäre es vermutlich clever, sich mit spottenden Kommentaren zu den sportlichen Leistungen anderer etwas zurückzuhalten, wenn man selbst schon den Fußweg zur nächsten Bushaltestelle für eine Verletzung der Menschenrechte hält, aber ihre Selbstwahrnehmung verhält sich in dieser Hinsicht eindeutig antiproportional zur Länge ihrer aufwendig manikürten Fingernägel. Die Drei hatten im Leben bereits gelernt, nicht zartfühlend zu sein und Cleverness war in diesem Punkt nicht ihre Stärke.

Die Mädchen verbindet schon sehr lange eine seltsame Hassliebe, deren emotionale Ausschläge in alle Richtungen weit über die normale pubertäre Amplitude hinausgehen. Sie können nicht miteinander, sie können nicht ohne einander. Mit keiner von ihnen möchte ich tauschen, was die Erfahrungen angeht, die ihnen das Leben bereits aufgebürdet hat.

Nataschas Eltern haben einen sehr einfachen Weg gefunden, ihrer Erziehungs- und Fürsorgepflicht nachzukommen. Ihr Repertoire besteht aus genau drei Punkten.

Erstens:
„Natascha ist alt genug, darum muss sie sich selbst kümmern.“ Dazu gehört in ihren Augen auch die Begleichung aller offenen finanziellen Forderungen wie Büchergeld oder Beiträge für Arbeitsgemeinschaften, Wandertage oder Klassenkasse. Für den Leser nur am Rande erwähnt: Natascha erhält kein Taschengeld.

Zweitens:
Während eines Lernentwicklungsgespräches sagte Nataschas Vater mit sehr ernstem Gesicht zu mir: “Frau Abel, ich weiß überhaupt nicht, was meine Tochter will. Sie hat doch alles, was sie braucht: ein eigenes Zimmer, einen Fernseher, ein Handy, ihr Schminkzeug.“

Drittens:
„Jetzt reicht`s aber! Stubenarrest für die nächsten vier/ sechs/ acht Wochen beziehungsweise Handy weg für das nächste halbe Jahr!“

Natascha hat drei Wege gefunden, darauf zu reagieren.

Erstens:
Sie verfällt in komplette Arbeitsverweigerung, bis ihre Eltern entweder den Stubenarrest oder das Handyverbot aufheben, allerdings zeigen beide Seite eine unglaubliche Ausdauer, wenn es um das Festhalten an der gewählten Strategie geht. Keine der beiden Seiten lenkt ein. Das führt dann schon mal dazu, dass Natascha ein halbes Jahr lang die komplette Mitarbeit in der Schule verweigert. Und ohne Handy ist Natascha in ihren Augen von

der Außenwelt abgeschnitten. Während eines Lernentwicklungsgespräches entspann sich einmal folgender Dialog zwischen Natascha und ihrem Vater:

“Ja, was soll ich denn machen, ihr habt mir ja alles weggenommen und raus darf ich schon seit Wochen nicht mehr!“
Vater (dem das Ganze peinlich wurde und der bemüht war, vor mir ein pädagogisch sinnvolleres Angebot zu machen): „Du sollst nicht einfach so raus, ohne dass wir wissen, wo du hingehst. Wenn du eine vernünftige Verabredung hättest, könntest du doch gehen.“
„Wie soll ich mich denn verabreden, ohne Handy?“
„Kannst du dich nicht schon in der Schule verabreden, wir haben uns früher immer in der Schule verabredet, wir hatten alle kein Handy!“
Damit hatte er des Pudels Kern erkannt. Wir hatten *alle* kein Handy. Damit war es *normal,* sich schon in der Schule zu verabreden. Das ist es heute für Menschen im Alter seiner Tochter leider nicht mehr.
„Ich kann mich nicht in der Schule verabreden. Da verabredet sich *niemand!* Die verabreden sich alle erst später. Und da kriege ich nichts mit!“ Sie hatte bereits glühend rote Flecke auf den Wangen und blitzte ihren Vater herausfordern an.
„Dann benutze doch unser Telefon zu Hause. Dann kannst du die anderen nach dem Unterricht anrufen und dich verabreden.“
Natascha (vollkommen entsetzt): „Ich rufe doch nicht mit dem Festnetz an! Wie *peinlich* ist das denn!?“

Offensichtlich so peinlich, dass sie auch weiterhin lieber zu Hause sitzt.

Zweitens:
Seit Jahren kommt Natascha regelmäßig mit Schnittverletzungen an den Armen zur Schule. Nicht sehr tief, aber dafür viele. Wir haben in der siebenten Klasse nach langen Gesprächen den Kontakt zur Schulpsychologin hergestellt. Auf ihren Wunsch hin begleitete ich sie zu den ersten Terminen. Die Eltern nahmen an keinem Gespräch teil, obwohl sie zu Folgegesprächen eingeladen waren. Sie kennen das Verhalten ihrer Tochter, aber sie haben keine Zeit und „außerdem ist Natascha alt genug, darum muss sie sich selbst kümmern. Wenn sie damit nicht aufhört, schicken wir sie in eine geschlossene Klinik nach Bonn!“ Warum Bonn? Ich weiß es nicht! Drei Jahre später ritzt sich Natascha immer noch oder bemalt sich im Unterricht komplett Arme und Hände. Oder die ihrer Wahlnachbarin Chantalle, wenn man mal wieder nicht vehement auf den offiziellen Sitzplan pocht.

Drittens:
Natascha isst. Viel, fett und ungesund. Die Folgen und der sich anschließende Kreislauf sind allgemein bekannt.

Bei Cecylia liegen die Dinge anders. Ihr wurden lange Zeit alle Wünsche von den Augen abgelesen. Sie wollte ein neues Handy haben, sie bekam ein neues Handy. Sie wollte eine neue Hose haben, sie bekam eine neue Hose. Sie klagte weinerlich über Bauchschmerzen, sie blieb zu Hause. Aber dann passierten in kurzer Abfolge Dinge, die sie schmerzlich aus der Bahn warfen. Innerhalb weniger Wochen starben zwei ihrer wichtigsten Bezugspersonen, Oma und Onkel, ihre Mutter erhielt eine Krebsdiagnose und sie erfuhr, dass ihr Vater eigentlich ihr Stiefvater ist.

Der frisch aufkeimende Kontakt zum Erzeuger gestaltete sich ernüchternd und ebbte recht bald wieder ab. Ihre Eltern versuchten möglichst viel von ihr fernzuhalten, waren aber verständlicher Weise hochgradig angespannt und oft unterwegs. Ihre Mutter musste oft tagelang nach Polen reisen, um dort Krankheit und Tod ihrer Angehörigen zu begleiten. Ihr Vater betreibt ein Restaurant und ist dadurch beruflich eingebunden. Cecylia erfuhr in kleinen mundgerechten Häppchen Brocken der Wahrheit. Mitten in der Pubertät brach die heile Welt zusammen. Immer öfter fehlte sie in der Schule, kam abends immer später nach Hause, später verschwand sie tagelang ganz und gar. Ihre Mutter suchte Hilfe beim Jugendamt. Eine Zeit lang zog sie in ein Projekt des betreuten Wohnens und fand neue „Freunde". Sie rauchte, sie trank, sie schwänzte und sie wurde schwer krank. Inzwischen wohnt sie wieder zu Hause bei ihrer Mutter. Ihr Stiefvater hatte auf einer Autofahrt in die Türkei einen schweren Autounfall und lag, zumindest zum Zeitpunkt unserer Klassenfahrt in der Türkei im Koma. „Das Schicksal ist ein mieser Verräter!" Das alles sind Informationen, die uns auf Umwegen erreichen, selten direkt. Stattdessen wird uns mitgeteilt, dass Cecylia nicht gerne Schlauchboot fährt.

Chantalle, die Dritte im Trio, wurde in der Grundschule zur Halbwaise und lebt seitdem in verschiedenen Wohngruppen. Eine Weile haben sich Freunde der Eltern um sie und ihren Bruder gekümmert, aber das war keine Lösung auf Dauer, zumal sich der Umgang mit den Kindern schwierig gestaltete. Der Vater ist für uns nur schwer zu erreichen, auch wenn er erziehungsberechtigt ist. Er hat, soweit ich weiß, keinen festen Wohnsitz.

Zumindest haben mich seit Jahren keine anderen Informationen erreicht. Auf Handyanrufe reagiert er nicht, obwohl ich Chantalle regelmäßig um die aktuelle Nummer ihres Vaters bitte. Ich habe ihn das letzte Mal zu einem Lernentwicklungsgespräch vor zwei Jahren in der achten Klasse gesehen. Da war er „bei einem Kumpel untergekommen.“ Seitdem nehmen seinen Platz die Erzieherinnen der Wohngruppen ein, manchmal auch eine Praktikantin. In den Wohngruppen wird sehr viel dafür getan, Chantalle ein Gefühl von Unterstützung und Geborgenheit zu geben, aber niemand kann ein Elternhaus ersetzen. Vor Kurzem musste eine Einverständniserklärung für die Teilnahme an einem Berufsorientierungsprojekt unterschrieben werden.

„Kann das auch meine Erzieherin unterschreiben, mein Vater sitzt mal wieder im Knast.“

Chantalle hört oft wochen- und monatelang nichts von ihrem Vater. Wenn er dann wieder auftaucht, kauft er ihr Geschenke, unternimmt ein oder zwei Wochenenden etwas mit seinen Kindern und verschwindet wieder.

Während die drei Mädchen also versuchten unter dem Radar zu fliegen, vibrierte Efe in Erwartung meines O.K. Er wollte klettern. Er wollte zeigen, dass er der Beste ist. Und ich vermutete, dass er auf Grund seines Körperbaus tatsächlich in der oberen Liga mitspielen konnte. Allein seine Armlänge verschaffte ihm klare Vorteile. Er kam lässig ohne Aufwand an Griffe, für die der kurze Nebi mehrere Schritte brauchte. Efe hatte sich Mühe gegeben. Nach seinem Wutanfall am Morgen hatte er lange an seiner Unterlippe gekaut, eine Weile stumm in der Ecke gehockt, aber dann ohne Murren und Knurren den anderen mit den Klettergurten geholfen. Er bekam mein O.K. Und wie ich vermutet hatte, war der Aufstieg, für den andere ihren ganzen Mut zusammenkratzen mussten, keine Herausforderung. Tom war sofort bereit, ihn auch an einem weiteren Aufstieg mit höherem Schwierigkeitsgrad zu sichern, um auch Efe an seine Grenzen zu bringen und auch mein Kollege und Annika wollten gerne noch einmal klettern. Die meisten unserer Schüler waren fertig und fingen an, sich zu langweilen. Einen zweiten Kletterweg wollte, außer Efe, niemand mehr probieren.

Wir entschieden, unsere Klasse ins Quartier zurückkehren zu lassen. Der Weg war nicht weit und eine zehnte Klasse sollte durchaus in der Lage sein, sich für eine halbe Stunde ohne direkte Aufsicht im Ferienobjekt aufzuhalten.

„Ich kletter nicht ohne meinen rosa Strickmantel!“

Diese Entscheidung hatte noch einen weiteren, zugegeben unbedachten, aber dennoch willkommenen positiven Nebeneffekt. Ich hatte nicht im mindesten vor, unsere drei Komikerinnen, die ihre Zeit hauptsächlich damit verbracht hatten, sich über andere lustig zu machen, vom Haken zu lassen. Jetzt konnten sie selbst die Bühne betreten, allerdings hatten wir zuvor dafür gesorgt, dass das Publikum merklich ausgedünnt war, dem sie selbst vermutlich viel Schlechtes zutrauten. „Denn was ich selber denk und tu, trau ich auch jedem Andern zu!“

Wir drückten den Dreien also, nachdem der Rest der Klasse losgezogen war, kommentarlos jedem einen Klettergurt in die Hand und es gab das erwartete Theater. Sie zierten sich, sie wehrten sich, sie hatten Rückenschmerzen, Fußschmerzen und Fingernägel, sie zeterten und bockten. Aber dann überraschte mich Chantalle. Nach einer theatralischen Klärung der Kleiderordnung: „Nein, ich kann nicht ohne meinen rosa Strickmantel klettern“, legte sie den Klettergürtel an und begann tatsächlich den Aufstieg. Rückblickend würde ich das Ganze als durchaus beeindruckende Performance bezeichnen, in der mein Kollege eine unvergessliche Sidekick-Rolle übernahm.

Bevor sie mit ihrem heroischen Aufstieg begann, versicherte sie sich durch einen kurzen aber auffälligen Rundumblick, ob sie sich auch der Aufmerksamkeit aller Anwesenden und besonders ihrer beiden Busenfreundinnen sicher sein konnte. Es wurden sehr dramatische Minuten. Jeder Schritt wurde von ihr kommentiert, dramatisiert, mit spitzen Schreien und Verwünschungen begleitet. Sie hing einem Frosch gleich in der Wand und *kam auf gar keinen Fall weiter:* „Nein, ich komm hier nicht weiter. Es geht nicht. Und zurück komme ich auch nicht. Wie soll das denn gehen? So ein Blödsinn.“

Das Schöne am Klettern ist nun, dass die Situation für sich selbst spricht. Sie musste etwas machen. Dort hängen zu bleiben war einfach keine Option. Mein Kollege blieb im Gegensatz zu mir die Ruhe selbst. Ich werde da im Laufe der Zeit deutlich unentspannter. Er hockte einige Meter über ihr im Felsen und erklärte absolut emotionsfrei jeden weiteren möglichen Griff. Und tatsächlich, Chantalle bewegte sich Meter um Meter den Felsen hinauf, bis sie oben saß und sich ins Gipfelbuch eintragen konnte. Und dass sich das Abseilen ähnlich dramatisch gestaltete, versteht sich von selbst, aber unten musste sie trotzdem lächeln und ihre Siegerfaust in den Himmel recken.

Die überdimensionierten Fingernägel der verbleibenden beiden Kandidatinnen standen einem erfolgreichen Aufstieg leider im Weg. Da ist kein Griff für gewachsen. Und die Körperkunst hatte oberste Priorität. Die drei Damen kehrten, jede mit ihrem eigenen Sieg im Gepäck, ins Quartier zurück.

Efe kletterte ohne Probleme weitere Schwierigkeitsgrade. So hatte auch er seine Erfolgserlebnisse, konnte sie aber einmal ganz in Ruhe für sich selbst genießen und musste sich nicht vor großem Publikum produzieren. In solchen Situationen ist er ein ziemlich entspannter und zufriedener Jugendlicher. Und fast gar nicht anstrengend.

In den Bergen kehrte wieder Ruhe ein. Die ersten Vögel kamen zurück und wir gönnten uns etwas zu essen und ein paar Minuten Pause, bevor wir uns von unseren Begleitern verabschiedeten und ins Objekt zurückkehrten.

Wir hatten Zimmerkrieg!

Ich musste unbedingt etwas gegen meine hämmernden Kopfschmerzen tun. Eine dicke Erkältung klopfte an. Trotz des guten Wetters der letzten Tage und Wochen kratzte es im Hals, die Nase wurde dick, die Augen taten weh. Ich wollte ins Bett, mich einrollen und schlafen. Aber daran war erst morgen Nachmittag zu denken. Jetzt dachte ich daran, dass ich nicht einmal Schmerztabletten bei mir hatte und die nächste Apotheke war mehrere Orte und S-Bahnstationen entfernt. Beste Voraussetzungen für die letzte Nacht einer Klassenfahrt. Mein Versuch, an der Rezeption auf einen verständnisvollen Menschen zu treffen, der mir vielleicht aus privaten Beständen ein Schmerzmittel zur Verfügung stellen könnte, schlug leider fehl. Weit und breit war keine Menschenseele zu sehen. Im Haupthaus herrschte vollkommene Stille, die nur vom entfernten Läuten der Glocke in der kleinen Kapelle unterbrochen wurde, die zum Objekt gehörte. Ich warf noch einen Blick in Küche und Speiseraum, aber auch hier war keine Menschenseele, eine Uhr tickte, der Kühlschrank summte und auf dem Buffet lag ein einsamer Apfel, der nach dem Frühstück vergessen wurde. Seufzend wandte ich mich zum Ausgang. Diesen letzten Nachmittag würde ich schon noch überstehen.

Vor dem Haupthaus begegnete mir der Hausmeister. Als ich gerade meine Frage nach einer Schmerztablette an den Mann bringen wollte, gewahrte ich leider Efe, der mit einem gewagten Satz über ein Steinmäuerchen im Fenster seines Zimmers verschwand. Der Hausmeister hatte ihn auch gesehen und teilte mir umgehend seinen Unmut mit. Auch er hatte bereits mehrmals interveniert, aber mit gleichem ausbleibenden Erfolg, wie alle anderen auch. Er würde im Gegensatz zu uns die Rabatten wieder in Ordnung bringen. Ich ärgerte mich. Aber warum sollte Efe ihm nicht im Gegenzug dafür andere Arbeit abnehmen?

„Haben Sie für den jungen Mann nicht ein bisschen Arbeit, die er Ihnen abnehmen könnte? Dann ist er sinnvoll beschäftigt und ein bisschen Wiedergutmachung kann nicht schaden."
Der Vorschlag wurde begeistert aufgenommen.
„Ja, der Weg zur kleinen Kapelle muss unbedingt gefegt werden. Ich kann sofort Harke und Besen besorgen."
„Prima, dann gehe ich mal die frohe Botschaft verkünden!"
Und da Efe gleich darauf das Haus auch wieder durchs Fenster verließ und mir damit fast in die Arme sprang, gab es da auch nicht viel zu diskutieren, obwohl er natürlich einen Grund hatte.
„Ich wollte doch nur hinter Fadil her, der hat unsere Fernbedienung geklaut."
Fünf Minuten später war Efe, ausgestattet mit Reinigungsutensilien, am Start. Und es würde eine Weile dauern, den gesamten Weg zu fegen, aber er hatte Glück. Wenig später gesellte sich Murat zu ihm, griff sich einen Besen und begann solidarisch mitzufegen.

Fadil stürmte tatsächlich, wie immer wild mit den Armen fuchtelnd, übers Gelände. Ihm dicht auf den Fersen ein halbes Dutzend Jungs. Er hatte zwei Fernbedienungen bei sich, die zurückerobert werden mussten. Die Jagd verlief kreuz und quer übers Gelände, ungeachtet der Wege, der Blumenrabatten oder weiterer Besucher. Ich hatte Mühe, sie auf mich aufmerksam zu machen und zu mir zu beordern. „Der klaut schon die ganzen Tage unsere Fernbedienung", beschwerte sich Maik. „Das nervt unheimlich!" Konnte ich gut glauben. Fadil hatte daran sichtliches Vergnügen. Ich nahm ihm die Fernbedienungen ab und verteilte sie an die Verfolger. Die Jungs trabten wieder ab. Fadil trollte sich, sichtlich unzufrieden.

Gleich darauf betrat ich das Haus und musste mich augenblicklich eines heftigen Würgereflexes erwehren. Diesmal rebellierte mein Magen. Dieser Gestank bewegte sich ganz eindeutig in olfaktorischen Grenzbereichen. Er erinnerte an verwesenden Brokkoli, den man bei flimmernder Sommerhitze, übers lange Wochenende, im Kochtopf auf dem Küchentresen vergessen hatte und der sich bereits in einen zähflüssigen Brei verwandelte. Nicht zu vergessen, die schleimige Käseschicht, die vom Überbacken übrig war und bereits einfache Sätze bilden konnte, deren Grammatik so manch einen, den ich kannte, vor Neid erblassen lassen würde.

Ich stürmte ins Zimmer.
„Was verdammt noch mal ist hier los?"
Kadir öffnete den Mund: „Hakan war ...". Ich konnte ihn gerade noch stoppen. Ich hatte die Nase voll von Verbalattacken, Beleidigungen, Schimpfwörtern, Ekelangriffen und diesem Gestank, jedes Einzelne ein Angriff auf meine Sinneswahrnehmungen. Diesmal waren wenigstens die Zimmerfenster geöffnet. Ich bestellte die Horde der Jungs vor das Hauptgebäude, ordnete eine intensive Lüftung des gesamten Hauses an und verschwand nach draußen. Sauerstoff! Tief einatmen, bloß nicht würgen! Währenddessen hämmerte mein Hirn von Innen mit einem Schmiedehammer rhythmisch gegen die Schläfen. Ich versuchte zu ergründen, ob es einen erkennbaren Takt, musste aber ohne Erkenntnis stöhnend aufgeben.

Die Jungs versammelten sich, nahmen um mich herum Platz und waren allesamt die Unschuld in Person.
„Jungs, was ist hier los? Und kommt mir nicht mit Hakan! Was ich hier rieche, ist auf gar keinen Fall humanoiden Ursprungs. Um einen solchen Gestank zu erzeugen, mussten vorher etliche chemische Experimente unter strengster Geheimhaltung stattfinden. Also, wer von euch ist hierfür verantwortlich?“
Sie kannten mich, jetzt war Widerstand zwecklos. Fadil rekelte sich breitbeinig, halb liegend auf seinem Stuhl, grinste, hob halb den Arm. „Ich war´s! Wir hatten Zimmerkrieg und da hab ich den anderen eine Stinkbombe im Klo versteckt.“

„Falsch Fadil, zwei Stinkbomben, innerhalb der letzten Tage! Und du hast das Ganze offensichtlich geplant, sonst hättest du das Zeug ja nicht schon zu Hause eingepackt! Das grenzt echt an Körperverletzung und zwar mit Vorsatz!“
„Wieso, ist doch nach ein oder zwei Stunden wieder vorbei!“
„Fadil, auch wenn ich dich jetzt nur für ein oder zwei Stunden ans Kreuz nagle, ist das trotzdem Körperverletzung!“ Mir dämmerte, dass der Vergleich unangebracht war, aber dem Rest schien das nicht aufzufallen.
„Jungs, dass ihr das dann auch noch Hakan in die Schuhe schiebt, ist nicht gerade Gentleman-like.“ Hakan erwachte aus seinem üblichen Wachkoma.
„Hä, was ist?“
„Nix, Hakan. Alles gut. Schlaf weiter.“
Hakan grinste. Fadil meldete sich wieder zu Wort.
„Jetzt hören Sie mal auf. Das hat doch nichts mit Körperverletzung zu tun. Immer müssen Sie übertreiben. Ist doch niemandem

was passiert. Soll ich jetzt wegen einer Stinkbombe verhaftet werden, oder was? Ist schließlich nur Spaß!“
Ja, immer ist alles nur Spaß. Egal, was beanstandet wird: „Ist doch nur Spaß!“

„Ist doch nur Spaß!

„Halt die Fresse, du Opfer!“ - nur Spaß. „He, Frau Abel, wir reden immer so!“
Federtaschen versteckt - Nur Spaß.
„Ich ficke deine Mutter!“ - nur Spaß.
Ein Bein gestellt - nur Spaß.
Stinkbomben - auch nur Spaß.

Nie lacht einer. Kein Einziger, aber das ist egal. Nur Spaß! Oft ist ihnen tatsächlich nicht klar, welche Auswirkungen das Gesagte oder ihre Tat haben kann. „Ist doch nur Spaß“ und „Ich hab mich doch entschuldigt“ sind Universalfreisprüche für jegliches Handeln. Es ist schwer, mit Argumentation oder Beispielen diese Grundeinstellung aufzuweichen. „Das ist doch jetzt etwas ganz Anderes“ rangiert gleich an dritter Stelle der Argumentationskette. Wir führen oft erbitterte Debatten, wenn es darum geht, warum es wichtig ist, in einer Gemeinschaft bestehende Regeln einzuhalten.

„Warum darf ich in der Pause nicht das Schulgelände verlassen? Voll sinnlos. Die Lehrer hier sind voll assi!“ Natürlich kann man Regeln jederzeit in Frage stellen, über Sinn und Unsinn diskutieren, neue Regeln aufstellen und alte entsorgen, wenn sie überholt sind, aber das sollte man gemeinsam und in angemessener Form tun. Dafür gibt es auch in einer Schule ausreichend Plattformen. Zum Beispiel den Klassenrat, die Versammlungen der Schülersprecher und letztendlich die Schulkonferenz, auf der alle Beteiligten gleichermaßen vertreten sind und die über die Grundsätze des schulischen Lebens entscheidet.

Am 9. Januar 2014 erschien in der Schwäbischen Zeitung folgender Artikel.

Eine Stinkbombe und ihre fatalen Folgen:

Am 12. Dezember hatten die Rettungsdienste in Friedrichshafen einen Großeinsatz.

„Ach, was muss man oft von bösen Kindern hören oder lesen! Wie zum Beispiel hier von diesen, welche Max und Moritz hießen." Manchmal sind Lausbubengeschichten Weltliteratur, wie im Fall von Wilhelm Busch, der die Dummheiten der berühmten Knaben im Jahre 1865 in sieben Streichen zu Papier brachte. Im Jahr 2013 kann sich ein einziger Streich derart zur Monstrosität aufwerfen, dass er das Zeug dazu hat, eine finanziell geschwächte Familie zu ruinieren. Und einem jungen Menschen die Zukunft zu verbauen oder sie zumindest mit einer finanziellen Hypothek zu belasten, an der auch besser situierte Leute lange zu kauen hätten.

Thomas Brunner ist keine fiktive Figur wie Max oder Moritz, auch wenn sein richtiger Name anders lautet. Er ist ein ganz realer 15-Jähriger, ein guter Schüler mit bislang blütenweißer

Weste, der mit seiner alleinerziehenden Mutter in einer Kleinstadt im Bodenseekreis lebt. Der Motocross-Sport macht und sich im Jugendtreff engagiert. Die Wohnung ist nicht luxuriös ausgestattet, aber sehr gepflegt. Die Mutter legt Untersetzer auf den Tisch, bevor sie die Getränke draufstellt. Thomas hat die Hände gefaltet, der Blick drückt Hilflosigkeit aus. Seine braunen Haare lugen unter einer Baseballkappe hervor, sodass er sie ab und zu wegstreichen muss, um den Durchblick zu behalten. Ohnehin ist die Lage unübersichtlich geworden, seit er am 12. Dezember in einem Friedrichshafener Supermarkt einen Scherzartikel einsetzte: eine Stinkbombe. Darüber gelacht hat aber so gut wie niemand. Im Gegenteil.

Die Mutter ist schwer krank

Nach dem Bruch des Glasfläschchens muss eine Art Elfter-September-Stimmung in jenem Supermarkt aufgekommen sein. Genau weiß Thomas das nicht, denn er und seine Freunde haben den Ort des Geschehens zügig verlassen. Der Polizeibericht fasst den Vorfall nüchtern so zusammen: „Von der Polizei geräumt werden musste am Donnerstag nachmittags gegen 13.15 Uhr ein Einkaufsmarkt im Wohngebiet Kitzenwiese, nachdem dort eine bislang noch unbekannte Flüssigkeit freigesetzt wurde, die zu Atembeschwerden bei mehreren Personen führte. Hierbei handelt es sich um fünf Angestellte des Marktes sowie einen Polizeibeamten, der kurz nach Alarmierung der Einsatz- und Rettungskräfte am Einsatzort eintraf."

Thomas Brunner selbst erlebt gar nicht, was sich abspielt, nachdem er mit dem Fuß an der Kasse während des Zahlens seines Nudelsalats das kleine Glasfläschchen zerbrochen hatte: „Wir sind dann noch draußen beim Bäcker gewesen." Er beobachtet, wie Verkäufer die Ursache für den aufkeimenden Gestank suchen. „Aber dann sind wir gegangen." Zurück zur nahegelegenen Schule, als die Mittagspause zu Ende geht. Ein Mitarbeiter des Lebensmittelmarktes ruft die Polizei – und weil die Beamten den Geruch nicht einordnen können und sich Atembeschwerden bei Personal und einem Polizisten einstellen, kommt eine gewaltige Spirale in Gang: Rettungsfahrzeuge, Feuerwehr, noch mehr Polizei. Ganz offenbar schließen die Beteiligten einen Terroranschlag mit Buttersäure in einem beschaulichen Wohngebiet am Rande von Friedrichshafen nicht aus. Fünf Marktmitarbeiter und ein Polizist kommen ins Krankenhaus. Kunden überstehen die Stink-Attacke offenbar besser, denn aus ihren Reihen muss niemand in die Klinik.

Von all dem ahnt der Verursacher nichts. „Erst als er den Anruf von einer Klassenkameradin am Abend bekam, ist uns das Ganze bewusst geworden", sagt die Mutter des Jungen heute, die seither kaum geschlafen hat und von der Sorge zerfressen ist, dass sich der Bub mit der Aktion die Zukunft verbaut haben könnte. „Er hat dann sofort alles gebeichtet – und wir haben die Polizei angerufen und sind später aufs Revier gegangen. Die Beamten haben ihn gut behandelt." Die Mutter kann die Hände nicht ruhig halten, als sie von dem rabenschwarzen Abend im Advent erzählt. Wer mit ihr auf dem Sofa sitzt, vibriert vor Sorge fast selber mit. Doch es gibt noch einen anderen Grund, weshalb die Mutter so angeschlagen ist: Sie leidet an Krebs, der zwar im Augenblick in Zaum ist, die Frau aber körperlich und seelisch permanent schwächt.

Fünf Anzeigen

Wer Mutter und Sohn da gemeinsam sitzen sieht, kann die gegenseitige Sorge mit Händen greifen: Hier die Angst um den Buben und dessen Zukunft, dort Schuldgefühle und das Bangen um die Mutter: „Es tut mir wirklich sehr leid. Das wollte ich nicht", sagt Thomas Brunner so leise und betroffen, dass man es kaum hören kann. Dem Polizeibeamten, der in die Klinik musste, hat er das per Telefon schon gesagt. „Er hat die Entschuldigung angenommen", sagt die Mutter. Für das Supermarktpersonal hat Thomas einen Entschuldigungsbrief aufgesetzt. Doch es sei nicht leicht, die richtigen Worte zu finden. Es dauert einige Zeit, bis er ihn abschicken kann. Die fünf Angestellten des Lebensmittelmarktes haben laut Polizei allesamt Anzeige wegen fahrlässiger Körperverletzung gegen den 15-Jährigen erstattet.

Stinkig ja – gefährlich nein

Bezogen hat Thomas Brunner die Stinkbomben beim Internethändler Amazon. Früher hat jedes Schreib- oder Spielwarengeschäft die Dinger geführt. Der Hersteller versichert, dass die Stinkbomben keine giftigen Inhaltsstoffe aufweisen und in Deutschland und Österreich zugelassen sind – allerdings nicht in geschlossenen Räumen. Die Untersuchungen der Polizei kommen zum gleichen Ergebnis: Stinkig ja, gefährlich nein. Dass und wie die Dinger wirken, zeigen Kommentare von anderen Käufern im Netz: „Hammer Geil! Hat nur paar Sekunden gedauert für einen Gestank, dass man sofort kotzen musste."

Thomas Brunner ist der Streich zentnerschwer vor die Füße gefallen. Und vor die Füße seiner Mutter, die selbst in der Lebensmittelbranche gearbeitet hat und nach der Scheidung von ihrem Mann auf den Schulden eines gemeinsamen Unternehmens sitzt. „In zwei Jahren wäre ich aus dem Gröbsten raus gewesen", sagt sie und drängt die Tränen zurück. Sie erträgt den Gedanken nicht, dass für Thomas wegen der Stinkbombe eine Schuldenkarriere beginnt, noch ehe er überhaupt volljährig ist.

Welche Summe am Ende zu bezahlen sein wird, steht noch nicht fest. Das erste Forderungsschreiben des Supermarkts hat die Polizei wegen der Feiertage noch zurückgehalten. Aber Frau Brunner kennt die Summe schon, die da im Raum steht: zunächst ein hoher vierstelliger Betrag. „Das Rote Kreuz verzichtet für den Einsatz auf Forderungen", sagt sie mit dankbarer Erleichterung. Auch die Feuerwehr habe ihr zugesagt, die Kosten so gering wie irgend möglich zu halten. Und die Verletzten? Behandlungskosten? Schmerzensgeld? Ob und was da noch auf die kleine Familie zukommt, ist ungewiss.

Der Fall des 15-jährigen Jungen hat die Menschen aufgewühlt und viele machen ihrer Empörung im Internet Luft – und sie werfen grundsätzliche Fragen auf: Sind Streiche in unserer heutigen Zeit überhaupt noch möglich? Ist eine Gesellschaft krankhaft hysterisch, weil sie hinter dem üblen Geruch von faulen Eiern sofort einen Terroranschlag in Betracht zieht – und entsprechend handelt? Und ist es richtig, für diesen Wandel in der Wahrnehmung einen 15-jährigen Schüler allein voll in Haftung zu nehmen? „Die Erwachsenen, inklusive Polizei, Feuerwehr und Staatsanwaltschaft, die hier völlig überzogen reagiert haben, sollten sich allesamt schämen", schreibt ein Nutzer auf den Internetseiten des SWR.

In den Online-Foren der Schwäbischen Zeitung schreibt ein Leser: „Wenn die Gesellschaft an das glaubt, was die Terror-Hysteriker predigen, dann muss die Gesellschaft auch für die Konsequenzen aus diesem Terror-Fetisch aufkommen. Das kann man nicht alles an einen einzelnen Jugendlichen hängen. Und gerade, weil hier locker und flockig von Forderungen geredet wird, die durchaus das Potenzial haben, die wirtschaftliche Existenz dieses Jugendlichen und seiner Familie zu gefährden." Jene Stimmen, die es richtig finden, dass Thomas Brunner in vollem Umfang belangt wird, sind deutlich in der Minderheit.

Am Ende wird aber nicht das Volksempfinden darüber entscheiden, wie viel Geld und Zukunft der Junge für seinen Streich wird zahlen müssen. Und ob es entschuldbarer jugendlicher Unfug ist, eine Stinkbombe in einem geschlossenen Raum zu werfen oder eben doch fahrlässige Körperverletzung. Oder ob es gereicht hätte, den Verkaufsraum gründlich zu lüften und die Personen, denen schlecht geworden ist, an die frische Luft zu schicken, wie viele finden – die allerdings selbst nicht dabei waren.

Max und Moritz sind am Schluss ihrer liederlichen Lausbuben-Karriere in einer Getreidemühle gelandet. So schlimm wird es für Thomas Brunner, der nach der Berufsfachschule eine Ausbildung zum Industriemechaniker machen möchte, nicht kommen. Doch auch wenn der betreffende Supermarktleiter gegenüber der Schwäbischen Zeitung Offenheit signalisiert und versichert, in einem persönlichen Gespräch auf die Familie zugehen zu wollen, um eine sozialverträgliche Lösung zu finden, spürt auch Thomas Brunner die Gewalt eines Mahlwerks, dessen Räder er selbst nicht mehr stoppen kann.

„Rickeracke! Rickeracke! Geht die Mühle mit Geknacke", schreibt Wilhelm Busch. Es ist unklar, wie viel das Mahlwerk von der Existenz des 15-Jährigen am Ende übrig lässt.

Redakteur: Erich Nyffenegger

Ich würde meinen Job nicht gut machen, wenn ich nicht immer wieder darauf bestehen würde, dass sie sich über die Folgen ihres Handelns Gedanken machen. Auch, wenn es noch so weit hergeholt erscheint. Unter Spaß versteht ganz offensichtlich jeder etwas Anderes. Und wer hier als Letzter lacht, ist noch lange nicht ausgewürfelt.

Haarshampoo in Trinkflaschen

„Gut, da ihr im Moment mit eurer Freizeit ganz offensichtlich nichts Vernünftiges anstellt, mache ich mal einen Vorschlag zur Güte. Da wir morgen früh nach dem Frühstück abfahren werden und ihr in den letzten Tagen eine Spur der Verwüstung hinterlassen habt, werdet ihr in euren Zimmern Ordnung machen. Müll wegbringen, Flaschen entsorgen, Geschirr abwaschen. Auf dem Flur vor euren Zimmern sieht es wie nach einem herbstlichen Alm-Abtrieb aus, deshalb solltet ihr auch gleich im Flur durchwischen. Ihr müsst mir auch nicht erklären, was da breitgetreten wurde, bringt es einfach in Ordnung. Entsorgt auch den Müll unter den Betten. Ich komme in einer Stunde in eure Zimmer und sehe mir an, was ihr geschafft habt. Vergesst bitte nicht, dass wir heute Abend grillen wollen."

Sie trabten ab und es sah tatsächlich so aus, als würden sie über die Aufgabenverteilung nachdenken.

Ich hatte die Hoffnung, dass ich nun doch mein Zimmer erreichen würde und meinen Kopfschmerzen eine Stunde Ruhe gönnen könnte. Der angekündigte Regen setzte ein. Nicht schlimm, nur ein leichter grauer Schleier, der aber sofort für Abkühlung sorgte und sich in den Kleidern festsetzte. Die Tischtennisplatten lagen verwaist hinterm Haus, die Sitzbänke im Außenbereich leerten sich, ein paar Schüler der oberen Klassen saßen im Foyer des Haupthauses, aber sonst war niemand mehr zu sehen.

Im oberen Flur kam ich an beiden Mädchenzimmern vorbei. Ich warf einen Blick hinein. Sie hockten, wie erwartet vor den Fernsehgeräten. Einige hatten dicke Handtücher um die Köpfe gewickelt, lackierten sich die Nägel oder löffelten asiatische Instant-Nudelsuppen. Zumindest hatten sie heißes Wasser aufgefüllt. Auch hier erinnerte ich an die morgige Heimfahrt und das abendliche Grillen. Sie nickten. „Wir wissen Bescheid. Kein Problem, Frau Abel, nachher räumen wir auf und fangen schon mal mit dem Packen an." Ich reckte beide Daumen in die Luft und marschierte in mein Zimmer. Eine Stunde umfallen. Ich stellte mir den Wecker und versuchte meinen Nacken zu entspannen. Irgendwann schreckte ich hoch. Auf dem Flur Lärm. Meine Uhr sagte, ich war vor 20 Minuten aufs Bett gefallen.

O.K. Ignorieren. Sie sind groß genug. Sie können das allein klären. Aber die stetig steigende Frequenz der Stimmen sagte mir, dass ich hier nicht lange in Ruhe liegen bleiben konnte, also rollte ich mich aus dem Bett und begab mich an den Schauplatz des Keifens. Im Flur machte ich drei Hauptprotagonistinnen und einige Zaungäste aus. Sarah, die mit atemberaubendem Tempo und schriller Stimme auf Natascha und Chantalle einkeifte, stand eindeutig im Mittelpunkt. Der Grund ihres Unmutes entzog sich jedoch noch meiner Erkenntnis. Die anderen Beiden hatten offensichtlich ihren Spaß. Sie tauschten amüsierte Blicke aus und taten sehr unschuldig. Sarah war sauer. Das war offensichtlich. Sie wedelte den beiden mit ihrer Trinkflasche vor der Nase herum und wurde immer wütender, je mehr die beiden sich amüsierten. Die Trinkflasche war eines dieser Thermogefäße, bei denen man den Deckel nicht mehr abschrauben musste, um zu trinken, nur eindrücken, damit ein Ventil geöffnet wird. Es war nicht ganz einfach, Sarahs Aufmerksamkeit auf mich zu lenken und einige verständliche Worte aufzufangen. Sie redet schon in entspannten Zustand so schnell und ohne Punkt und Komma, dass ich ihrem Geplapper oft nur mit Mühe folgen kann.

Eine Modeerscheinung, der sich besonders Mädchen gerne verschreiben. Ich bin zu alt dafür. Lange Zeit versuchte ich diesen Hochfrequenzmonologen noch zu folgen. Das lehne ich inzwischen ab. Wer mir etwas Wichtiges mitteilen möchte, sollte sich eines nachvollziehbaren Tempos bedienen und ausreichend Atempausen einlegen, damit ich das Gehörte halbwegs aufnehmen kann. Ich vermute einmal vorsichtig, dass es so ziemlich jedem anderen Kommunikationspartner außerhalb ihrer privaten Wohlfühlzone ähnlich geht.

Sarahs Redeschwall entnahm ich mit Mühe, dass sie sich bitterlich bei Natascha und Chantalle darüber beschwerte, dass die beiden ihr ganz offensichtlich Haarshampoo in das Getränk in ihrer Trinkflasche gefüllt hatten und sie davon eine gehörige Portion geschluckt hatte. Und diesen „Spaß“ hatten sich die beiden gleich mehrmals gemacht. Ich sah die beiden fragend, mit hoch gezogenen Augenbrauen an. Natascha übernahm das Reden, während Chantalle mit ihren großen Kulleraugen rollte.

„Ich hab keine Ahnung, wie das passieren konnte. Ich hatte mir *nur* die Haare gewaschen und dann habe ich im Zimmer das Handtuch abgenommen. Dabei ist vielleicht etwas davon in ihre Flasche gekommen. Was kann ich denn dafür?“ Gekicher ... Augenkontakt zu Chantalle.
„Du verzichtest darauf, dir die Haare nach dem Waschen auszuspülen?“
„Ne, wieso?“
„Weil ich mich frage, wie aus deinen gewaschenen, vorgetrockneten Haaren so viel Haarshampoo in eine *geschlossene* Flasche gelangen kann, dass Sarah dieses eindeutig am Geschmack identifizieren konnte. Das muss ja eine Menge Shampoo gewesen sein, die da zufällig in die Flasche geraten ist.“ Sie kicherten weiter.
„Ja, keine Ahnung! Sie soll sich mal nicht so haben! “

Hier würde ich nicht weiterkommen. Mit Einsicht war nicht zu rechnen. „Sollte Ähnliches noch einmal passieren bin ich geneigt, im Anschluss an die Klassenfahrt einen Tadel zu erteilen. Auch eine Klassenkonferenz ist nicht ausgeschlossen."

Ich wusste, dass die beiden an einem neuen Plan arbeiten würden. Da waren sie ausgesprochen zuverlässig und kreativ. Im Moment fehlte mir die Phantasie, vor Ort treffsicher auf ihr Verhalten zu reagieren. Ich ärgerte mich über mich selbst, aber fehlender Schlaf und meine hämmernden Kopfschmerzen forderten ihren Tribut. Nachdem trotz fehlender Inspiration meinerseits wieder Ruhe eingekehrt war, zogen sich auch die anwesenden Zaungäste wieder in ihre eigenen Zimmer zurück. Ich beschloss, keinen erneuten Versuch zu starten, mir eine Runde Schlaf zu holen, sondern schon einmal in Ruhe meine Sachen zu packen. Wer wusste schon, was heute noch alles passierte.

Pünktlich, nach Ablauf der angekündigten Stunde, begutachtete ich den Zustand der Herrengemächer. Sie waren durchaus betretbar. Gerade wurde beratschlagt, wie mit den Bergen von Pfandflaschen verfahren werden sollte. Efe und Murat, die das Projekt „Schöner unsere Ferienunterkunft" zur Freude des Hausmeisters erfolgreich beendet hatten, erboten sich, mit der S-Bahn nach Königstein zu fahren, um die Flaschen dort wieder abzugeben. Ihr Engagement wurde vom Rest mit großem Jubel begrüßt und so machten sich die beiden, begleitet von Ari und mit meiner wohlwollenden Zustimmung, auf den Weg.

„Wir dachten, wir grillen nach dem Abendbrot?“

Für mich dagegen war es langsam an der Zeit, meinen Kollegen Falk zu suchen. Schließlich wollten wir uns noch um unser abendliches Grillen kümmern. Ich fand ihn mit seiner Tochter auf dem Kinderspielplatz hinter dem Speisesaal. Hier stand auch der Grill, direkt neben einer überdachten Terrasse mit Tischen und Stühlen, Truhen mit Kissen und Decken, sogar einer Bar, die man für Feiern jeglicher Art nutzen konnte und alles mit einem wunderschönen Blick auf die gegenüberliegenden Felsen am anderen Elbufer. Der Regen hatte nachgelassen, so dass wir den Abend noch entspannt im Freien verbringen konnten. Grillkohle und Anzünder standen bereits parat. Die Küche hatte uns das komplette Grillgut, inklusive Getränke, Beilagen und verschiedener Salate vorbereitet. Fleisch, Würstchen und Grillkäse stapelten sich neben Kartoffelsalat, Grillkartoffeln, Brot, Brötchen und Tsatsiki. Gurken, Tomaten, Paprika und Krautsalat türmten sich neben Ketchup- und Senftütchen. Verschiedenste Getränke, sowie Geschirr, Besteck und Servietten standen für uns bereit.

Wir beschlossen, für ausreichende Glut zu sorgen und dann die Klasse zu holen, damit alle gemeinsam den Tisch deckten und wer wollte, konnte sich dann am Grill versuchen. Ich freute mich auf den gemeinsamen Abend. Für alles war liebevoll gesorgt, wir mussten uns nur noch setzen, grillen und genießen. Bis zum offiziellen Abendbrot um 18 Uhr war ausreichend Zeit, die Kohle kräftig zum Glühen zu bringen. Inzwischen gesellten sich einige Schüler zu uns. Die ersten Getränke wurden geöffnet und wir wedelten abwechselnd mit allem, was sich dafür anbot Sauerstoff in die Kohlen. Funken flogen und wir fühlten uns großartig, wie echte Profis. Die Grillmeisterschaften konnten beginnen. Kurz vor 18 Uhr schickten wir ein paar Schüler los, um den Rest der Klasse zu holen.

Jamie Lee erschien Minuten später wieder: „Frau Abel, die meisten sitzen schon oben und essen!“
„Was? Wieso, wir haben euch doch aber gestern Abend und vorhin noch einmal gesagt, dass wir heute grillen werden?“
„Keine Ahnung, soll ich sie holen?“

Da Jamie Lee ohnehin nicht den leichtesten Stand in der Klasse hat, verzichtete ich darauf, ihr Angebot anzunehmen. Stattdessen übernahm Falk den Job. Tatsächlich fand er den größten Teil der Klasse im Speisesaal, die Teller voll beladen und mit dicken Backen kauend. Sie hatten sich, noch bevor die anderen Klassen im Speisesaal eintrafen, über das Abendessen hergemacht. Im Gegensatz zu uns hatten die anderen Klassenleiter auf das gemeinsame Grillen verzichtet und nur das Grillbuffet bestellt. Und so schaufelten unsere ganz Hungrigen bereits bergeweise Kartoffelsalat, Bratwurst, Grillkäse und Brötchen in sich hinein, während wir noch mit dem Bestücken des Grills beschäftigt waren. Irgendetwas war hier ganz eindeutig schiefgelaufen. Zumindest das gemeinsame Einnehmen einer Mahlzeit. Hier herrschte leider wieder einmal die Ansicht: Wer zuerst kommt, muss nicht teilen. Falk war sauer.

„Wieso sitzt ihr hier und esst, wenn noch nicht einmal alle da sind? Und wieso wartet ihr nicht auf das Grillen?“

„Na, wir dachten, wir grillen nach dem Abendbrot! Und wenn wir Hunger haben, dann können wir doch was essen? Was haben Sie denn jetzt für ein Problem?“
„Wir grillen nach dem Essen? Seht ihr mal auf eure Teller? Was wolltet ihr denn nach den Würsten, dem Fleisch, dem Grillkäse und den Kartoffeln noch grillen? Grillt ihr zu Hause auch nach dem Abendbrot?“
„Nein, aber wir wussten ja nicht, wie das die Deutschen machen.“
Sie nahmen also ihre voll bepackten Teller und kamen murrend auf die Terrasse. Die meisten waren satt, bevor es überhaupt richtig los ging. „Müssen wir noch sitzen bleiben? Wir essen doch eh nichts mehr.
„Warum sollen wir denn jetzt hier rumsitzen? Macht keinen Sinn!“
„Man, die sollten mal ihr Leben chillen!“

Noch während Kadir mit der Unterstützung von Maik und Fabio Würstchen, Käse und Fleisch aufs Rost gelegt hatte, verschwanden die ersten wieder auf ihre Zimmer. Nur die Hälfte der Klasse blieb übrig. Falk und ich nahmen unsere Getränke, setzten uns an den Rand und hörten den Gesprächen zu.

„Wenn ich mal Geld brauche…

Chantalle und Natascha redeten über den Unsinn, den sie gemeinsam in der Grundschule angestellt haben.
„Ich hab mir von der Petzold gar nix sagen lassen. Die war voll assi!“
„Ist mir auch heute noch egal, was mir einer sagt. Wenn ich nicht will, dann will ich nicht.“
„Ich will später mal mindestens 10 Kinder haben. Zehn richtige Ghetto-Kinder, die ordentlich Stress machen.“ Falk schaltete sich in das Gespräch ein.
„Sag mal Chantalle, willst du denn gar keinen Schulabschluss machen und erst einmal einen Beruf lernen, damit du dein eigenes Geld verdienen kannst? Für zehn Kinder braucht man doch eine Menge Geld. Und du hast doch noch Zeit.“
„Nö, Herr Neumann, wenn ich Geld brauche, schreibe ich einfach meinem Opa. Dann schickt der mir welches. Da muss ich nicht selbst arbeiten gehen. Außerdem bekommt man ja auch eine Menge Kindergeld. Und den Rest bezahlt das Amt. Steht mir ja zu.“

Chantalles Argumentationskette stieß bei ihren Freundinnen auf keinerlei Skepsis. Sie nickten begeistert. Das nenne ich mal eine durchdachte Lebensplanung. Da kann man dem Opa nur ein langes und gesundes Leben wünschen.

Ich mache Abitur oder werde You-Tube-Star

Chantalle hatte in der neunten Klasse, wie durch ein kleines Wunder die Vergleichsarbeiten, die zum Erwerb der einfachen Berufsbildungsreife geschrieben werden müssen, bestanden. Für sie scheint damit das gesteckte Ziel ihrer zehnjährigen Schulpflicht erreicht zu sein. Seit dem Ende der neunten Klasse nimmt sie am Unterricht mehr oder weniger nur noch in Form körperlicher Anwesenheit teil. Durch eine enge Betreuung durch Berufsberater und Sozial- und Sonderpädagogen bemühen wir uns redlich, sie für den nächstmöglichen Schulabschluss zu motivieren, aber bis jetzt ist uns das leider nicht gelungen. In ihrer Hartnäckigkeit, sich dem Unterricht zu entziehen, steht ihr ihre Freundin Natascha in nichts nach. Nur leider hatte bei ihr in der neunten Klasse das Abschlusswunder noch nicht für ein solches dünnes Polster gesorgt. Dafür gibt sie als Ziel ihres schulischen Werdeganges sehr überzeugt und ohne Nachzudenken an: „Ich mache Abitur!"

Diese Überzeugung ist mir mehr als vertraut. Seit drei Jahren gebe ich in meiner Klasse auch das Fach Wirtschaft-Arbeit-Technik und der Schwerpunkt in diesem Unterricht ist über Jahre schon die Berufsorientierung. Wir haben schon an diversen Projekten teilgenommen, waren im Berufsinformationszentrum, organisieren jedes Jahr einen Ausbildungsmarkt direkt an der Schule und arbeiten mit unterschiedlichsten Vereinen zusammen, um den Kindern und Jugendlichen ihre Potentiale aufzuzeigen. Im Unterricht setze ich so oft wie möglich die mehr oder weniger zeitgemäße digitale Technik ein, um mit wirklich guten Internet-Seiten zu arbeiten. Auch übe ich mit ihnen seit über zwei Jahren regelmäßig das Verfassen von Bewerbungsschreiben und Lebensläufen. Regelmäßig erhalte ich einen nicht unerheblichen Teil dieser Arbeiten auf linierten oder karierten Seiten, die aus Heften ausgerissen wurden und gespickt sind mit abenteuerlichen grammatikalischen und orthographischen Phantasieregeln. Groß- und Kleinschreibung sind ganz offensichtlich Zufallsprodukte, Zeichensetzung wird, wenn überhaupt, ausgewürfelt. Besonders kreativ sind die verwendeten Email-Adressen. „Glitzerwölfin@hotmail.com wartet auf Antwort. Großartig!

Ich kläre Eltern auf Elternabenden über die möglichen Schulabschlüsse ihrer Kinder auf oder informiere hartnäckig über sinnvolle Bildungswege nach der zehnten Klasse. Dafür gebe ich Unmengen an Informationsmaterial aus. Bei jedem Lernentwicklungsgespräch legen wir sehr gezielt den Finger auf die Stellen, an denen es noch ordentlich knirscht und informieren über den nächstmöglichen Schulabschluss oder welche Voraussetzungen erfüllt werden müssen, um überhaupt in die Nähe eines Abschlusses zu kommen. Auf die Frage nach dem angestrebten Schulabschluss kommt trotz allem von Schülern und Eltern seit Jahren stereotyp immer dieselbe Antwort: „Mach isch Abitur“ oder wahlweise „Macht Hakan Abitur!“
„Wissen Sie, welche anderen Schulabschlüsse im Land Berlin auch noch möglich sind?“
„Äh, nein, wieso?“
„Weil es immer gut ist, einen Plan B in der Tasche zu haben!“

Wunder gibt es immer wieder und Schüler überraschen nach Jahren der geistigen Abstinenz mit völlig unerwarteten Leistungen, aber ich hege Zweifel daran, dass Hakan, zumindest in absehbarer Zeit, ein Abitur machen wird. Aber noch hat Hakan und auch seine Mutter keine andere Idee, wie es nach der zehnten Klasse weitergehen könnte. Hakan verbringt seine Nachmittage und Nächte im Internet und vertraut darauf, ein YouTube-Star zu werden. Er hat nach eigenen Angaben bereits 35 „Follower" seines eigenen Kanals (oder waren es sogar 135?), die ihm den Weg in das entspannte, gut bezahlte Dasein eines glitzernden Sterns am Horizont der digitalen Medienwelt ebnen sollen. Hakan träumt, wie viele seiner Freunde, darunter auch Efe davon, viel Geld mit sehr wenig Aufwand durch Internetauftritte verdienen zu können. Um ein bekannter Youtuber zu werden, bedarf es nicht notwendigerweise eines Schulabschlusses, aber doch wohl einer guten Idee, Ausdauer, Gespür für Entertainment und sehr viel Glück, denn die Konkurrenz in diesem gut bezahlten Eldorado des Internets ist kaum überschaubar, ähnlich wie bei den Vorstellungen später ein millionenschwerer, weltweit bejubelter Fußballprofi oder „Germany´s next Topmodel" zu werden.

Ein Schulabschluss dagegen bedeutet für Hakan und seine Freunde unerwünschte Anstrengung, regelmäßiges Aufstehen, Lernen und geistige Anwesenheit im Unterricht. Mit anderen Worten, ihre Work-Life-Balance wäre in diesem Fall in ihren Augen alles andere als ausgeglichen. Denn das Motto: „Chill mal, Alta", führt hier nur in den seltensten Fällen zum Erfolg.

Und immer, wenn er morgens, nach einer langen Nacht mit seinen Followern eine gewisse mentale oder körperliche Unpässlichkeit verspürt, dann ist Hakan krank. Und seine Mutter sorgt für phantasievolle Entschuldigungsschreiben. Meist vergisst er sie zu Hause auf dem Küchentisch, aber hin und wieder erreichen mich dann sehr detaillierte Beschreibungen seiner körperlichen Befindlichkeiten. Und das ist leider kein Einzelfall. Auf jedem Elternabend am Anfang eines Schuljahres bitte ich dringlichst darum, sich auf sachdienliche Fakten zu beschränken und auf ausschmückende Einzelheiten zu verzichten. Ich habe sogar schon vorgefertigte Beispielschreiben ausgegeben, um den in schillernden Farben beschriebenen Magen- und Darmproblemen zu entkommen.

„Frau Abel, Hakan konnte gestern nicht in Schule gehen, weil er grün Schleim gebrochen hat und außerdem hatte er auch ganze Nacht schlimme Durchfall. Jetzt ist er ganz voll Schweiß und wir werden Arzt gehen. Vielleicht gibt ihm Arzt ja Medikamente, damit Durchfall besser."

ZU VIELE INFORMATIONEN! Ich will das alles nicht wissen! Kann man nicht einfach schreiben: "Aus gesundheitlichen Gründen konnte Hakan die Schule nicht besuchen"? Warum muss ich mich in meinen Pausen mit sämtlichen Symptomen einer Magen-Darm-Erkrankung auseinandersetzen?

Hin und wieder vergisst Hakan aber auch zu Hause Bescheid zu sagen, dass es ihm nicht gut geht. Vermutlich dann, wenn ihn seine Mutter doch einmal daran erinnert hatte, dass ein Schulabschluss nicht die schlechteste Voraussetzung für einen bürgerlichen Beruf ist. Dann geht er morgens, bepackt mit Tasche und

Jacke los und biegt auf halbem Weg zur Schule in eins der unter den Jugendlichen beliebten Shopping-Center ab. Dort trifft er mit großer Wahrscheinlichkeit auch etliche Gleichgesinnte, mit denen er in den vollklimatisierten Wohlfühlzonen tagsüber ungestört „abhängen“ kann. Vielleicht findet er in seinen Taschen auch noch einen zerknüllten 50-Euro-Schein und kann sich und seinen Freunden zumindest etwas zu Essen und zu Trinken kaufen.

„Leila hat keinen Bock auf Mathe!“

Vor ein paar Jahren stellte eine Kollegin am Anfang ihrer Stunde fest, dass eine ihrer Schülerinnen, die morgens noch anwesend war, im dritten Block fehlte. Verwundert fragte sie in der Klasse nach, ob jemand wüsste, warum Leila nicht im Unterricht war. Vielleicht hatte sie ja einen Gesprächstermin bei der Berufsberaterin, mit den Sozialpädagogen oder es ging ihr nicht gut. Nein, es gab nichts dergleichen zu berichten. Stattdessen vermeldete Kadrie: „Leila hat vorhin ein paar Fotos aus dem Sonnen-Center gepostet. Ich glaub, die ist einfach gegangen. Die hat vor Mathe gesagt, darauf hat sie heute keinen Bock.“ Die beherzte Kollegin hatte daraufhin eine grandiose Idee. Sie rief im Sonnen-Center an und bat darum, Leila ausrufen zu lassen. Und so geschah es dann auch: „Die Schülerin Leila G. wird gebeten, sich umgehend wieder in der Schule einzufinden. Ich wiederhole: Die Schülerin Leila G. wird gebeten, sich umgehend wieder in der Schule einzufinden. Viele Grüße von ihrer Klassenlehrerin!“

30 Minuten später saß Leila tatsächlich wieder im Unterricht. Über die Angelegenheit wurde kein weiteres Wort verloren.

Zumindest war Leila so pfiffig, nie wieder Fotos ihrer Shopping-Touren zu posten, die sie trotz allem noch hin und wieder während der Schulzeit unternahm, wenn sie wieder einmal „keinen Bock" auf das eine oder andere Fach hatte.

Sehr viel einfallsreicher als Leila war da Emely aus der gleichen Klasse. An einem trüben und ausnehmend kalten Tag im Dezember hatte sie entschieden, dass die Englischstunde kein Grund war, das kuschlige Bett und ihren Freund zu verlassen. Emely verbrachte viele Nächte außerhalb des Zugriffes ihrer Mutter, indem sie bei ihrem deutlich älteren Freund übernachtete. Da die Anzahl ihrer Fehlstunden und Fehltage ohne Entschuldigung schon eine beachtliche Anzahl erreicht hatte, wusste Emely, dass ein weiteres Fehlen unweigerlich eine Schulversäumnisanzeige nach sich ziehen würde. Möglicherweise hatte ihre Mutter für diesen Fall angedroht, dass es dann zum Geburtstag oder zu Weihnachten nicht das neue iPhone oder die neue Lederjacke geben würde. Emely hatte eine Idee. Mit dem Handy ihres Freundes schrieb sie sich selbst eine Nachricht.

„Liebe Emely, gib doch bitte folgende informazion in die Klassengruppe: Da heute wieder einmal die Heizung ausgefallen ist findet kein untericht statt. Mir gefält es auch nicht aber es ist eine Entscheidung der Schuleitung, denn in den Räumen ist es wirklich sehr kalt höchstens 14°.

Danke frau Schönfließ"

Emely schickte die orthographisch fragwürdige Nachricht von ihrem Handy in die Klassengruppe. Gute Nachrichten verbreiten sich schnell, diverse Schüler verschiedenster Klassen fehlten an diesem Tag in der Schule. Diejenigen, denen die schlechte Rechtschreibung von Frau Schönfließ aufgefallen war und die sich dann noch ihre eigenen Gedanken dazu machten, kamen auf die umsichtige Idee, den online verfügbaren Stundenplan aufzurufen. Sie stellten sehr schnell fest, dass weder von Heizungsausfall, noch von Schulausfall die Rede war. Zumindest nicht an diesem Tag.

Hakan und Leila, die gerade etwas Besseres vorhaben, als sich im Mathe- oder Deutschunterricht mit schulischen Anforderungen auseinanderzusetzen, sind keine Einzelfälle. Das Fehlen in der Schule aus verschiedensten Gründen, ist aus meiner Sicht in den letzten Jahren ein zunehmendes Problem.

Und ob die Jugendlichen jetzt auf kleine Geschwister aufpassen müssen, ihre Eltern als Dolmetscher zu verschiedensten Terminen begleiten, sie sich für jeden blauen Fleck krankschreiben lassen, ins Shopping-Center abbiegen, nach durchzockter Nacht einfach zu müde sind, um aufzustehen, schlicht einfach keine Lust haben oder die Familien die Ferien verlängern, weil die Flugtickets außerhalb der Ferientermine gleich um ein Vielfaches günstiger sind - die Folgen für den Einzelnen sind die Gleichen. Die Lücken werden immer größer, der Anschluss in der Schule fällt immer schwerer und die Entscheidung, sich dem Frust zu entziehen wird von Mal zu Mal leichter.

In letzterem Fall kann ich die Gründe als Privatperson durchaus nachvollziehen. Direkt nach dem Moment der Zeugnisausgabe steigen die Preise für Flugtickets an den umliegenden Flughäfen ins Unermessliche. Hier werden besonders die Familien mit Kindern ins Visier genommen. Für Familien, die mit drei, vier, fünf oder mehr Kindern zu ihren Familien in die Herkunftsländer reisen wollen, sind die Flüge ab diesem Moment oft nicht mehr bezahlbar. Wie sollen sie also den Kontakt zu ihren Familien halten? Wie sollen die Kinder und Jugendlichen Oma und Opa besuchen, wenn es nicht mehr bezahlbar ist? Oder erwarten wir, dass sie sich nur noch alle fünf Jahre sehen, wenn genügend Geld gespart wurde und ansonsten über soziale Plattformen kommunizieren?

Aber das Finanzierungsproblem gilt auch für alle anderen Familien, die mit ihren Kindern in den Urlaub fahren oder fliegen wollen oder Menschen, die beruflich an die Ferienzeiten gebunden sind, ich zum Beispiel. Ferien sind Hochsaison. Hochsaison ist teuer. Glücklich, wer nicht auf die Ferienzeiten angewiesen ist und für günstigere Preise in den Urlaub fliegen kann oder zumindest einen Arbeitgeber hat, der ein ordentliches Urlaubsgeld zahlt.

Grundsätzlich ist es möglich, für schulpflichtige Kinder aus triftigen Gründen für einige Tage um eine Freistellung zu bitten. Da diese Regelung durch so viele Familien in Anspruch genommen wurde, dass ein Großteil der Berliner Schulen dadurch in den letzten Tagen vor den großen Ferien fast leer gefegt war, hat der Berliner Senat vor einigen Jahren diese Regelung insoweit abgeändert, dass direkt vor und nach den Ferien keine Freistellungen mehr genehmigt werden durften. Nur noch in ganz besonderen

Ausnahmefällen. Preisgünstige Flugtickets galten, nicht überraschend, nicht als besondere Ausnahme.

Daraufhin war seit einigen Jahren das immer gleiche Phänomen zu beobachten. Die Mortalitätsrate in den Heimatländern stieg rapide an. Es gibt Familien, da sind schon so viele Omas und Opas direkt vor oder nach den Ferien „gestorben“, dass es eigentlich niemanden mehr geben konnte, der noch zu besuchen war und so sind wir dazu übergegangen, uns Sterbeurkunden oder andere Bescheinigungen für das Ableben der geliebten Verwandten vorlegen zu lassen. Seitdem wir Nachweise über die plötzlichen Todesfälle erbitten, ist die Überlebenschance naher Anverwandter wieder höchst erfreulich angestiegen.

Aber trotz aller Bemühungen haben wir oft keine Chance, die verlorenen Schafe in den Schoß der steuerfinanzierten Bildung zurückzuholen. Auch Dutzende zusammenhängender Fehltage mit Krankschreibungen verschiedenster Ärzte, oft jeweils nur über einen oder zwei Tage, sind nicht antastbar. Weder für uns als Schule, noch das Jugendamt, noch ein Gericht.

„Warum dürfen wir nicht auf die Mädchenzimmer?“

Unser Grillabend war also doch etwas anders verlaufen, als wir es uns vorgestellt hatten. Aus dem gemeinsamen Abend als Klasse war nichts geworden, aber am Ende saß ein gemütliches kleines Häufchen beieinander.

Vor Anbruch der Nachtruhe machte ich meine übliche Runde durch die Zimmer, auch um zu sehen, wie weit das Packen vorangeschritten war.

Morgen sollten die Zimmer direkt nach dem Frühstück von der Hauswirtschafterin des Objektes kontrolliert werden und auch der Bus würde dann nicht mehr lange auf sich warten lassen. Viel Zeit war also nicht mehr. Und während die Jungenzimmer ja schon am Nachmittag in einen vorzeigbaren Zustand versetzt worden waren, hatte ich keine Ahnung, wie es um die Mädchenzimmer bestellt war. Also wollte ich dort beginnen. Und während ich im ersten Zimmer zufrieden feststellen konnte, dass es hier nur noch weniger Handgriffe bedurfte, um abreisefertig zu sein, wartete im zweiten Zimmer eine Überraschung auf mich.

Vor dem Fernseher rekelten sich in den Sesseln lässig einige Herren zwischen den Mädchen, breitbeinig und in kurzen Hosen. An sich kein großes Drama, wären da nicht die desillusionierenden Erfahrungen mit unterschiedlichen Ansichten über gemeinsame abendliche Aufenthalte von Jungen und Mädchen im interkulturellen Kontext gewesen. Ich war not amused. Und genau das teilte ich auch umgehend mit.

„Jungs, es gab eine Ansage, die da lautete: Ihr habt auf den Zimmern der Mädchen nichts zu suchen. Also, was macht ihr hier? Ihr verlasst bitte augenblicklich das Zimmer."

Erst einmal passierte nichts. Die Jungs rührten sich nicht. Die Mädchen vermieden Blickkontakt. Fadil ergriff das Wort: „Wieso denn, wir machen doch gar nichts!" Grundsätzlich

glaubte ich ihm das auch, aber darum ging es leider nicht. Außerdem wollte ich mich hier nicht auf eine Diskussion 8 gegen 1 einlassen. Dieser Übermacht fühlte ich mich nicht gewachsen, also scheuchte ich die Herren gnadenlos aus dem Zimmer.
„Ich komme nachher noch zu euch runter, da können wir gerne reden, O.K.?"
Auch die Mädchen grollten.
„Frau Abel, was glauben Sie eigentlich, was wir hier machen?"

Berechtigte Frage.

„Mädels, ich persönlich glaube, dass ihr hier mit den Jungs nichts machen würdet, was ich meiner eigenen Tochter, so ich denn eine hätte, nicht auch erlauben würde. Aber, darum geht es nicht. Ich habe die Aufsichtspflicht über euch hier nur in Vertretung eurer Eltern und ich glaube, einigen eurer Eltern wäre es nicht recht, wenn die Jungs heute Abend hier mit euch auf dem Zimmer sind."

„Ja, vielleicht, aber wir machen doch gar nichts. Und wieso durften wir dann auf die Jungenzimmer, das ist doch dasselbe?"

„Ich sehe da einen Unterschied. Eigentlich sogar zwei. Erstens sind vielleicht nicht alle Mädchen gleichermaßen damit einverstanden, dass die Jungs hier sitzen und sie müssten das gegen eine Mehrheit erst einmal formulieren und zweitens, ist es für euch einfacher, die Jungenzimmer wieder zu verlassen, als den Jungs hier zu sagen, dass diese wieder gehen sollen, weil sich zum Beispiel jemand umziehen möchte. Oder?"
„Mmmhhhh, ja, stimmt irgendwie. Aber wir würden hier wirklich nichts Schlimmes machen."

„Das glaub ich euch. Hundertprozentig sogar, aber auch da gehen die Meinungen möglicherweise auseinander, wenn es darum geht, was man unter schlimm versteht. Denkt nur mal an den Vorfall mit Elahas Bruder, als Kadir von ihm auf dem Schulhof verprügelt wurde. Der hatte auch eine andere Vorstellung von *schlimm oder nicht schlimm*. Ich mache euch einen Vorschlag. Wir rufen eure Eltern an und fragen, ob es für sie O.K. ist, dass die Jungs heute Abend hier auf eurem Zimmer sind. Und wenn eure Eltern damit einverstanden sind, dürft ihr die Jungs für eine Stunde wieder hochholen. In Ordnung? Jasmin, möchtest du deinen Vater anrufen und fragen?"
Jasmin blickte auf ihre Hände, die auf ihren Knien lagen. Sie schüttelte stumm den Kopf. Jasmins türkischer Vater ist in meiner Klasse Elternsprecher und macht eigentlich einen sehr entspannten Eindruck. Ich hätte erwartet, dass sie jetzt freudig nickt. Sie fanden den Vorschlag an sich zwar fair, aber es wurde kein einziger Anruf getätigt.

Aber, sie waren mir nicht böse.
„Frau Abel, Sie klingen ziemlich krank. Sollen wir Ihnen mal einen Tee machen?"
„Oh ja, das wäre wirklich großartig. Ich muss noch einmal durch die Jungenzimmer. Wenn ich dann wieder hochkomme, wäre ein Tee sehr willkommen!"
„O.K. Frau Abel, dann machen wir das nachher."

Ich machte mich auf den Weg zu Fadil, Hakan und Kadir, die auch darauf warteten, mit mir zu reden. Auch einige andere Jungs hatten sich versammelt und es wurde bereits heiß diskutiert, als ich eintraf. Und natürlich war auch hier die erste Frage:

„Was denken Sie eigentlich, was wir bei den Mädchen machen würden? Haben Sie Angst, dass wir sie vergewaltigen? Wir sind doch Ehrenmänner!“
„Nein Jungs, davor habe ich keine Angst. Ich bin ganz sicher, dass ihr euch korrekt verhalten würdet.“
„Wieso dürfen wir dann nicht zu den Mädchen?“
Diesmal Ari, der mit bei den anderen saß und wieder einmal die Rolle des Patriarchen übernahm, während sich sein Bruder Nebi neben ihm aufbaute. Die Jungs nahmen meine Argumente nicht so leicht an, wie die Mädchen. Ich wechselte die Strategie. Da Aris und Nebis Familie in der Schule zahlreich vertreten war, gab es immer etliches über sie zu erzählen und so wusste ich, dass ihre Tante Burcu, die in eine unserer neunten Klassen ging, im letzten Jahr nicht mit zur Klassenfahrt durfte.
„Ari, deine eigene Tante durfte nicht mit zur Klassenfahrt, weil ihr Vater Angst hatte, dass mit den Jungs etwas passieren könnte. Aber warum denn, wenn ihr alle Ehrenmänner seid? Oder unterstellt ihr euren deutschen Mitschülern, dass sie sich nicht benehmen können?“
Ari kam etwas ins Schwimmen. Dafür übernahm sein Bruder das Reden.
„Aber, so würde das ein arabischer Vater den Lehrern niemals sagen!“
„Aber es stimmt doch, oder?“ Nebi deutete ein Nicken an.
„O.K. Nebi, dürfte deine Tante abends allein raus gehen, so wie ihr?“
„Nein, auf keinen Fall!“
„Wieso eigentlich nicht?“

Jetzt antwortete wieder Ari: „Das ist doch nur wegen der ganzen Pädophilen hier!“ Ich war echt sprachlos.
„Was denn für Pädophile? Und was meinst du mit hier? Hier in Deutschland?“
„Na ja, hört man doch immer wieder!“
Ari schwieg verwirrt. Ich hatte weder Statistiken zur Anzahl von pädophilen Übergriffen in Neukölln, Berlin oder Deutschland im Kopf, noch glaubte ich, dass Ari tatsächlich wusste, wovon er sprach. Ich nahm mir vor, später, an geeigneter Stelle im Unterricht oder einer Klassenstunde noch einmal darauf zu sprechen zu kommen und versuchte es anders: „Sag mal Ari, dürften bei deiner Schwester auf einer Klassenfahrt abends die Jungs im Zimmer sitzen?“
Die Antwort kam mit tiefster Überzeugung: „Nein, Frau Abel, wallah, auf keinen Fall!“
„Und jetzt stell dir mal vor, die Mädchen oben wären deine Schwestern.“
„Ah, jetzt verstehe ich. Aber, Frau Abel, ich war nicht oben bei den Mädchen. Wirklich nicht, ich schwöre!“
„Ich weiß, Ari!“
„Jungs, bald ist Wochenende, da könnt ihr euch in aller Ruhe mit den Mädchen verabreden und sie zu euch einladen oder sie zu Hause besuchen gehen. Dann übernehmen eure Eltern wieder das Kommando und ich bekomme hinterher keinen Ärger.“
Mert und Fadil wollten die Diskussion noch lange nicht einstellen. Vermutlich aber eher aus Prinzip, als aus einer ungeklärten Sachlage heraus. Sie rollten die Augen und versicherten sich der Unterstützung ihrer Zuschauer. Diese genossen die Abwechs-

lung. Mert schob wie immer, wenn er schmollte, seine Unterlippe etwas nach vorn und die Augenbrauen zusammen. Er hat große, mit dichten Wimpern umrahmte Kulleraugen, inzwischen einen zarten dunklen Flaum auf der Oberlippe und leichte Pausbäckchen, so dass er mit seinem Schmollgesicht immer ein bisschen niedlich wirkt. Wie ein kleiner Pandabär. In der siebenten Klasse kam es dadurch zu einigen fast desaströsen Zwischenfällen, denn immer, wenn Mert böse aussehen wollte, entfuhr mindestens einem der Mädchen: „Oh, kuckt mal, Mert sieht aus wie ein kleines Pandabärchen. Wie süß!“

Jungs, die ein böses Gesicht machen wollen, SIND NICHT SÜSS!

In der siebenten Klasse schon gar nicht. Mert wurde immer wütender, während die Mädchen alle ein weiches Herz bekamen.
„Oh, Mert, wie süß!“
Mert geriet einige Male sehr aus der Fassung. Fadil dagegen wirkt immer wie ein Spitzbube, der gerade eine, in seinen Augen, richtig gute Idee hat. Das wiederum führt dazu, dass man in seiner Nähe immer das Gefühl hat, sorgsam auf seine Umgebung achten zu müssen. Die Beiden beschlossen, eine weitere Diskussionsrunde einzuläuten.
„Frau Abel, das ist doch aber jetzt total unfair, was haben wir denn mit Aris Schwester zu tun?“
„Ich weiß nicht, habt ihr was mit Aris Schwester zu tun?“
Ari wurde plötzlich sehr aufmerksam, was dazu führte, dass die beiden Jungs sofort abwehrend die Hände hoben.
„Nein, natürlich nicht!“

Ich versuchte noch einmal, meinen schwierigen Standpunkt zu erklären. „Ich stecke hier in einer für mich nicht ganz leichten und vor allem neuen Situation. Ich kenne mich mit den Gepflogenheiten in arabischen, türkischen, serbischen und sonstigen Herkunftsfamilien nicht aus. Aber auf dem Elternabend haben sehr viele eurer Eltern signalisiert, dass sie gemeinsame Abende auf den Zimmern nicht wünschen. Ihr habt doch hier viele andere Möglichkeiten, euch außerhalb der Zimmer zu treffen. Mert, was würde denn deine Mutter dazu sagen? Wollen wir sie anrufen und nachfragen?“ Auch Mert wollte sich dieser Diskussion mit seiner Mutter nicht stellen. Nur Fadil grinste zustimmend. Er wohnte schon seit über 10 Jahren in einer betreuten Wohngruppe.
„Also, meine Erzieherin können sie ruhig anrufen, die hat bestimmt nichts dagegen.“
Das glaubte ich unbesehen und außerdem wussten wir beide sehr genau, dass sie gerade eine Woche Urlaub hatte. Fadil sieht seine arabische Mutter in den letzten Jahren relativ regelmäßig alle 14 Tage am Wochenende. Seit zwei Jahren kommt sie gemeinsam mit seiner Betreuerin hin und wieder zu den Elterngesprächen. Einen Vater gibt es offensichtlich nicht. Warum Fadil nicht bei seiner Mutter lebt, weiß ich nicht. Aber er hat eine „Ferienfamilie“ in den Niederlanden, zu denen er seit Jahren regelmäßig in den Ferien fährt. Diese Urlaube genießt er immer sehr.

Zappelphilipp

Obwohl er eine übersprudelnde Quelle der Unruhe ist und mich hin und wieder an die absolute Grenze meiner Belastbarkeit treibt, mag ich ihn sehr. Und wenn ihn nicht Zucker und Koffein komplett im Griff haben und er nur noch zappelt, dann kann man ihn gut beruhigen, in dem man in einfach mal in den Arm nimmt. In der siebenten und achten Klasse stand er im Unterricht oft lange mit dem Rücken zu mir gewandt vor mir und ließ sich einfach in den Arm nehmen. Inzwischen stelle ich mich hinter seinen Stuhl und lege ihm die Hände auf die Schultern, während ich unterrichte und er alles bemalt, was an Papier unter seinen Händen ist. Aber wir haben auch Tage, da ist es für unser beider Sicherheit besser, wenn einer von uns beiden ein paar Minuten an die frische Luft geht. Und da mein Arbeitgeber noch immer etwas unflexibel darauf reagiert, wenn ein, neudeutsch und politisch korrekt bezeichnet „Lehrender", während seiner aktiven Arbeitszeit einfach mal an die Luft geht, um sich zu beruhigen und die Klasse dabei unbeaufsichtigt zurücklässt, ist ganz klar definiert, wer von uns beiden den Raum verlässt. Anfangs fühlte er sich dadurch oft verletzt und wertete es als „Rauswurf", was von meiner Seite gar nicht beabsichtigt war und reagierte dementsprechend aufgebracht und ungehalten.

Ein klärendes Gespräch half weiter, diese Auszeit für uns beide als hilfreich annehmen zu können. Nicht selten arbeitet er jetzt auch auf eigenen Wunsch außerhalb des Klassenraumes. Das minimiert für ihn die Ablenkung durch Aktivitäten jeglicher Art im Raum und er selbst kann Unruhe verbreiten, ohne andere

dadurch abzulenken. Meist eine win-win-Situation für alle Beteiligten.
Mert und auch Fadil stellten, immer noch etwas murrend, die Gegenwehr ein.
„Seid nicht böse, Jungs. Genießt den letzten Abend, macht nicht zu viel Lärm und denkt dran, dass ihr morgen Früh nicht mehr viel Zeit zum Packen habt. In Ordnung?“ Auch die Jungs lenkten ein. „Ja, Frau Abel. Gute Nacht!“

Warum braucht man eigentlich Kondome

Die Mädchen hatten mir inzwischen, wie versprochen, eine Tasse Tee bereitet und ein Stück Schokolade dazu gelegt. „Frau Abel, auf dieser Klassenfahrt hatten wir noch gar nicht unsere *Talkrunde.“*

In der achten Klasse, auf der Klassenfahrt nach Wismar, hatte es sich ergeben, dass wir abends noch eine Weile im Zimmer gesessen hatten und sie allerlei Fragen stellten, zu Themen, die sie bewegten. Dabei ging es natürlich um Jungs, um Beziehungen und Sex, aber auch Schwangerschaft und „Frauenprobleme“ im Allgemeinen. Dafür fragte ich nach dem Islam, ihrer Herkunft und ihren Problemen in Deutschland, Wünschen und Plänen für die Zukunft. Und obwohl sich einige selbst als gläubige Muslima bezeichneten, in der achten Klasse hatten wir sogar diverse Gebetsteppiche mit im Gepäck, stellte ich fest, dass das Wissen über den Koran und ihren Glauben allgemein recht dürftig war.

Die meisten hielten sich an das, was innerhalb der Familie an Tradition und Regeln durch Eltern, Großeltern oder auch Tanten und Onkel weitergegeben oder eingefordert wurde. Für Gebetszeiten und Gebetstexte gibt es inzwischen eine App.

„Das macht man eben bei uns so", war eine weit verbreitete Erklärung, wobei für mich nicht zufriedenstellend geklärt werden konnte, ob „bei uns" den familiären Rahmen, die religiöse Gemeinschaft oder die ethnische Gruppe umfasste. Darauf begründet entsteht bei den Jugendlichen oft eine große Verunsicherung, wenn es darum geht, in wieweit sie sich von bestimmten Ritualen und Forderungen abgrenzen können, ohne gegen wirkliche Grundsätze zu verstoßen. Ganz große Unsicherheit herrscht auch bei vielen in Bezug auf Liebe, Sex und Partnerschaft. „Frau Abel, meine Eltern dürfen nicht wissen, dass ich eine Freundin habe. Das geht bei uns gar nicht!"

Offensichtlich ging es ja doch, aber leider eben nur im Geheimen. Am Ende der siebenten Klasse hatten wir im Jahrgang eine Projektwoche zum Thema „Sexualität" durchgeführt. Das ist im Biologieunterricht eine durch den Rahmenplan vorgeschriebene Thematik und somit für alle Schüler verbindlich, auch wenn hin und wieder Eltern versuchen, diese Offenheit in der Unterrichtsgestaltung etwas einzugrenzen.

Ganz offensichtlich betraten wir bei diesem Thema kein komplettes Neuland, aber es stellte sich schnell heraus, dass viel „Wissen" aus einschlägigen Pornoseiten stammte. So kostete es eine Menge Zeit, erst einmal Ordnung in die Begrifflichkeiten zu bringen, die wir im Rahmen des Projektes nutzen wollten. Die Kids sollten am Anfang Begriffe auf Zettel schreiben, die ihnen zum Thema Sexualität durch den Kopf gingen. Und dann lagen dort Begriffe wie Kondom, Schwule, Tittenfick, Samenerguss, Morgenlatte, Vagina, Damenbinde, Wichsen, Penis, Bondage, Domina, Votze oder Verhütung bunt durcheinander auf dem Fußboden unseres Klassenraumes. Und während Murat keinen blassen Schimmer hatte, was und wofür eine Damenbinde ist, fiel Efe vor Aufregung fast vom Stuhl, weil er unbedingt erklären wollte, was ein „Tittenfick" ist.

„Na, isch weiß das, weil Freunde von mir da mal einen Film gesehen haben. Das ist, wenn die Frau die Wichse ins Gesicht haben will."

Ich versuchte Efe vorsichtig über mehrere Irrtümer aufzuklären. Unter anderem auch darüber, dass die Filme, die „seine Freunde" da sahen, nicht sehr viel mit der Sexualität in einer Partnerschaft zu tun haben. Es dauerte lange, bis wir uns auf Begriffe geeinigt hatten, mit denen alle umgehen konnten. Und natürlich waren Verhütung und Schutz vor Ansteckung ein großes Thema. Pille, Kondome, Spirale ... über alles sprachen wir mit den Mädchen und auch mit den Jungs.

„Kondome werde ich nicht benutzen. Verhütung ist Frauensache. Außerdem sind die alle viel zu klein für mich. Passt da überhaupt genug rein?"

Wir füllten ein Kondom mit Wasser. Selbst der größte Macho musste zugeben: „Da passt genug rein." *Verhütung und Schutz vor Ansteckungen* war einer unserer absoluten Schwerpunkte und wir ließen uns viel Zeit, um uns mit diesem Thema zu beschäftigen. Wir hatten sogar einen großen Karton Kondome und

einige Silikonmodelle, um den Umgang mit den „Lümmeltüten“ zu üben. Für die Mädchen eine große Herausforderung.
„Aber Frau Abel, ich fasse das doch nicht an!“
„Was genau, ein Kondom oder einen Penis?“
„Na, den Penis, den werde ich nie anfassen!“
„Wie, du lässt etwas in dich hineinstecken, was du nicht einmal anfassen würdest?“
Das überzeugte. Sie übten alle das Aufziehen eines Kondoms. Umso überraschter war ich, als Alena am nächsten Tag zu mir kam.

„Frau Abel, das mit den Kondomen habe ich gestern aber nicht wirklich verstanden.“
„Was genau möchtest du denn noch einmal erklärt haben?“
„Na, Sie haben doch gesagt, ein Kondom verhindert die Ansteckung mit Geschlechtskrankheiten und verhindert, dass ich schwanger werde.“
„Na, dann hast du doch aber alles ziemlich gut verstanden. Wo ist denn jetzt dein Problem?“
„Ich verstehe nicht, warum ich ein Kondom brauchen sollte. Sex habe ich doch erst, wenn ich verheiratet bin und mein Mann doch auch. Dann können wir uns doch aber bei niemandem infiziert haben, wenn wir beide noch Jungfrau sind. Und Sex haben wir doch auch nur, wenn wir Kinder haben wollen. Dann muss ich doch nicht verhüten?“
Ich versuchte ihr zu erklären, dass Sex in einer Beziehung nicht nur der Fortpflanzung dient, allerdings sah sie mich bei diesem Bemühen an, als ob ich ihr ganz furchtbare Dinge in Aussicht stellte.

Ein halbes Jahr später kam ihre Mutter mit Kinderwagen und Säugling zum ersten Elternabend in der achten Klasse.
„Oh, da haben Ihre großen Kinder noch einmal ein kleines Geschwisterchen bekommen. Herzlichen Glückwunsch!"
„Danke schön, wir wollten ja eigentlich kein Kind mehr. War ein Unfall, aber nun freuen wir uns über den Kleinen."

Ich sagte lieber nichts dazu. Sex ohne eindeutige Familienplanung? Ja, klar. Aber darüber wird nicht geredet und schon gar nicht mit den eigenen Kindern.

In vielen Familien sind Themen wie Sex, Homosexualität oder Nacktheit ein Tabu. Und trotz der vielen Möglichkeiten zur Aufklärung, die die modernen Medien bieten, herrscht mitunter grenzenloses Unwissen und das nicht nur bei den Jugendlichen. Während eines Elterngespräches in einer zehnten Klasse erläuterte mir einmal ein polnischer Vater voller Überzeugung, dass er von seiner Tochter erwarte, dass sie sich ihre Homosexualität wegoperieren lassen sollte.

„Ich weiß, dass das geht. Ich habe mit Freunden darüber gesprochen. Ich erwarte, dass sie sich das weg machen lässt. Sonst ist sie nicht mehr meine Tochter."

Ich konnte voller Bewunderung feststellen, dass seine selbstbewusste und kluge Tochter sehr tolerant mit den mittelalterlichen Ansichten ihres Vaters umging, ganz im Gegensatz zur Ehefrau, die diesem antiquierten Postulat ein entschiedenes Ende setzte: „Jetzt reicht es aber, ich lasse mich scheiden!" Tatsächlich reichte sie kurze Zeit nach diesem Gespräch die Scheidung ein. Ihre selbstbewusste Tochter war lange Zeit mit ihrer Freundin zusammen. Bis diese feststellte, dass sie eigentlich ein Mann sein möchte. „Mit Männern kann ich leider nichts anfangen."

Ein arabischer Vater beschwerte sich einmal, dass wir den Jugendlichen im Rahmen der Aufklärungsprojekte auch Ansprechpartner für verschiedene Fragen der Sexualität nannten. Anonyme Telefonberatung oder auch Vereine, die Jungen und Mädchen helfen, wenn diese Ansprechpartner für verschiedenste Probleme benötigen. Besonders befremdlich war für ihn das Thema Homosexualität. „Aber, Herr R., was würden Sie denn tun, wenn einer ihrer Söhne homosexuell ist. Würden *Sie* mit ihm darüber reden wollen?" „Nein. Das ist in unserer Religion auch nicht gewollt. Das geht gar nicht!" „Was meinen Sie damit, das geht gar nicht?" „Wenn einer meiner Söhne mir sagt, dass er schwul ist, dann ist er nicht mehr mein Sohn!"

An diesem letzten Abend verzichteten wir dann doch auf die „Talkrunde", denn ich krächzte nur noch müde und mit dicken Augen vor mich hin. Sie hatten Erbarmen mit mir. Ich durfte in mein Bett. Und nachdem irgendwann nach Mitternacht und drei weiteren Besuchen in der Herren-Etage auch dort normale Zimmerlautstärke eingekehrt war, fiel ich endlich in den so lange herbeigesehnten Schlaf.

Fünfter Tag

„Wo ist mein Handy?“

Der Morgen der Abreise hüllte sich in trübes, feuchtes und wolkenverhangenes Grau. Über Nacht hatte es geregnet, so dass es von den Bäumen tropfte und nach feuchter Erde roch. Es war empfindlich kühl nach der Hitze der vergangenen Tage. Die ersten müden Gestalten zogen ihre Koffer hinter sich her durch den Nebel zum Haupthaus. Im Eingangsbereich türmten sich bereits Berge von Gepäck. Man kletterte, so gut es ging, über diesen Hindernis-Parcours, um den Speiseraum zu erreichen. Das aufgeregte Lärmen der letzten Tage hatte sich verflüchtigt. Auch bei den Jugendlichen forderten die kurzen Nächte ihren Tribut. Viele von ihnen würden auf der Heimreise im Bus oder der Bahn schlafen. Aber bevor es für uns soweit war, gab es einige Dinge zu erledigen. Vor allem mussten wir nach dem Frühstück die Zimmer übergeben. Im Großen und Ganzen war das nicht aufregend. Hier noch mal mit dem Besen durchgehen, dort lag noch eine Socke hinten im Schrank oder es stand eine Flasche Shampoo im Bad. Kleinigkeiten. Bis wir ins Zimmer von Kadir, Murat, Hakan und Efe kamen. Hier herrschte ein exorbitantes Chaos. Der Inhalt mehrerer Koffer lag wild über den kompletten Boden verstreut, alle Schränke waren aufgerissen, die Matratzen stapelten sich kreuz und quer auf den Betten und auch die Betten selbst standen nicht dort, wo sie hingehörten. Mit offenem Mund stand ich in der Tür und hatte die kurze Hoffnung, dass ich gleich aufwache und der Traum wäre vorbei. Mitten im Chaos stand Kadir und tobte. Sein Handy war verschwunden. Da diese Wunderteile der Technik heutzutage ja so ziemlich alles in sich vereinen, was der moderne Mensch an Technik für sein Wohlbefinden braucht, zum Beispiel um zu fotografieren, Musik zu hören, Filme zu sehen, zu navigieren, zu übersetzen, die Börsenkurse zu studieren, den Kontostand abzurufen, Rechnungen zu bezahlen, die Kalorien zu zählen oder den Lidstrich richtig zu ziehen, hatten die meisten Schüler das Gerät ohne Sim-Karte dabei, um zumindest eingeschränkt auf diese Funktionen zugreifen zu können. Ich persönlich warte sehnsüchtig darauf, dass mir mein Handy einen akzeptablen Espresso serviert, die Klausuren kontrolliert und für mich an Konferenzen teilnimmt.

Kadir fluchte auf Türkisch. Dafür war ich an diesem Morgen sogar dankbar, musste ich dadurch doch zumindest nicht auf die Wortwahl eingehen, nur auf den Tonfall. Der sprach für sich. Und sein Gesichtsausdruck ebenso. Offensichtlich hatte ihn sein Handy heute Morgen noch geweckt, obwohl er sich auch dessen nicht ganz sicher war. Seitdem hatte es sich seinem Zugriff entzogen. Alles Suchen war bisher vergebens. Ein Anrufen ohne eingelegte Sim-Karte half auch nicht weiter. Auch das Durchsuchen der Bettwäsche, die sich bereits im Flur in den bereitgestellten Körben türmte, förderte das Gesuchte nicht ans Tageslicht. Das teure Gerät hatte sich in Luft aufgelöst. Die Matratzen waren mehrmals gedreht und gewendet worden, der Müll durchwühlt, man hatte unter den Betten und hinter den Schränken gesucht und mit Besenstielen herumgestochert, alle Koffer waren penibel mit und ohne Inhalt inspiziert worden, selbst offene Chipstüten wurden kritisch begutachtet. Nichts hatte zum Erfolg geführt. Irgendwann stellte auch Kadir selbst missmutig die Suche ein. Die auf dem Boden herum liegende Kleidung wurde wieder in die herumstehenden Taschen und Koffer gestopft, die Matratzen in die Bettkästen befördert, die Bettgestelle an die Wände gerückt und die verschütteten Chipsreste zusammengefegt und in die Mülleimer überführt. Alle beteuerten, das Gerät nicht gesehen oder in der Hand gehabt zu haben. Ein leichtes Misstrauen schwang trotzdem mit. Hatte jemand lange Finger gemacht?

Ich kann um das Ausräumen der Taschen bitten, aber ich selbst darf die Taschen nicht kontrollieren. Jeder Schüler weiß das.
„War heute noch jemand bei euch im Zimmer? Wollen wir die anderen auch darum bitten, ihre Taschen auszupacken?"
„Nein Mann, ich vertraue meinen Freunden! Da müssen wir keine Sachen kontrollieren! Sind alles Ehrenmänner!"
„Bist du dir sicher?"
„Ja, klar bin ich sicher."

„Gut, Kadir. Der Verlust eines Handys ist jetzt keine kleine Geschichte. Ich würde das gerne schriftlich haben. Ich möchte nicht später dafür verantwortlich gemacht werden, dass wir nicht alles unternommen haben, um einen Diebstahl auszuschließen. Möglicherweise sehen deine Eltern die Sache mit den Ehrenmännern anders."

Plötzlich war sich Kadir nicht mehr ganz so sicher, ob er auf das Auspacken der Koffer verzichten wollte und so baten wir dann doch einige Schüler darum. Alle packten bereitwillig aus, das Handy blieb verschwunden. Zwei Wochen später fand ich in meiner Post ein kleines Päckchen aus Wehlen. Kadirs Handy hatte sich angefunden. Unter welchen Umständen wurde uns allerdings nicht mitgeteilt.

Trotz aller Aufregung und der umständlichen Suchaktion hatten wir bis zur erwarteten Ankunft des Busses noch etwas Zeit. Also saßen wir im Foyer des Haupthauses herum, entdeckten, dass es dort einen Kaffeeautomaten gab und blätterten in ausliegenden Flyern und Prospekten. Mit solchen Wartezeiten geht jeder anders um. Um Mert herum begann es unruhig zu werden. Ein paar Jungen fingen an, sich unter dem Tisch zu treten, die ersten Stühle kippelten bedenklich, am Tisch wurde gezerrt. Ich schnappte mir an der Rezeption einige bereitliegende Notizzettel. Rückmeldungen sind immer gut. Also begann ich die Zettel an den Tischen zu verteilen, legte einige Stifte dazu, die ich auftreiben konnte und bat darum, die Wartezeit dafür zu nutzen, ein Feedback der Klassenfahrt zu verfassen.
„Bitte schreibt auf einer Seite auf, was euch gefallen hat und auf der anderen, was ihr euch anders wünschen würdet."
Der Tisch stand wieder still, es wurde nur noch vereinzelt getreten, sie gingen in sich.
„Schön wäre es, wenn ihr eure eigene Meinung aufschreibt und nicht einfach die eures Nachbarn übernehmt", fügte ich hinzu, da ich sah, wie Ari bereits munter den Text von Fadils Zettel abschrieb. Ari bemerkte meinen Blick. „O.K., Frau Abel! Entschuldigung."

Zu Hause ist Nele viel selbstbewusster!

Diesmal war unser Timing perfekt. Als ich den letzten Zettel einsammelte, betrat der Busfahrer den Raum. Ich musste mich gar nicht erst umdrehen, um zu erahnen, dass es derselbe „gaaanz junge“ und gutaussehende Mann war, der uns am Montag bereits hergefahren hatte. Nele, die sonst kaum etwas sagt, stattdessen ist sie immer, wenn sie angesprochen wird, hektisch damit beschäftigt, sich ihre langen Haare vors Gesicht zu wischen und sich in eine besonders schüchterne Spitzmaus zu verwandeln, wurde hinter mir plötzlich gesprächig. Endlich konnte ich einmal, zumindest in Ansätzen, ihrer Mutter Glauben schenken, die mir regelmäßig versichert, dass Nele zu Hause überhaupt nicht schüchtern ist, sondern ganz im Gegenteil ununterbrochen redet und auch jederzeit ihren Willen durchzusetzen vermag.

In der Schule nehmen wir sie als ausgesprochen introvertiert wahr. Sie vermeidet hartnäckig Blickkontakte, knetet immer aufgeregt ihre Hände, wenn sie doch einmal etwas sagen muss und flüstert dann fast unhörbar halbe Sätze mit abgewandtem Kopf. Kaum vorstellbar, wie auf dem Weg nach Hause diese Metamorphose in ein energisches, kommunikationsfreudiges und übersprudelndes Geschöpf vonstatten geht. Als würde ein farbenfroher Schmetterling aus einem grauen Kokon schlüpfen, der sich dann morgens auf dem Schulweg wieder fest einspinnt. Andererseits zeigt sie sich auch in ihren Profilfotos auf der bereits erwähnten, allseits bekannten Plattform kein bisschen zurückhaltend. Diese Fotos passten durchaus zu der Nele, die da hinter mir auf sich aufmerksam machte. Ob ihr das schulische Umfeld so unheimlich ist? Ich weiß es nicht. Vielleicht hat sie sich in ihrer Rolle auch einfach nur gut eingerichtet.

Während des Betriebspraktikums, das die Schüler unserer Schule in der neunten Klasse für drei Wochen absolvieren, war Nele in einer Zahnarztpraxis. Das hatte mich etwas überrascht, da sie dort vermutlich ständig mit immer neuen, unbekannten Menschen zu tun haben würde, mit denen sie sofort reden musste und so war ich neugierig, ob Nele auch dort ihre uns bekannte extreme Zurückhaltung zeigte, oder eher die kommunikative Seite überwog, von der ihre Mutter immer berichtete. Vorsorglich hatte ich Nele als eine der Ersten auf meine Besuchsliste gesetzt. Falls sie den halben Tag mit gesenktem Kopf, die Haare ins Gesicht hängend, ihre Hände knetend in der Ecke stand und nur selten den Blick hob, dann konnte dieses Praktikum schnell zu Ende sein. Also betrat ich bereits am Morgen des dritten Praktikumstages die Praxis. Am Empfangstresen lächelte mich eine junge Schwester an.

„Guten Morgen, haben Sie einen Termin?"
„Einen schönen guten Morgen", strahlte ich zurück.
„Ich bin Neles Klassenlehrerin, ich wollte mich schon einmal vorstellen und fragen, ob denn alles in Ordnung ist. Nele macht ja bei Ihnen ihr Praktikum." Das Lächeln begann zu wackeln.
„Ähm, na ja ... ähm, also ... für Nele ist eigentlich Frau Götsch zuständig. Ich hole die mal."
„Ja, vielen Dank."

Nach überschwänglicher Begeisterung klang das jetzt nicht. Eher nach dem Versuch, jemand anderen die schlechte Botschaft überbringen zu lassen.

Auch Frau Götsch, die gleich darauf erschien, sprühte keinesfalls vor übermäßiger Hochstimmung. Sie ließ die Katze dann auch sofort aus dem Sack: "Ganz ehrlich, wir denken darüber nach, das Praktikumsverhältnis heute zu beenden, wenn sich nicht ganz dramatisch etwas ändert. Nele wirkt sehr uninteressiert, wenig motiviert, wir wissen nicht, wie wir sie hier für drei Wochen beschäftigen sollen. Wir hatten uns das ganz anders gedacht."

„Das hatte ich befürchtet, aber ich möchte Ihnen gleich erst einmal versichern, dass Nele keinesfalls desinteressiert ist. Sie gehört ganz im Gegenteil zu den guten Schülern meiner Klasse. Sie hat nur ein großes Problem, sich außerhalb ihres familiären Umfeldes zu öffnen. Darf ich erst einmal unter vier Augen mit Nele sprechen, geht das?"

Es ging. Nele war im Moment durchaus abkömmlich.
„Die Frau Doktor kommt dann in 10 Minuten mal rein. Dann ist sie mit ihrer Patientin fertig."

Kurz darauf saßen wir uns in einem kleinen Aufenthaltsraum gegenüber. Ich ging mit Nele noch einmal alles durch, was wir immer wieder besprochen und geübt hatten. Unter anderem, wie man *Blickkontakt* halten konnte, ohne dem Gegenüber direkt in die Augen sehen zu müssen.
„Nele, jetzt schlägt das wirkliche Leben zu. Hier muss sich niemand damit abfinden, dass du nichts sagen möchtest. Hier bekommst du eine Chance, vielleicht eine zweite, mit ganz viel Glück eine dritte, aber dann ist auch Ende. Dann wirst du nach Hause geschickt. Für mich ist es mein Job, dich jeden Tag wieder neu anzunehmen. Ich bin genau dafür da. Bei uns dürft ihr

jeden Tag wiederkommen, egal was passiert ist. Wir können jeden Tag von vorne anfangen. Die Leute hier machen einen ganz anderen Job. Die reparieren Zähne. Entweder, du schaffst das heute noch und zeigst, dass du ein kluges Mädchen bist, oder wir müssen dir morgen einen neuen Praktikumsplatz suchen. Und das wäre doch schade, oder?“

Diesmal sah mich Nele an. Ich lächelte und tippte mir kurz an die Stirn. „Genau. Da ist der Punkt. Da siehst du jetzt hin und redest mit mir.“ Sie lächelte.
„Schaffst du das?“ Sie nickte. „Ja, ich glaube schon.“
Nele hatte großes Glück. Die Zahnärztin und auch die Schwestern ließen sich, nicht zuletzt von Nele selbst, davon überzeugen, dass sie durchaus interessiert war und gaben ihr eine neue Chance. Abends schrieb mir Nele, dass der Tag nach meinem Besuch viel besser gelaufen war und ihr viel Spaß gemacht hatte. Zwei Tage später war ich noch einmal in der Praxis.
„Gut, dass Sie vorgestern da waren“, wurde ich begrüßt.
„Wir hatten einen ganz falschen Eindruck. Jetzt funktioniert es wirklich prima mit Nele.“

Am Ende der drei Wochen hatte sich Nele nicht in eine plappernde Quelle des Frohsinns verwandelt, aber sie hatte während der drei Wochen einen guten Eindruck hinterlassen. Im Unterricht reicht es immerhin aus, wenn ich mir kurz lächelnd an die Stirn tippe, damit sie ihr Schneckenhaus verlässt, mich ansieht und schüchtern lächelnd, wenn auch leise antwortet.

Nicht nur Nele plapperte hinter mir munter drauf los, auch die anderen Mädchen waren wieder hörbar am Kichern und Quietschen.

„Wann kommt ihr, wo seid ihr, wie lange braucht ihr noch?“

Die Heimreise konnte beginnen. Und wie auf der Herfahrt am Montagmorgen musste jeder noch so kleinste Winkel Stauraum genutzt werden, um die Gepäckberge zu verstauen, obwohl Adas großer Koffer bereits in den Kofferraum ihres Vaters gewuchtet worden war. Es dauerte eine geraume Zeit, bis das letzte Gepäck seinen Platz gefunden hatte und so hatte man es sich im Inneren des Busses bereits bequem gemacht, als ich mit dem letzten Schüler endlich einstieg. Ganz offensichtlich hatte die Aufteilung der begehrten Sitzplätze in der hintersten Reihe keine Verletzten gefordert. Es mussten zumindest keine offenen Wunden versorgt werden.

In der Mitte der hintersten Reihe thronte Efe, ausgestattet mit Rucksack und einer prall gefüllten Plastiktüte, rechts und links neben ihm hatten sich Kadir, Fadil, Hakan und Emre niedergelassen. Sie bedienten sich bereits aus mehreren geöffneten Chipstüten, Efe startete seine Box und war intensiv mit der Musikauswahl auf seinem Handy beschäftigt.

Noch eine letzte kurze Belehrung: „Ihr wisst Bescheid, Anschnallen, keinen Müll im Bus verteilen, Musik in vernünftiger Lautstärke und bitte nur aus einer Quelle, oder per Kopfhörer, das geht auch. Ansonsten: genießt die Fahrt! Wir werden in etwa drei Stunden wieder in Berlin sein!“ Fadil sah begeistert aus: „Oh, ja und dann gehe ich gleich erst einmal Döner essen!“ Mehrere Herren waren sofort Feuer und Flamme und schlossen sich an: „Ja, Alta, komme isch mit. Gleich bei Parchimer. Der macht immer voll krass viel Fleisch rein!“

„Ja, isch kenn den. Der ist Onkel von mein Kumpel Emre. Ist voll korrekt, der Mann!“

Obwohl die Familien alle die geplante Ankunftszeit mehrfach von mir mündlich und schriftlich bekommen hatten und die Verabredung lautete, dass ich den Elternvertretern etwa eine Stunde vor Ankunft eine Nachricht schicke, piepste und blinkte mein Handy seit etwa einer Stunde hektisch, weil sich die ersten Anfragen stapelten.
„Seid ihr schon losgefahren?“
„Wann kommt ihr?“
„Seid ihr schon unterwegs?“
„Wie lange dauert es noch?“
„Wo seid ihr?“

Ich hatte nicht die Absicht, 22 Eltern einzeln aller paar Minuten durchzugeben, wo wir waren und wie lange wir noch bräuchten. Also schrieb ich den Elternvertretern, dass wir starteten und ich mich, wie verabredet etwa eine Stunde vor Ankunft melden würde. Dann schaltete ich mein Handy aus.

Seit Beginn der siebenten Klasse kam auf jedem Elternabend der Vorschlag, doch einen Elternchat einzurichten, um auf kurzem Weg miteinander kommunizieren zu können; Mitteilungen, die für alle relevant sind, zum Beispiel Ankunft und Abfahrt bei einer Klassenfahrt, für alle gleichzeitig bereitstellen zu können oder auch mal Fotos oder ähnliches auszutauschen. Etwa die Hälfte der Eltern folgte diesem Vorschlag, die andere Hälfte möchte E-Mail-Adressen oder Telefonnummern bei den anderen Eltern nicht bekannt geben. Regelmäßig kommt es dann zu einer leichten Verstimmung, wenn ich die Erwartung ebendieser zweiten Hälfte, die Information jedes Einzelnen zu übernehmen, enttäusche. Eine Information in den Elternchat, 12 Informationen an einzelne Eltern. Das lehne ich ab. Ich informiere auf Elternabenden, durch Elternbriefe, durch Informationen, die ich den Schülern in den Planer eintrage und Information an die Elternsprecher, aber dann ist es in der Regel auch gut.

Natürlich gibt es Ausnahmen. So frage ich zum Beispiel auf kurzem Weg, durch eine persönliche Nachricht per Handy, bei Hakans Mutter nach, ob er krank ist, wenn er nicht in der Schule erscheint und wieder einmal versehentlich auf halbem Weg im Shopping-Center abgebogen sein könnte. Ich schicke auch Eltern mal ein ganz persönliches Foto ihres Kindes von der Klassenfahrt, von dem ich glaube, dass es nicht in den Eltern-Chat gehört, zum Beispiel Cecylia im Schlauchboot. In die Elterngruppe gehören Klassenfotos.

Ich nehme auch morgens Krankmeldungen auf meinem Handy an, denn ich weiß, dass die Telefone im Sekretariat vor dem Unterricht rot glühen und berufstätige Eltern besondere Mühe haben, ihre Kinder rechtzeitig vor dem Unterricht krank zu melden. Aber alles Spätere kann mühelos über das Sekretariat abgewickelt werden. Und natürlich rufe ich zurück, wenn mich Eltern in dringenden Fällen um ein Gespräch bitten, aber ich möchte die Entscheidungshoheit über diese Ausnahmen behalten. Und ich möchte nicht um 23 Uhr gefragt werden, ob morgen die erste Stunde ausfällt, weil man vergessen hatte, beim Verlassen der Schule auf den Vertretungsplan für den nächsten Tag zu schauen.

Ich möchte nicht als familienbezogener Dienstleister gelten, der dafür genutzt wird, den eigenen Aufwand so gering wie möglich zu halten. Die Ansichten, was dringend ist und was durchaus auf anderem Weg und ohne meine Hilfe geklärt werden kann, differieren unter den Beteiligten stark. Je nachdem, in welcher Eigenschaft ich als Lehrerin wahrgenommen werde.

Morgen ist Ramadan

Seit etlichen Jahren haben muslimische Schüler in Berlin die Möglichkeit, sich für das Zuckerfest, das am Ende des Fastenmonats Ramadan gefeiert wird, vom Unterricht beurlauben zu lassen. Dafür musste einige Jahre lang vorab rechtzeitig eine schriftliche Information durch die Eltern erfolgen, wie für jede andere Beurlaubung auch. Rechtzeitig hieß in diesem Fall spätestens zwei Unterrichtstage vorher. Einige Eltern gaben bereits zu Beginn des Ramadans eine Information mit, dass ihr Kind an diesem besonderen muslimischen Feiertag nicht in die Schule kommen wird. Das erleichterte uns die Planung für diesen Tag sehr, wussten wir doch rechtzeitig, ob wir mit drei, dreizehn oder dreiundzwanzig Schülern Unterricht haben werden, denn nicht alle Familien nehmen diese Regelung wahr. Einige muslimische Schüler feiern diesen Tag mit ihren Familien auch, nachdem sie vorher in der Schule waren. Und, wie schon einmal erwähnt, wussten wir von einigen Schülern auch gar nicht, dass sie muslimische Feiertage überhaupt feiern. Und natürlich erinnerten wir bereits Tage vorher noch einmal bei jeder Gelegenheit daran, damit niemand das Schreiben der Eltern vergaß.

Jetzt sollte man denken, dass Feiertage wie das Zuckerfest oder das Opferfest, die in ihrer Popularität mit unserem Weihnachtsfest vergleichbar sind, nicht überraschend kommen, zumal ja beim Zuckerfest vorher einen ganzen Monat lang der Fastenmonat daran erinnert. Da der Termin muslimischer Feste nach der Mondsichtung festgelegt wird, kann es zwar zu Verschiebungen von einem Tag kommen, aber grundsätzlich kann man diese Bitte um Freistellung gut planen. Außerdem legte der Senat von Berlin einen Tag fest, für den die besagte Freistellungsoption für alle muslimischen Schüler gilt.

Aber auch im letzten Jahr hatten wieder einige Schüler keinen Brief ihrer Eltern abgegeben. So zum Beispiel Hakan. Am Sonntagabend um 23.15 Uhr signalisierte mir mein Handy eine Nachricht von Hakans Mutter. Da ich mir absolut nichts vorstellen konnte, was sie um diese Zeit mit der Klassenlehrerin ihres Sohnes dringend besprechen musste, verschob ich jegliche Reaktion auf den nächsten Morgen. Vor Beginn der ersten Stunde würde ich genügend Zeit haben, mich um ihre Anfrage zu kümmern. Sonntagabend um 23.15 Uhr hatte ich eindeutig dienstfrei.

Am nächsten Morgen stellte ich fest, dass es nicht bei dieser einen Nachricht geblieben war.

23.15 Uhr:	*Guten Abend, morgen bei uns Zuckerfest, deshalb ich will Hakan gerne zu Hause lassen. Ist O.K. für Sie?*
23.18 Uhr	*Frau Abel?*
23.22 Uhr	*???*
23.32 Uhr	*???*
23.45 Uhr	*Frau Abel, was soll ich machen? Sie nicht reagieren*
00.15 Uhr	*Hakan morgen bleibt zu Hause. Ich gebe Entschuldigung Dienstag mit.*
7.40 Uhr	*Guten Morgen Frau M.. Wie jedes Jahr war der Freistellungsantrag für das Zuckerfest zwei Schultage vorher zu stellen, das war also am Donnerstag. Ich habe Sie auf dem letzten Elternabend darüber informiert. Die Schüler, also auch Hakan, habe ich in der letzten Woche täglich daran erinnert. Des Weiteren bitte ich Sie, meine Freizeit, sowie die Nachtruhe ab 22 Uhr und ganz besonders Sonntage als meine Privatsphäre zu respektieren.*
18.46 Uhr	*Was soll ich machen. Es steht nie genau fest, wann der Zuckerfest ist. Ich wusste nicht, ob heute oder morgen sein wird.*

Ich verzichtete darauf, weitere Diskussionen über des Deutschen Lieblingskind *Pünktlichkeit* zu führen. Inzwischen ist der Vorgang von amtlicher Seite insoweit vereinfacht worden, dass es für Schüler muslimischen Glaubens keines Freistellungsantrages mehr bedarf.

„Da sich Lehrer nicht in allen religiösen Feiertagen der verschiedenen Religionen auskennen und ihren Unterricht planen müssen, legt die Senatsverwaltung für Bildung, Wissenschaft und Forschung die beiden Tage im Vorhinein fest. Ein gesonderter Antrag ist dann von den Eltern auch nicht mehr erforderlich, sondern die muslimischen Schüler sind automatisch vom Unterricht befreit. In der Regel geht das an allen Schulen mittlerweile problemlos. Die Lehrer sind darauf vorbereitet und mit den verbleibenden Schülern wird differenzierter Unterricht an diesem Tag gemacht. In manchen Schulen in Berlin sind an diesen Tagen die Schulen quasi leergefegt. Wenn wenige Schüler einer Klasse an diesen Tagen fehlen, muss der Lehrer dafür sorgen, dass die befreiten Schüler keinen Unterrichtsstoff verpassen. Das mitunter auch Schüler, die dieses Fest gar nicht feiern, an diesem Tag die Schule nicht besuchen, wird toleriert, da nicht von jedem Schüler die Religion genau bekannt ist und auch nicht ob diese wirklich praktiziert wird."

Quelle: https://www.grundschulen.net/73-schulfrei-an-islamischen-feiertagen.html

Trotz allem sollen die Eltern ihre Kinder morgens in der Schule telefonisch abmelden und am nächsten Tag eine schriftliche Benachrichtigung mit in die Schule geben, damit wir wissen, dass

die Schüler mit dem Wissen ihrer Eltern und mit einem entschuldbaren Grund nicht am Unterricht teilgenommen haben. Wie an jedem anderen Fehltag auch. Das führte kürzlich bereits wieder zu neuen Diskussionen auf einem Elternabend.
„Wieso muss ich mein Kind wegen Zuckerfest entschuldigen. Das steht uns doch zu?"
„Weil es sich um einen offiziellen Schultag handelt."
„Müssen Sie Ihr Kind auch entschuldigen, wenn Weihnachten ist?"
„Nein, genauso wenig, wie Sie Ihr Kind an den Weihnachtsfeiertagen entschuldigen müssen. Da sind nämlich offiziell Ferien."
„Wieso sind die Ferien immer nur an christlichen Feiertagen, nie an muslimischen? Werden die nicht respektiert?"
„Doch, genauso, wie auch jüdische Feiertage und die anderer Religionen respektiert werden, da dürfen nämlich andere Schüler zu Hause bleiben. Und deren Eltern bitten wir gleichermaßen um einen Entschuldigungszettel für diesen Tag."

An dieser Stelle verwies ich dann noch auf die Möglichkeit, sich in entsprechenden Elterngremien zu engagieren, um derart übergeordnete Fragen an entscheidender Stelle klären zu können und nahm es als gelungene Überleitung, um die Wahl der Elternvertreter einzuleiten. Der Andrang der Interessierten hatte eher homöopathische Ausmaße. Die amtierenden Elternsprecher erklärten sich bereit, noch einmal für das Amt zu kandidieren, aber nur unter der Voraussetzung, dass niemand erwarte, dass sie zu den Gesamtelternvertreterversammlungen, kurz auch GEV genannt, oder anderen Veranstaltungen gehen. Sie wurden einstimmig wiedergewählt.

Zu wenig Aktivitäten

Kurz hinter Pirna begann es zu regnen. Die Wolken hingen so tief, dass es schien, als könnte man sie mit den Händen berühren, wenn man sich nur lang genug streckte. Der graue Schleier hatte fast alle Farben verschluckt.

„Man, wie sieht es denn hier aus? Ich bin froh, wenn wir wieder in Berlin sind!“

Das war Sarah, die direkt hinter mir neben Natascha saß und bereits bei der zweiten Tüte Gummibärchen angekommen war. Es trommelte auf die Frontscheibe und die riesigen Scheibenwischer des Busses schafften es kaum, die Wassermassen zu bewältigen. Kurz vor Dresden ging der Regen in Hagel über. Ich hüllte mich in meine Strickjacke und versuchte, trotz meiner dicken, verstopften Nase irgendwie zu atmen. Um mich von meinem eigenen Geröchel abzulenken, beschloss ich, die Zettel meiner Schüler zu lesen. Also holte ich den Stapel Papier aus der Tasche und begann zu entziffern, was sie mir nach den Tagen und Nächten der gemeinsamen Klassenfahrt mit auf den Weg geben wollten.

An allererster Stelle der positiven Wertungen rangierte eindeutig: „Wir hatten Fernseher auf den Zimmern“, dicht gefolgt von: „Die Aussichten waren toll.“

Dann wurden ihre Angaben differenzierter, bis hin zu widersprüchlich:

zu wenig Aktivitäten
zu viele Aktivitäten
viele großartige Erlebnisse
sehr spannende Ausflüge
langweilig
wir hatten viel Freizeit
wir hatten zu wenig Freizeit, besonders vormittags
wir haben immer dasselbe gemacht
zu anstrengend
schöne Klassenfahrt

Aber in einem Punkt waren sie sich einig: „Wir mussten zu viel laufen!“
„Es gab viel zu viele Stufen, kann man nicht mehr Fahrstühle einbauen?“
„Das Laufen war viel zu anstrengend, das sind wir nicht gewohnt.“

Ich gab die Zettel an meinen Kollegen weiter und beobachtete grübelnd das Wetter vor den Fenstern. Nach einer Weile tippte er mir auf die Schulter, reichte mir alles zurück und meinte lächelnd: „Na, zumindest war nicht alles schlecht! Wir können nicht alle glücklich machen!“

Etwa auf der Hälfte der Strecke bemerkte ich, dass sich ein gutes halbes Dutzend meiner Schüler bereits wieder ihrer Gurte entledigt hatte. Als ich sie darauf ansprach, blickten sie sich gegenseitig an und einer fragte seinen Nachbarn amüsiert: „Ob wir jetzt eher nach Hause fahren müssen?“

„Jungs, wir haben noch etwas mehr als eine Stunde Fahrt vor uns. Könnt ihr euch nicht einfach anschnallen?"

Nein, konnten sie nicht. Es wurde ein nervendes Ringen, das wir erst für uns entschieden, als ich folgende Nachricht an die Elternvertreter schickte.

„Liebe Eltern, wenn ich noch einem einzigen Schüler sagen muss, dass er im Bus angeschnallt bleiben soll, halten wir am nächsten Brandenburger Bahnhof oder einer Bushaltestelle an und der oder die Betreffenden kommen mit den öffentlichen Verkehrsmitteln selbstständig nach Hause. Ich informiere Sie dann bei der Ankunft in ungefähr einer Stunde, wer länger unterwegs sein wird.

Bitte entschuldigen Sie die ungewöhnliche Verfahrensweise.

Frau Abel "

Nachdem ich den Text verlesen hatte und Natascha bestätigen konnte, dass die Nachricht auch versandt wurde, blieben die Gurte dort, wo sie hingehörten.

„Können wir endlich gehen, wir haben noch etwas vor?"

Bei unserer Ankunft hatte sich auf dem Bürgersteig bereits eine beträchtliche Gruppe von Eltern versammelt. Einige standen in Grüppchen zusammen und unterhielten sich, etliche warteten aber auch einzeln und ohne Kontakt zu den anderen Eltern. Noch bevor der Bus ausrollte, hatten wir die Schüler daran erinnert, ihre Sitzplätze und den Fußraum auf eventuelle Müllreste zu kontrollieren und alles einzusammeln, was möglicherweise noch nicht in den bereitgestellten Müllbehältern gelandet war. In der Regel verlasse ich den Bus als letzte, nachdem ich noch einmal einen kontrollierenden Blick in den Innenraum geworfen habe, denn es ist für mich eine Frage des Anstandes, den Bus, wie im Übrigen auch Kinosäle oder Workshop-Räume nicht wie den Berliner Tiergarten nach einem Sommergrillwochenende oder dem Umzug der Loveparade zu verlassen. Ich habe den Anspruch, ihn frei von Chips-Resten, Bonbonpapier, Cellophanverpackungen, Bananenschalen, Brötchenresten, benutzten Taschentüchern und klebenden Kaugummis an den Busfahrer zu übergeben. Zusätzlich hatten wir die Schüler auch darum gebeten, vor dem Bus noch einen Augenblick zu warten, falls noch etwas bereinigt werden müsste.

Da die Prozedur unter meinen Schülern im Allgemeinen bekannt ist, handelt es sich dabei in der Regel nur um Kleinigkeiten und es geht beim Warten wirklich nur um Augenblicke.

Die meisten hatten schon während der Fahrt darauf geachtet keinen Müll zu hinterlassen, und wenn überhaupt, lagen nur einige Blättchen Bonbonpapier oder ein paar Krümel herum, die sie beim Aussteigen einsammelten und an der Tür in den Mülleimer warfen. *Die Meisten* heißt aber eben nicht *alle*. Um Efes Platz herum sah es weitaus weniger aufgeräumt aus, als im Rest des Busses. Ob er allein der Verursacher war, oder bei der Gestaltung des Chaos Hilfe hatte, konnte ich nicht beurteilen. Also bat ich Efe, der gerade als Letzter den Bus verlassen

wollte, um die Beseitigung diverser Keksverpackungen und Tüten nicht identifizierbaren Inhaltes, während seine Freunde bereits ihre Eltern begrüßten. Ganz offensichtlich hatten sie ihm allein die Tatortreinigung überlassen und demzufolge war er mit der Situation unzufrieden und tat dies auch ungehemmt kund. Er fluchte unüberhörbar vor sich hin und beschwerte sich darüber, dass immer er allein alles machen musste und nie die anderen.
„Nur, weil Sie mich nicht leiden können, muss ich jetzt den Bus allein sauber machen."
„Du kannst die anderen gerne dazu holen, du weißt doch, wer hier seine Sachen liegen gelassen hat."
„Nein Mann, bin isch ein Ehrenmann. Ein Ehrenmann verpetzt niemanden."
„Na gut, dann musst du die paar Verpackungen schnell selbst wegräumen. Es ist ja nicht viel."

Efe verließ den Bus nicht mit einem „Auf Wiedersehen" oder „Schönes Wochenende, Frau Abel". Nein, Efe verließ den Bus mit einem herzhaften Rülpser. So einer von ganz unten, für den man eine Weile sammeln muss, ein feuchter Urschrei, zutage befördert aus den Tiefen seiner gekränkten Eingeweide. Noch beim Verlassen des Busses teilte er seiner wartenden Mutter mit: „Was für eine Scheißfahrt. Die anderen waren am Gardasee! Bei uns war es voll langweilig!"
Seine Mutter tätschelte ihm die Wange: „Na, weißt du mein Liebling, das ist eben nur eine Klassenfahrt, das ist nicht dasselbe, als wenn wir mit der Familie wegfahren. Da können wir natürlich viel schönere Sachen machen! Hat dir wenigstens das Essen geschmeckt, mein Herz?"

Efes Familie gehörte zu denen, die ich auch schon zur letzten Fahrt unzählige Male daran erinnern musste, dass die verbindliche Buchung einer Reise unweigerlich auch Zahlungsverpflichtungen nach sich zieht. Zum Schulfest, am Ende des Schuljahres, konnte ich seine Mutter dann endlich persönlich darauf ansprechen. Der Zahlungstermin beim Veranstalter war bereits deutlich überschritten und so ergriff ich gerne die sich bietende Gelegenheit.

„Ach, wissen Sie, Frau Abel, Efe macht dieses Jahr so viel Urlaub mit der Familie, da war uns die Klassenfahrt jetzt nicht so wichtig. Außerdem warten wir noch auf den Wohngeldbescheid. Wenn der da ist, dann können wir die Klassenfahrt vom Amt bezahlen lassen.“ Eine Weile starrte ich sie ungläubig an, aber sie lächelte nur selig ihrem Sohn hinterher, der gerade die Bälle quer über den Hof schoss, die wir eigentlich für ein Geschicklichkeitsspiel bereitgelegt hatten. Dann begann ich sehr leise zu sprechen: „Frau T., sehen Sie dort hinten den sehr dünnen Jungen mit dem blauen T-Shirt? Das ist Fadil. Fadil wohnt nun schon seit 8 Jahren in einer betreuten Wohngruppe und sieht seine Mutter, wenn er Glück hat, hin und wieder mal am Wochenende. Fadils Klassenfahrt wurde als erste bezahlt. Und, wissen Sie, was mich besonders betroffen macht? Fadil musste mit einem Teil seines Taschengeldes selbst für die Kosten der Klassenfahrt aufkommen. Und er konnte auch nicht auf den Bescheid für das Wohngeld warten, um diese Kosten durchs Amt übernehmen zu lassen. Der hat auch keine Familie, die dafür sorgt, dass er in den Ferien ganz viel wegfahren kann. Fadil freut sich seit Monaten auf diese Klassenfahrt und jetzt ist

es unsicher, ob wir überhaupt fahren, weil zum Beispiel Sie das Geld nicht überweisen. Sie sind einen Vertrag eingegangen, mit Ihrer Unterschrift, die ich Ihnen gerne noch einmal zeigen kann, und diesen Vertrag brechen Sie jetzt. Ein Vertrag ist ähnlich wie ein Ehrenwort, ein Versprechen, das Ihnen jetzt gerade nicht mehr so verbindlich vorkommt, weil Sie noch auf das Geld vom Amt warten wollen?“ Und jetzt lächelte ich Sie an: „Ich schlage vor, wir holen Fadil und Sie sagen ihm selbst ins Gesicht: Die Klassenfahrt für dich fällt vermutlich aus, weil mein Sohn schon so viel Urlaub mit der Familie macht, dass uns diese Fahrt nicht so wichtig ist!“ Für Frau T. wurde die Situation zusehends ungemütlicher. Mit zitternder Unterlippe sagte Sie zu mir: „Aber Frau Abel, solche Menschen sind wir doch nicht! So habe ich das gar nicht gemeint?“ „Nein? Wie haben Sie es denn dann gemeint?“ Ich winkte Fadil zu uns heran. „Sagen Sie es ihm. Er wird Sie bestimmt verstehen!“
Zwei Tage danach ging die komplette Summe für Efes Klassenfahrt auf dem Konto ein.

Falk sprach die Mutter an. „Guten Tag, Frau T. Ich hätte es sehr nett gefunden, wenn Efe sich verabschiedet hätte, statt neben uns in den Bus zu rülpsen!“
Frau T. tätschelte ihrem Sohn weiterhin die Wange.
„Ach, sie wissen doch, wie er ist. Er ist eben etwas anders.“
Und schon waren die beiden auf dem Weg zum Auto.
Ich wurde abgelenkt, denn Fabios Mutter hatte es eilig: „Können wir dann endlich los, wir haben noch was vor!“
„Einen schönen guten Tag“, lächelte ich sie herausfordernd an, “ja, natürlich können Sie dann losgehen.“

Fabio verabschiedete sich mit einem: „Tschüss, Frau Abel, bis Montag“, während seine Mutter sich bereits abgewandt hatte. Die meisten Eltern folgten ihrem Beispiel und brachten Koffer und Taschen zu ihren parkenden Autos, wo sie dann auf ihre Kinder warteten, die sich noch von Freunden verabschiedeten oder Verabredungen für das bevorstehende Wochenende trafen.

Ich verabschiedete mich vom Busfahrer und bedankte mich für die entspannte Fahrt. Ich hatte schon einiges erlebt und war wirklich froh, dass wir pünktlich und ohne Zwischenfälle wieder zu Hause gelandet waren.

Isabels Vater warf mir über den Bürgersteig zu: „Mann, Sie sehen aber gar nicht gut aus. Ja, ja, ist schon anstrengend, so viele Kids auf einem Haufen. Na, komm Isabel, jetzt trenn dich von Salina, ich will hier nicht ewig rumstehen!“ Salina und Isabell warfen mir ein: „Tschüss, Frau Abel“, zu und verschwanden in verschiedene Richtungen. Der Bürgersteig hatte sich in Windeseile geleert, nur die Eltern von Kadir und Merts Vater standen noch dort. Jetzt kamen sie auf uns zu. „Hallo Frau Abel, hallo Herr Neumann, wie geht es Ihnen?“ Wir tauschten Begrüßungen und die üblichen Höflichkeiten aus. Sie nahmen sich die Zeit, sich nach dem Verlauf der Fahrt und ihren eigenen Kindern zu erkundigen. Und so standen wir noch einige Augenblicke auf der Straße und unterhielten uns. Ich war froh berichten zu können, dass Kadir sich wieder in den netten Jungen verwandelt hatte, den ich kannte und Merts Vater versprach mir, ein paar Worte mit seinem Sohn über gutes Benehmen zu wechseln, da dieser ihm gleich gebeichtet hatte, dass nicht alles ganz so gelaufen war, wie seine Eltern es von ihm erwartet hätten. „Na, dann, Frau Abel, haben Sie vielen Dank und erholen Sie sich gut am Wochenende. Gute Besserung! Auf Wiedersehen, Herr Neumann, Danke, dass sie mit der Klasse mitgefahren sind.“ Wir verabschiedeten uns voneinander und die beiden Familien machten sich auf den Heimweg. Einen Augenblick stand ich noch neben meinem Kollegen auf dem Gehsteig. Wir genossen dieses entspannte Gefühl. Keine Verantwortung, niemand mehr da, nur wir.

WOCHENENDE ;-)

Ruhe!

Schlafen!

Der Bus war bereits abgefahren. Auch der Fahrer freute sich vermutlich auf seinen Feierabend. Dort, wo der Bus eben noch gestanden hatte, bahnte sich nun wieder der beginnende Freitag-Nachmittag-Feierabend-Großstadt-Verkehr seinen Weg. Die ersten waren auf dem Weg nach Hause, vielleicht sogar ins grüne Umland. Und dort, mitten auf der Fahrbahn standen, als relativ unscheinbares Häufchen - unsere Taschen! Niemand hatte sie auf den Bürgersteig gezogen. Jeder hatte sich noch im Schutz des Busses das eigene Gepäck gegriffen und war gegangen. Ich war froh, dass mich ein Autofahrer nur entnervt anhupte und nicht überrollte, als ich unsere Taschen von der Straße zerrte, während Falk seine Tochter an der Hand haltend auf dem Bürgersteig stand.

Ich versuchte, mich daran zu erinnern, wo ich am Montagmorgen, nach etlichen Runden um den Block, einen der in dieser Gegend so begehrten Parkplätze ergattert hatte. Wo verdammt, stand mein Auto? Als ich es endlich fand, waren wegen einer mobilen Baustelle inzwischen ein paar Parkverbotsschilder aufgestellt worden und an meiner Scheibe klebte eine Nachricht vom Polizeipräsidenten. Ich angelte mir den Wisch unter dem Scheibenwischer hervor und stopfte ihn in die Jackentasche. Das konnte warten.

Nach so viel Urlaub wäre eine Woche extra frei jetzt genau das Richtige!

Nachlese

Ich habe gehört, auf der Klassenfahrt gab es Vorkommnisse?

Es ist ein nebliger Montagabend, kurz nach 18 Uhr. Vor den Fenstern meines Klassenraumes ist es dunkel. An den Scheiben hängen einige träge Regentropfen, in denen sich das müde Funzeln einer altersschwachen Laterne mit flackerndem Licht spiegelt. Die letzte von drei Laternen, die hier einmal für Licht gesorgt haben. Es ist November und der Herbst hat Einzug gehalten. Ein Fenster kann nicht mehr richtig geschlossen werden und kalte, feuchte Luft zieht durch die Ritzen herein. Der Hausmeister wird es vermutlich bald fest mit dem Rahmen verschrauben, damit nachts niemand einsteigen kann. Ob es auch irgendwann repariert wird? Ich möchte nicht darauf wetten müssen.

Vor mir sitzen Jasmin und ihr Vater, um mit mir über Schulabschlüsse, Fachnoten und die Präsentationsprüfung zu reden. Die Lernentwicklungsgespräche finden statt. Seit heute Morgen schon sitze ich hier und erkläre, berate und höre zu. Vorhin saß Efe mit seiner entrüsteten Mutter vor mir.

„Frau Abel, wie kann es denn sein, dass mein Sohn nur zwei Notenpunkte in Mathe bekommen hat?“ Ich verstand die Frage nicht. Ich hatte Efe alle erteilten Noten in den Planer eingetragen, damit die Eltern jederzeit über den Leistungsstand informiert sind. Das mache ich immer so. Trotzdem versuchte ich zu erläutern. „Drei nicht abgegebene Leistungen, die ich dann nur mit 0 Punkten bewerten konnte, sein *Hefte*r besteht nur aus einer losen Blattsammlung, die sich als Origamisammlung am Boden seiner Tasche tummelt und in den Tests war er, wie Sie sehen konnten, auch nicht überragend. Da ergeben sich im Augenblick leider nur diese zwei Punkte. Am Freitag bekommt er eine weitere Note für die Gruppenarbeit, da könnte es schon wieder besser aussehen." „Aber er war doch immer da, da können Sie ihm doch keine NULL Punkte geben. Das geht doch nicht! Ich gehe zum Schulleiter!"

Jasmin dagegen ist klug, fleißig und darum bemüht, nicht mit unerledigten Aufgaben unangenehm aufzufallen. Hier reden wir über den Übergang in die gymnasiale Oberstufe. Ihr Vater ist beruhigt und möchte ihr weitere Hilfe für Mathematik besorgen, damit sie in der 11. Klasse keine Probleme bekommt.

Am anderen Ende des Klassenraumes sitzt mein Kollege mit Natascha und ihren Eltern und ich höre die Mutter gerade pikiert sagen: „Aber sie ist alt genug. Darum kann sie sich doch wohl selbst kümmern." Der Vater nickt entschieden und bekräftigt sofort: „Sie ist alt genug und sie hat alles, was sie braucht." Natascha ist so weit wie noch nie von einem Schulabschluss entfernt. Ich verspüre das dringende Bedürfnis aufzustehen, an den anderen Tisch zu gehen und diese Menschen zu packen und durchzuschütteln. „Verdammt, sie ist 15", möchte ich rufen. „Sie braucht eure Hilfe, sie kann sich nicht allein darum kümmern. Muss sie auch nicht! Das ist euer Job!" Ich reiße mich los und konzentriere mich wieder auf Jasmins Vater. Er redet mit mir. Ich versuche mich wieder in das Gespräch einzuklinken.

„Ich habe gehört, auf der Klassenfahrt gab es … (Pause, er beugt sich zu mir herüber)… Vorfälle?“ Ich sehe Jasmin an. Die sinkt gerade irgendwie in sich zusammen. Sieht auf ihre Hände. Wovon spricht er jetzt?
„Vorfälle? Was meinen Sie denn mit Vorfällen?“
„Naja“, sagt Jasmins Vater und senkt die Stimme: „Vorfälle mit Jungs!“ Jasmin ist mir immer noch keine Hilfe. Mein müdes Hirn schlägt Alarm und spuckt völlig ungefragt Fetzen reißerischer Schlagzeilen aus.
„Horrorklassenfahrt – sieben Schülerinnen schwanger!“
„Lehrer verletzen ihre Aufsichtspflicht – Sexorgie auf der Klassenfahrt!“
„Klassenfahrtsbaby – wer zahlt den Unterhalt?“
„Vaterschaftsroulette – Einer von den sechs muss es gewesen sein!“

Meine Adrenalinausschüttung ist in vollem Gange. Vor einigen Jahren kam auf einem Elternabend kurz vor der Klassenfahrt eine hitzige Diskussion auf.

„Wer zahlt eigentlich den Unterhalt, wenn eine Schülerin auf der Klassenfahrt schwanger wird? Da hat doch der Lehrer seine Aufsichtspflicht verletzt? Das kann man dann doch nicht dem Jungen anhängen oder gar den Eltern! Da muss doch der Lehrer für aufkommen!“

„Nein, da sind Sie falsch informiert. Ich werde jeden Einzelnen, auch Sie, belehren und meiner Aufsichtspflicht nachkommen. Und außerdem geben die Schüler beim Besteigen des Busses ja nicht ihr Gehirn ab, das darf auch auf einer Klassenfahrt benutzt werden. Wenn sich Schüler trotz allem der körperlichen

Vereinigung hingeben, dann bin ich nicht für den Unterhalt verantwortlich.“

„Doch, das habe ich gelesen.“

„Wo haben Sie denn diese Information gelesen?“

„Im Internet!“

Ach so, im Internet, na dann muss es ja stimmen.

“Bitte überprüfen Sie doch noch einmal Ihre Quelle und holen Sie sich im Zweifelsfall Rechtsberatung ein.“ Als am nächsten Tag unter den Schülern meiner zehnten Klasse die gleiche Diskussion ausbrach, machte ich mich im Internet, dem zuverlässigen Rechtsratgeber in allen Fragen, auf die Suche. Dort fand ich zwar nicht den Hinweis darauf, dass ich in Zukunft für alle *Klassenfahrtskinder* den Unterhalt zahlen muss, dafür aber folgenden sehr unterhaltsamen Chat:

Schwangerschaft bei Klassenfahrt

Fragesteller:

„Ich hab da mal sowas gehört, dass wenn ich bei einer Klassenfahrt oder ähnliches ein Mädchen (sie ist 14 und ich bin 14), die bei dieser Klassenfahrt mit ist schwängere, muss ich keinen Unterhalt oder ähnliches zahlen, da die Lehrer schuld sind, weil sie die Verantwortung tragen.

Was sagt ihr dazu stimmt das? Werden die Lehrer irgendwie angezeigt oder ähnliches?“

Hier einige Originalantworten:

„Lehrer tragen dafür KEINE verantwortung. die stellen Regeln auf, die du in dem fall nicht beachtet hast und in nachhinein dafür noch probleme kriegen wirst. für den unterhalt etc. bist allein DU verantwortlich bzw. deine eltern wenn du noch kein geld hast! -> guter job! wenn das stimmt..... wohin soll die welt nur führen.... wenn man schwängern kann..muss man auch für weiteres gerade stehen."

„hast du denn ein mädchen geschwängert ? ... also ich denke schon, dass sie ihre aufsichtspflicht verletzt haben aber sie können ja auch nicht überall aufpassen besonders nicht bei soetwas.. und du wärst letztendlich der vater des kindes und müsstest somit auch für den unterhalt aufkommen... so ist das wenn man ungewissenhaft handelt."

„Du musst dann kein Unterhalt zahlen, sondern jemand anderes. In deinem Fall ist das das fliegende Spaghettimonster. [...]"

„Nein, da bist du falsch informiert. Wenn du der Vater des ungeborenen Kindes bist, hast auch du die Verantwortung. Was sollen die Lehrer denn machen?! Bei jedem mit ins Zimmer gehen und schauen was so los ist?! Das hat nix mit Aufsichtspflicht zu tun."

„Wenn DU sie schwängerst, dann musst DU die Konsequnzen tragen (Vaterschaft anerkennen, Unterhalt zahlen, Besuchsrechte einhalten, ...) Also, besser mal gut aufpassen."

„Das wäre ja noch schöner. Denkste!"

„Übrigens gehört Sex in die Ehe, nicht auf einen Kinderausflug."

„Stimmt nicht denn nicht die Lehrer haben das Mädchen geschwängert sondern DU."

„Dir gehört doch der Stecker gezogen. Rein prinzipiell war das mal so, ob das heute noch so ist...keine Ahnung. Aber Du solltest mal Deine Gedankengänge überprüfen."

„Mein Gott, geh schlafen, morgen ist Schule."

Quelle: https://www.gutefrage.net/frage/schwangerschaft-bei-klassenfahrt

„Ist mir irgendetwas entgangen? Was meinen Sie denn *genau* mit Vorfällen?" Beunruhigt blicke ich Herrn K. an.
„Ich habe gehört …", jetzt blickt er sich vorsichtig zu den Eltern von Natascha um, aber die sind mit sich selbst beschäftigt: „… , dass die Jungs auf den Mädchenzimmern waren. Jasmin hat mir davon erzählt. Also, ich habe ja Vertrauen zu meiner Tochter, aber ich möchte trotzdem von Ihnen hören, was da genau vorgefallen ist! Auch die anderen Eltern machen sich Gedanken." Jasmin sieht mich an. „Sie wissen schon, Frau Abel, als Sie gekommen sind und die Jungs wieder auf ihre Zimmer geschickt haben." Ich entspanne mich. Keine heimlichen, nächtlichen Orgien, die mir entgangen sind.
„Herr K., auf den Zimmern der Mädchen ist gar nichts vorgefallen."
„Aber es waren doch Jungs auf den Zimmern", entrüstet er sich.
„Ja und die haben für ein paar Minuten mit den Mädchen gemeinsam vor dem Fernseher gehockt. Ich denke, das können

wir, ohne uns Gedanken machen zu müssen, als vollkommen harmlos einstufen, sofern wir jetzt nicht über die Qualität und den geistigen Anspruch des Fernsehprogrammes reden wollen."
„Frau Abel, wir hatten Ihnen aber extra gesagt, dass wir den gemeinsamen Aufenthalt von Jungen und Mädchen auf den Zimmern nicht wünschen."

„Richtig. Deshalb habe ich die Schüler auch eingehend belehrt und regelmäßig nach dem Rechten gesehen. Die Jungs haben probiert, diese Regelung zu umgehen, ich habe sie wieder auf ihre eigenen Zimmer geschickt. Weiter ist nichts passiert. Es war allerdings recht schwierig, den Jungen zu erklären, woher das große Misstrauen kommt, das ihnen da entgegengebracht wird. Vermutlich resultiert es aus den Erlebnissen der Väter dieser Generation?

Ich versichere Ihnen, gemeinsames Fernsehen ist ein für Jugendliche völlig normales und ungefährliches Verhalten."

Ich konnte mich gerade noch bremsen, um nicht hinzuzufügen: „… und es macht auch überhaupt nicht schwanger." Jetzt sah mich Jasmin wieder an und lächelte. Es dauerte einige Augenblicke, bis auch ihr Vater wieder lächelte. Er wechselte das Thema. „Jasmin hat uns eine Menge Bilder gezeigt. Das war ja wunderschön, dort, wo sie waren. Und es hat ihr super gefallen. Sie hat ganz begeistert von den Ausflügen berichtet." Jasmin nickte nachdrücklich. „Ich fand es toll, auch wenn einige die ganze Zeit so schlechte Stimmung gemacht haben. Die Klassenfahrt war super. Nur die vielen Stufen, die waren echt anstrengend!

Danke!

Ein herzliches Dankeschön an alle, die mich in meinem

Vorhaben unterstützt und mir Mut gemacht haben.

Heinz und Ingrid, ich danke Euch für Eure Zeit, für die kritischen und hilfreichen Anmerkungen, für die graphische Betreuung und die Hilfe in allen technischen Fragen. Ohne Euch wäre ich nie so weit gekommen. Ohne Euch hätte ich gar nicht angefangen.

Danke an Felix für Deine Formulierungshilfen, Dein unermüdliches Zuhören und die Anmerkungen aus der Sicht

eines geplagten Schülers!

Impressum

Verlag: Franka Abel

Franka.Abel@gmx.de

Druck: epubli, ein Service der neopubli GmbH, Berlin

Printed in Germany

ISBN 978-3-7502-6241-6
9 783750 262416 00003
www.epubli.de